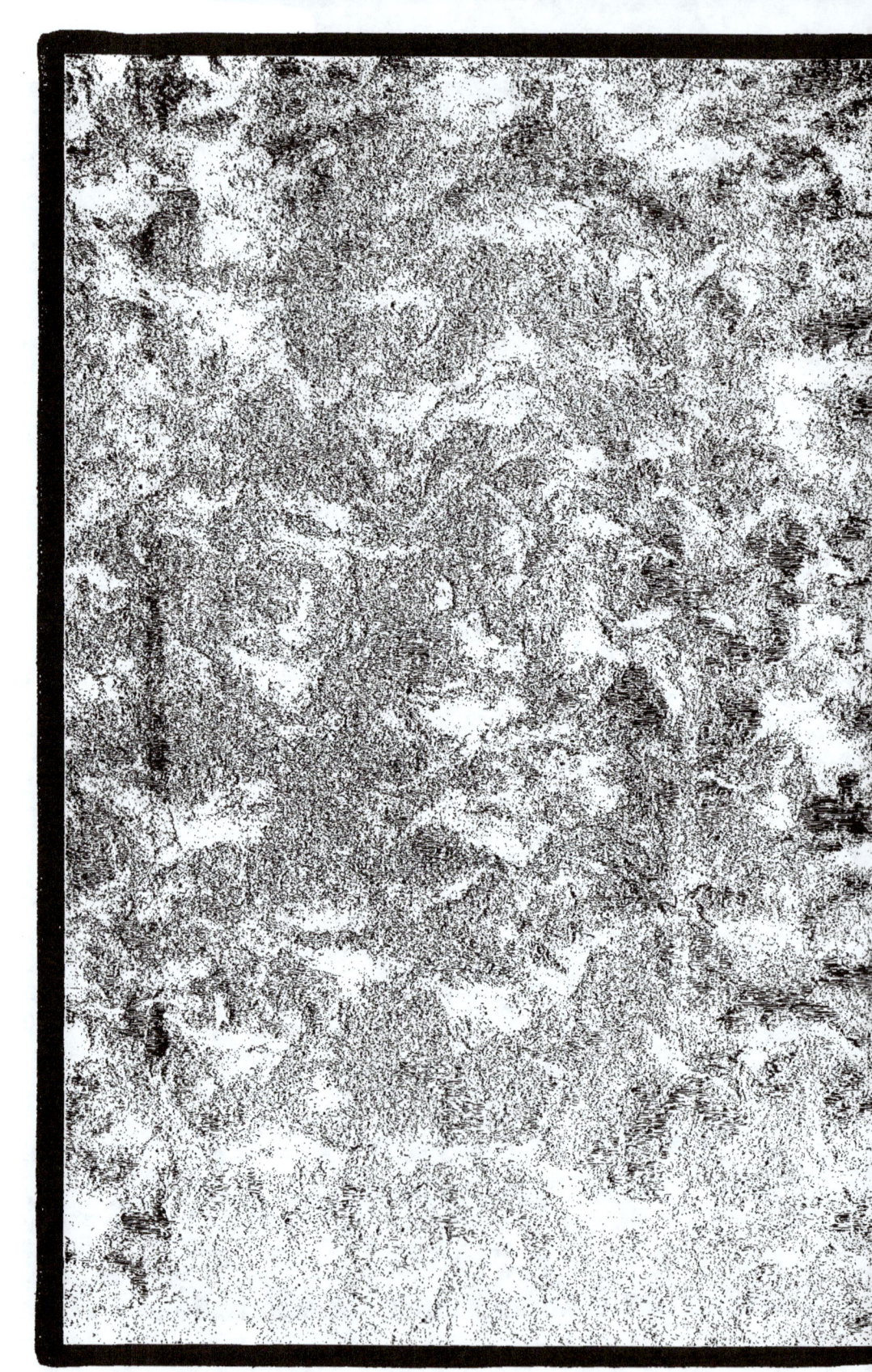

786

SOUVENIRS DE COLLÈGE EN ANGLETERRE

COLLECTION J. HETZEL

SCÈNES DE LA VIE DE COLLÈGE

DANS TOUS LES PAYS

LA VIE DE COLLÈGE

EN ANGLETERRE

PAR

ANDRÉ LAURIE

DESSINS PAR P. PHILIPPOTEAUX

BIBLIOTHÈQUE
D'ÉDUCATION ET DE RÉCRÉATION
J. HETZEL ET Cⁱᵉ, 18, RUE JACOB

PARIS

LA VIE DE COLLÈGE
EN ANGLETERRE

CHAPITRE PREMIER

L'ARRIVÉE AU COLLÈGE

M. Grivaud est l'un des ingénieurs qui ont le plus con-
tribué à mener à bien l'œuvre gigantesque du canal de Suez.
Aussitôt qu'il s'est agi de commencer les études préparatoires du tunnel qui, on l'espère, reliera dans quelques
années la Grande-Bretagne à la France, les organisateurs
de l'entreprise ont naturellement songé à ce très habile et
très honnête homme. Ils l'ont chargé d'aller sur la côte de
Douvres exécuter des sondages et préparer les éléments d'un

rapport, qui sera le contrôle des recherches de même nature confiées aux ingénieurs anglais. Si ces premières expé-
riences permettent de croire au succès définitif, M. Grivaud
sera vraisemblablement chargé de diriger une importante
section des travaux.

Comme la plupart des anciens élèves de cette grande
École polytechnique, une des vraies gloires, une des gloires
incontestées de notre patrie, M. Grivaud n'est cependant
pas parfait. Il a un défaut, — ou une qualité, — l'amour de
la famille poussé jusqu'à la faiblesse. Il est à la fois si bon
père et si bon mari que deux mois passés loin des siens lui
paraîtraient le plus insupportable des supplices; il ne pourrait pas s'endormir le soir, s'il n'avait mis deux bons baisers
sur les joues de sa petite Jeanne; et, quant à son grand
garçon Laurent, s'il est consigné le dimanche à sa pension,
ce qui lui arrive trop souvent, M. Grivaud n'a rien de plus
pressé que de courir lui « laver la tête », parce qu'ainsi il a
du moins la satisfaction de le voir une demi-heure au parloir.

Quand M. Grivaud habitait l'Égypte, il s'y était fait suivre
de toute sa *smala*, comme il disait; jamais il n'eût accepté cet
exil à d'autres conditions. La smala ne se serait d'ailleurs
pas arrangée non plus d'être séparée de son chef. En allant
s'établir, pour plusieurs mois et peut-être pour plusieurs
années, en Angleterre, il en a été de même que pour Suez.
Toute la famille a émigré en bloc. C'est donc dans une élégante villa des environs de Douvres que nous devons d'abord
conduire le lecteur, pour lui présenter, en style de passe-
port, quelques-uns des personnages de cette véridique
histoire.

M. Grivaud, né à Poitiers : quarante-deux ans; taille

I

LA FAMILLE GRIVAUD.

moyenne; yeux bleus et francs; nez long; front haut; cheveux poivre et sel; menton carré; favoris noirs. Signe particulier : rien.

Mme Grivaud, Parisienne : vingt-neuf ans; nez légèrement retroussé; front grec; cheveux châtains; teint mat; menton à fossette. Signe particulier : fait événement lorsqu'elle se promène sur la *Marine-Parade*, et est sûre, le lendemain, de voir son chapeau et sa robe plus ou moins heureusement copiés par toute la population féminine de Douvres. Ce succès ne lui déplaît pas et la console d'être si loin du bois de Boulogne.

Jeanne Grivaud, née à Saïla, près Port-Saïd (Égypte) : six ans; blonde et rose; très gentille quand elle sort des mains de sa bonne, à neuf heures du matin. Il n'en est pas toujours de même à quatre heures du soir, quand elle a fait des « petits pâtés » sur le sable.

Laurent Grivaud, né à Paris : douze ans; figure encore indéterminée; cheveux châtains, assez souvent mal peignés; grandit avec une rapidité qui se trahit par un hiatus permanent entre ses souliers et le bord de son pantalon. Signes particuliers: a déjà fumé en cachette trois cigarettes qui, chacune à son tour, l'on rendu très malade; connaît beaucoup mieux les mœurs des vers à soie, qu'il a cultivés dans son pupitre, que celles des Israélites (par l'abbé Fleury), qui font cependant partie du programme de sa classe; a la déplorable habitude de martyriser toutes les mouches qui lui tombent sous la main, en les empalant sur des drapeaux de papier, et de ne pas se rendre compte de sa férocité! Pour conclure, a eu deux prix l'an dernier, quoiqu'il eût peu travaillé, ce qui lui donne à penser qu'il pourrait bien être un génie de premier ordre. Quelques mois passés dans une classe *de modestie* pourraient lui être fort utiles.

Au moment où nous nous permettons de jeter un regard indiscret dans la salle à manger, toute la famille vient de se mettre à table pour le dîner.

« J'ai vu M. Newton, dit M. Grivaud, et je me suis entendu avec lui. Il est convenu que Laurent entrera demain à sa pension. Il a eu quinze jours de congé extraordinaire, c'est déjà trop. J'ai visité la maison qui m'a paru admirablement tenue, et même splendide. Tudieu! mon garçon, je ne te plains pas, cela ne ressemble pas à la pension Lauraguais...

— Qu'est-ce que vous voulez que je fasse, mon père, avec des gens qui vont me parler anglais? dit Laurent, dont la figure s'était sensiblement rembrunie à la nouvelle donnée par son père.

— Ce que je veux que tu fasses, mon fils? Mais d'abord que tu apprennes l'anglais; quand ce ne serait que ça, tu n'aurais pas perdu ton temps; ensuite que tu profites de ce changement pour rompre avec tes habitudes de paresse et te mettre sérieusement au travail. M. Newton m'a montré des devoirs de la classe qui correspond à ton âge; je les ai trouvés généralement supérieurs aux tiens, et tu n'as qu'à te bien tenir, si tu veux donner à ces messieurs une idée passable de ton pays.

— Ah! par exemple, voilà de quoi je me moque un peu; les Anglais peuvent bien penser de mon pays ce qu'ils voudront, je ne me soucie guère de leur opinion.

— Je ne te conseille pas de leur laisser voir cette indifférence, car, seulement pour la sottise que tu dis là, ils prendraient pour toi peu d'estime. »

Mme Grivaud intervint pour détourner l'orage : « Est-ce loin d'ici ? dit-elle.

— Non, à deux lieues à peine ou six milles. Il y a soixante-quinze élèves internes, logés dans un joli château, au milieu d'un parc magnifique. Tout m'a paru très satisfaisant. Laurent viendra nous embrasser tous les samedis soir et rentrera le lundi matin. Si ses notes sont bonnes à la fin du semestre, je lui ferai faire le voyage aux montagnes d'Écosse que M. Newton offre à ses élèves pendant les vacances, quand les parents en expriment le désir. Ce M. Newton me plaît beaucoup, continua M. Grivaud en s'adressant à sa femme. C'est un homme de mon âge, avec une bonne physionomie franche et douce, très cultivé et très informé de son état et de beaucoup d'autres choses. Nous avons causé du système d'éducation français ; il le connaît bien, et le juge sagement. Au total, je crois que cette pension est une trouvaille. Le seul défaut qu'elle ait à mes yeux, c'est le développement peut-être exagéré qu'on y donne aux délassements : d'un jour à l'autre, les élèves ont un demi-congé de midi jusqu'au soir, sans compter le dimanche.

— Vraiment ? s'écria Laurent, tout ragaillardi par cette perspective.

— Quand je dis demi-congé, c'est récréation que je devrais dire, car ils sont obligés de le consacrer à des exercices physiques, cricket, paume ou ballon. Le principe est bon, évidemment, mais je crains qu'il ne reste pas assez de temps pour les études. M. Newton prétend cependant qu'elles ne s'en trouvent que mieux, et les devoirs qu'il m'a montrés semblent lui donner raison. Enfin, nous verrons bien. La grande affaire, c'est que Laurent apprenne l'an-

glais cette année, sans préjudice de ses autres leçons ;
et cela se fera tout seul, par contagion, en' vivant avec ses
camarades. »

Le lendemain, dans l'après-midi, Laurent prenait congé
de sa mère et de sa sœur et partait avec son père en chemin
de fer. En un quart d'heure on arriva à la station de Hobham. Hobham-College, la pension de M. Newton, en est à
une portée de fusil.

En quittant le chemin de fer, M. Grivaud montra à son
fils les tourelles à toits d'ardoise de sa nouvelle demeure,
qui s'élevaient au-dessus des grands arbres du parc. Tout
autour de ce bouquet de feuillage touffu s'étendaient de
verts pâturages, coupés de fossés et de haies, et dans
lesquels des troupeaux de vaches et de chevaux erraient
en liberté. Sur un monticule, au bord de la voie ferrée et
de la rivière, le petit village de Hobham étageait ses cot-
tages entourés de jardinets. Le paysage était gai, calme et
doux à l'œil.

Comme ils approchaient du parc, le père et le fils virent
que ce qu'ils avaient pris de loin pour de simples prairies,
tout autour de la grille, étaient de vastes pelouses de gazon
parfaitement uni et qui n'étaient pas encloses du moindre
mur ; et, sur ces pelouses, plusieurs groupes de jeunes garçons de différents âges, vêtus de costumes de flanelle blanche et bleue et chaussés de sandales de cuir jaune, jouaient
au cricket.

Laurent fut vivement impressionné par ce spectacle gracieux et élégant, qui ressemblait si peu au préau d'un collège français, avec ses groupes d'adolescents trop souvent
ennuyés et pareils à de petits vieux.

Mais son ravissement augmenta encore quand, en débouchant d'un chemin creux, il aperçut un bras de rivière sur lequel une flottille de canots montés par d'autres élèves évoluait en tous sens.

Il faisait un beau soleil clair, et pourtant l'air était frais. La rivière scintillait entre les saules. Les embarcations filaient sur l'eau, légères comme des libellules. Toutes les figures respiraient la santé. Ce n'étaient de tous côtés que rires et chansons. On eût pu croire qu'on avait sous les yeux quelqu'un de ces tableaux fabuleux de félicité poétique et champêtre que Fénelon s'est plu à peindre dans son *Télémaque*.

Cependant le père et le fils étaient entrés dans le parc, et, suivant une allée de beaux platanes, ils étaient arrivés à la porte de la résidence. Dans le *hall* ou antichambre, dont les murs étaient couverts de plâtres d'après les plus célèbres modèles de l'antiquité grecque, un domestique vêtu de noir prit la carte de M. Grivaud, et l'introduisit avec Laurent dans un salon simple, mais vaste, et qui n'était pas dépourvu d'élégance.

Une jeune femme se présenta bientôt.

« Mon mari n'est pas chez lui, dit-elle dans le français le plus pur, mais je puis le remplacer, et il m'a prévenue de l'arrivée de votre fils.

« Je préside au repas des élèves matin et soir, ajouta-t-elle en se tournant vers M. Grivaud après avoir indiqué des sièges à ses deux visiteurs et s'être assise elle-même, et j'aurai soin de faire placer Laurent auprès de moi jusqu'à ce qu'il ait appris quelques mots d'anglais, car, si je ne me trompe, il ne le sait pas encore.

« Mais vous devez avoir besoin de vous rafraîchir. »

Et, sans attendre les protestations de M. Grivaud, mistress Newton sonna et fit servir des gâteaux secs, des fruits, deux flacons de vin d'Espagne.

Laurent se réconciliait à vue d'œil avec ce système d'éducation.

Cependant, M. Grivaud causait avec mistress Newton et ne pouvait s'empêcher de lui exprimer combien il enviait le bonheur qu'allait avoir son fils de se trouver placé sous sa gracieuse direction. Rien de plus charmant, en effet, que cette jeune dame : elle était à la fois souriante et sérieuse, imposante et aimable ; elle inspirait le respect en même temps que la confiance, et il était impossible d'arrêter les yeux sur sa physionomie calme et douce, mais ferme, sans y lire toute une histoire de devoir et d'abnégation, de patience et de bonté.

Laurent pensait déjà à la lettre qu'il allait écrire à son ami Planchu, à la pension Lauraguais, pour lui raconter qu'en Angleterre les « pions » étaient des jeunes dames très aimables, en robe de soie bleue.

« Ils vont rager quand ils connaîtront ce léger détail ! » se disait-il en se frottant les mains en imagination.

Il ne pensait pas avoir dit si vrai, et Mme Newton était en effet le seul « pion » de la maison, s'il est permis de donner un tel nom aux fonctions de mère et de sœur qu'elle s'attachait à remplir auprès des élèves de son mari.

« Je vais vous montrer votre chambre, » dit-elle à Laurent.

Et, précédant M. Grivaud et son fils dans le grand escalier de bois noir, à rampe sculptée, dont les marches bien frottées brillaient comme de l'ébène, protégées par un joli sentier d'Aubusson, elle les conduisit au second étage.

« Ici, c'est notre appartement, dit-elle en traversant le palier du premier, et les chambres des enfants sont aux deux étages supérieurs. Elles communiquent avec le parc et les classes par un escalier particulier que les élèves prennent presque toujours; mais je passe par celui-ci quand je viens les visiter. »

Laurent marchait de surprise en surprise. Ainsi il allait avoir une chambre à lui! et cette chambre communiquait avec le parc par un escalier grand ouvert! il pourrait descendre et sortir quand il voudrait! Et le parc voulait dire toute la plaine, puisque les pelouses n'étaient même pas encloses!

Décidément, c'était une pension de cocagne.

Les chambrettes s'ouvraient des deux côtés de plusieurs corridors entrecroisés. Celle que mistress Newton montra à Laurent comme lui étant destinée n'avait que quelques meubles; un tapis, des chaises, une table, une étagère, un petit lit qui se replie le jour dans une armoire de bois et qu'on rabat le soir pour se coucher. Mais, pour lui donner une idée de ce qu'on peut faire d'une de ces cellules avec du goût et un peu de patience, elle fit entrer Laurent dans quelques-unes des chambres voisines.

Presque toutes étaient ornées avec coquetterie de gravures ou de dessins encadrés sur les murs, de petits pots de fleurs soigneusement entretenus, de photographies, de souvenirs de famille, parfois d'un trophée de chasse ou d'équitation. On voyait que chacun s'était ingénié à rendre sa demeure aussi gaie que possible. Mais ce qui contribuait plus

2

que tout à faire de ces chambrettes des retraites vraiment enviables, c'était la vue qui s'ouvrait sur les prés et les bois voisins, par les fenêtres sans volets.

« Voilà votre petit royaume, dit mistress Newton en revenant dans la chambre de Laurent. Vous serez ici chez vous, car l'inviolabilité du domicile est une vérité dans notre pays pour l'enfant aussi bien que pour l'homme, quand il ne s'est pas mis en état de rébellion contre la loi. Vous y prendrez votre repas du matin, et passé les heures de classes, qui ont lieu de neuf à onze heures, et trois fois par semaine de trois à cinq heures, vous pourrez vous y enfermer tout à votre aise pour préparer vos leçons et faire vos devoirs. A deux heures, le lunch sous ma présidence ; à cinq heures, le thé dans votre chambre, et à huit heures, le souper en commun. Voilà le programme de votre journée.

— A quelle heure le lever? demanda M. Grivaud.

— On sert le déjeuner à sept heures et demie. Les enfants peuvent se lever plus tôt s'ils le veulent.

— Mais j'imagine qu'ils n'abusent pas de la permission.

— En hiver, pas trop. Mais en été la plupart se lèvent à quatre ou cinq heures.

— Et pour l'heure du coucher, ils sont libres aussi?

— Assurément. Mais il est rare que les bougies ne soient pas toutes éteintes à dix heures. »

On redescendit au salon.

CHAPITRE II

UNE LEÇON EN PARTIE DOUBLE

M. Grivaud ne devait pas s'attarder, de peur de manquer le train de retour. Il prit donc congé de mistress Newton et sortit avec Laurent.

« Je vais te laisser ici, lui dit-il à la porte du parc ; voilà tes camarades qui rentrent, tu feras tout de suite connaissance avec eux. Adieu ! mon cher enfant, à dimanche. »

Et ce disant, l'excellent homme embrassa son fils et le quitta.

Les jeunes garçons qui rentraient par groupes, en causant, regardaient ces adieux du coin de l'œil.

« Un nouveau ! se dirent-ils tout de suite.

— Un Français ! » ajoutèrent-ils en voyant le père et le fils dans les bras l'un de l'autre.

Il faut savoir qu'aux yeux des Anglais en général et des écoliers en particulier, deux hommes qui s'embrassent sont le spectacle le plus singulier du monde. Un garçonnet n'a pas plus tôt quitté les culottes boutonnées par derrière, qui sont l'apanage de la première enfance, qu'il remplace le

baiser paternel par la poignée de main. Les habitudes plus
expansives des peuples méridionaux paraissent efféminées
aux races anglo-saxonnes, peu expansives et peut-être
moins sensibles que la nôtre. Sur la scène anglaise, quand
on veut faire rire aux dépens d'un Français, il est deux choses qu'on ne manque pas : la première, lui faire demander
un plat de *grenouilles,* que les écrivains anglais, qui se
croient bien informés, s'obstinent, sans qu'on sache pourquoi, à représenter comme le mets national français ; la seconde, déposer un baiser sur une joue barbue, ce qui est un
trait de mœurs que nous reconnaissons très volontiers plus
exact.

C'est pourquoi les élèves de M. Newton avaient tout de
suite dit, en voyant M. Grivaud faire ses adieux à son fils :

« Un Français ! »

Mais s'ils se communiquaient cette découverte avec un
sourire, ils n'eurent garde de rien dire à Laurent ; ils ne le
connaissaient pas, et la dignité britannique exigeait qu'ils
eussent l'air d'ignorer sa présence.

Laurent les suivit donc tout seul, les vit prendre l'escalier
de leurs chambres, et, pensant qu'il n'avait rien de mieux
à faire que de les imiter, il monta dans la sienne.

Il comprit bientôt, aux mouvements dont il se rendait
compte à travers les minces cloisons, au bruit des brosses
et des cuvettes, que les jeunes gens procédaient, en rentrant
des jeux, à une toilette complète. Il en vit, en effet, bientôt
passer quelques-uns devant sa porte ouverte et s'assura
qu'ils avaient changé de costume, pris une chemise fraîche,
un pantalon gris, une veste noire, et, ce qui l'étonna davantage, une cravate blanche ; les plus grands tout au moins,

VOICI M. LAURENT GRIVAUD QUI ENTRE CHEZ NOUS.

ceux qui, à la place de la veste, portaient une jaquette.

Laurent était assez indécis sur ce qu'il devait faire de lui-même, quand un domestique, sur le bras duquel étaient disposés avec art plusieurs plateaux d'étain chargés de tasses, entra dans sa chambre et déposa un de ces plateaux sur la table. Laurent constata que le goûter se composait d'une tasse de thé et de deux tartines de beurre, et comme une tartine ne lui avait jamais fait peur, il s'empressa de faire honneur à celles qu'on lui apportait.

Il finissait à peine, quand un homme vêtu de noir, aux favoris gris, au menton rasé avec soin et qu'il reconnut tout de suite, à la description que lui en avait faite son père, comme devant être le chef de l'institution, entra dans sa chambre.

« Vous voilà, mon garçon, lui dit-il avec affabilité. Je suis fâché d'avoir été absent quand monsieur votre père est venu, et fâché surtout qu'il ne soit pas resté à souper avec nous. »

M. Newton parlait français facilement, mais avec un accent beaucoup plus marqué que celui de mistress Newton.

« Je vais vous présenter à quelqu'un de vos camarades, reprit-il en faisant signe à Laurent de le suivre.

« Harry, dit-il en avisant un grand garçon qui passait dans le corridor, vous avez eu un prix de français l'an dernier, vous êtes précisément l'homme de la situation. Voici M. Laurent Grivaud qui entre chez nous et qui aura besoin que vous le mettiez au courant de nos usages.

« M. Harry Stubbs, ajouta le maître en se retournant vers Laurent. Ah! voilà qui est fait. Je vous laisse ensemble, nous nous retrouverons à souper, » dit-il en passant la main sur la tête de Laurent en manière d'adieu.

Laurent resta planté devant son nouvel ami, le regardant sans trouver un mot à dire. Nous sommes obligés d'en convenir, il représentait assez mal la patrie française, avec sa grosse tête ébouriffée, son col en désordre, ses vêtements étriqués, ses membres grêles, devant le grand beau gaillard auquel il venait d'être présenté. Harry Stubbs n'avait que quinze ans, mais il en paraissait dix-huit; il était bien pris, mince, élancé, avec de larges épaules, des jambes bien dessinées et des bras d'athlète. Sa tête rose et bien peignée sortait d'un col cravaté de blanc, dont l'aisance révélait, non pas un sot qui passe plusieurs heures par jour devant sa glace, mais un garçon qui se respecte et qui a l'habitude de s'habiller tous les soirs pour dîner.

Disons-le, du reste, Harry ne paraissait pas moins embarrassé que Laurent; il était rouge comme lui et ne pouvait se décider à articuler une phrase. Enfin il dit avec effort :

« Vô paalez pas anglais du tout?

— Pas un traître mot, » répondit Laurent en faisant des efforts impuissants pour ne pas rire de l'accent de son interlocuteur.

Harry sourit aussi sans se fâcher.

« *Come along!* » (Venez!) reprit-il en faisant signe à Laurent de le suivre.

Ils entrèrent dans une chambre assez grande et arrangée avec beaucoup de goût.

« Chambre de moâ! » dit Harry en s'asseyant à son petit bureau, sur lequel il prit un dictionnaire anglais-français qu'il commença à feuilleter avec ardeur.

« Moâ content, dit-il après un instant en relevant la tête. Moâ paaler francé avec vô pour pratiquer.

— Pour peu que cela continue, pensa Laurent, qui avait un fond de gaieté parisienne, j'oublierai mon français sans beaucoup apprendre l'anglais.

— Vô lire cette chapitre! » reprit Harry en lui tendant un livre ouvert, les *Morceaux choisis,* de M. Chapsal.

Laurent commençait à trouver la plaisanterie désagréable.

« En voilà un *qui a un coup de lance!* » pensa le collégien de Paris, plus ferré sur l'argot de collège que sur le français de l'Académie.

C'était une métaphore usuelle à la pension Lauraguais pour désigner ceux que le grand siècle appelait des « fâcheux » et que notre âge dégénéré appelle des « raseurs ». Puis il se dit que rien au monde ne l'empêcherait d'exhaler cette opinion, et il s'écria à haute voix :

« Est-ce que vous êtes tous « du même tonneau dans ce bazar? »

— Vô paalez trop vite! répondit gravement Harry. Répétez. »

Laurent répéta sa question en pouffant de rire. Harry chercha dans son dictionnaire *tonneau,* puis *bazar;* il s'efforça de trouver un sens à la phrase; mais, après un quart d'heure de vains efforts, il dut reconnaître que la langue française avait des finesses insaisissables.

« Je comprends pas vô! dit-il enfin. Lisez cette chapitre pour moâ acquérir le bon prononcécheunne. »

Laurent vit que le plus court était de se soumettre et commença la lecture.

C'était une lettre de Mme de Sévigné :

« Monsieur de Turenne monta à cheval le samedi à deux heures, après avoir mangé, et, comme il y avait bien des gens avec lui, il les laissa tous à trente pas de la hauteur où il voulait aller et dit au petit d'Elbeuf : « Mon neveu, demeu-« rez là ; vous ne faites que tourner autour de moi, vous me « feriez reconnaître... etc... »

Harry suivait avec attention sur le livre, et, quand Laurent fut arrivé au bout du premier alinéa, le jeune Anglais répéta à son tour :

« Mong-sieur de Tiourin mongté é chevél le sémidi é dionh-aours épré evoar mingi ; i, commi il aï évé biin di gin évé-que lioui, il li laissé tous é trinte pés di h-aontiour... »

« Vô corrigez pas moâ ! » remarqua-t-il tout à coup en levant la tête. Et il recommença sa lecture. Laurent se mit à le reprendre à chaque mot, corrigeant son accent. Comme il y a dans l'enseignement, surtout quand il s'adresse à plus âgé que soi, un charme particulier, il commença de prendre goût à l'exercice.

Harry, de son côté, faisait tous ses efforts pour répéter exactement, et une demi-heure ne s'était pas écoulée, qu'il avait déjà fait des progrès sensibles. Sur quoi il frappa tout à coup un coup de poing formidable sur la table en s'écriant :

« *Hurrah! old fellow!* » (Hourra ! vieux camarade !) Et il se mit à exécuter une danse sauvage autour de la chambre. Puis, reprenant sa gravité, il dit à Laurent, qui avait considéré ce spectacle avec quelque surprise :

« *Now, let us speak English!* » (Maintenant parlons anglais !)

— Je ne vous comprends pas, dit Laurent.

— Paarlons anglé ! » reprit Harry.

Et il lui enseigna successivement le nom de divers meubles de la chambre, de ses habits, de ses traits, des parties de

son corps, etc... Quand Laurent eut réussi à les répéter à
peu près exactement, il les lui fit écrire pour lui faire comprendre la différence d'un même assemblage de lettres en
français et en anglais. Enfin, il prit un volume des *Essais* de
Macaulay et lui en fit lire une page ou deux, en l'obligeant
à prononcer de son mieux. La leçon de Harry dura exactement le même temps qu'avait duré celle de Laurent, pas
une minute de plus, pas une de moins. Et quand elle eut
pris fin, le professeur recommença ses gambades, exactement comme avait fait l'élève de tout à l'heure. C'était apparemment le résultat d'un principe d'hygiène.

Puis il dit à Laurent :

« Maintenant, moâ travailler jusqu'à souper. »

Et, sans plus s'occuper de son hôte que s'il n'existait pas,
il se mit activement en devoir d'achever des vers grecs, —
des anapestes, s'il vous plaît, — qu'il avait à livrer le lendemain à son maître.

Laurent était parfaitement ahuri. Il resta quelques minutes les bras ballants et ne sachant que faire ; puis, l'ennui
de l'inaction et le spectacle de l'attention que son camarade
apportait à son devoir lui donnèrent l'idée de reprendre la liste
de mots qu'il avait écrite et de se remettre à l'étudier. Enfin
il s'empara du volume de Macaulay et du dictionnaire, et chercha à traduire quelques lignes. Mais il faisait tout cela à
contre-cœur, et plutôt pour n'avoir pas l'air d'une « mazette »,
selon son expression interne, que par goût personnel.

Huit heures arrivèrent. Une cloche se fit entendre. Harry
sauta sur ses pieds.

« Souper ! » dit-il.

Et il entraîna Laurent vers l'escalier, qui se remplissait

déjà de la foule tumultueuse des élèves. Mais, à mesure qu'on approchait de la salle à manger, tout le monde redevenait sérieux et silencieux.

Rien ne pouvait moins ressembler aux *réfectoires* que Laurent avait connus jusqu'à ce jour. Au lieu de la salle lugubre des collèges français, avec ses deux rangées de tables de marbre ou de toile cirée couvertes d'ustensiles hétérogènes et de grossières assiettes, dans lesquelles on dévore plutôt qu'on ne mange une pitance soigneusement mesurée, il aperçut une longue table couverte d'une nappe éblouissante de blancheur et pareille à la table d'un banquet.

Quatre ou cinq pots en belle faïence bleue, remplis de fleurs, en égayaient l'ordonnance. Des assiettes à couleurs gaies, des verres et des flacons de cristal étaient alignés avec soin. D'énormes pièces de viande froide, couvertes de cloches argentées, s'espaçaient de distance en distance, et de grands plats de légumes bouillis remplissaient les intervalles. Devant chaque place, une chaise attendait son convive.

Aux murs, de jolies gravures, deux ou trois portraits de famille, donnaient à la pièce une physionomie patriarcale. Les fenêtres, garnies de blancs rideaux, s'ouvraient sur le parc. Deux grandes crédences, chargées de vaisselle et de grosses pièces d'argenterie, offertes en souvenir à leur maître par plusieurs générations d'élèves, complétaient un ameublement presque somptueux.

Mistress Newton était déjà assise au haut bout, et, en face d'elle, M. Newton attendait que tout le monde fût placé. Il adressa un petit signe de tête à Laurent pour lui indiquer d'aller auprès de mistress Newton ; puis, quand tous les jeunes gens furent arrivés, il toucha un timbre.

Aussitôt les domestiques enlevèrent les cloches qui couvraient les plats, et les plus grands garçons commencèrent à découper les pièces placées devant eux et à servir leurs camarades. M. Newton et sa femme en faisaient autant de leur côté.

On se serait cru à une grande table de famille. Les enfants causaient à demi-voix, du ton que les gens de bonne compagnie ont à dîner. Mme Newton trouvait un mot aimable à dire à chacun ; et celui qui était interpellé par elle lui répondait avec calme et aisance, en souriant, sans embarras ni effronterie, comme il aurait parlé à sa mère ou à sa sœur aînée.

Elle vit l'étonnement que ce spectacle causait à Laurent.

« Est-il vrai qu'en France on empêche les élèves de causer à table, lui demanda-t-elle, et qu'ils n'y voient jamais une dame ? »

Laurent, rouge comme une pivoine, répondit que oui, le nez dans son assiette.

« Je me demande comment, avec un tel système, les Français peuvent acquérir leur réputation de politesse, dit-elle. Les jeunes gens doivent être de vrais sauvages, quand ils sortent du collège. On dit qu'ils ne respectent pas les dames ; c'est probablement parce qu'ils n'ont pas pris l'habitude d'en voir de respectables... »

C'était la première fois de sa vie que Laurent s'entendait parler ainsi comme à un grand garçon.

« En Angleterre, nous avons des idées toutes différentes, continua-t-elle ; vous verrez souvent ici mes sœurs, mes cousines, des parentes de vos camarades. Avez-vous des sœurs ?

— J'en ai une, dit Laurent.

— Eh bien, quand elle ou votre mère viendront vous voir, j'espère qu'elles nous feront le plaisir de prendre le lunch avec nous. Nous donnons aussi de temps en temps un petit bal, et nous sommes très contents qu'on nous amène des danseuses. Vous savez danser, assurément ?

— Non, madame.

— Ah ! c'est extraordinaire. Je croyais que tous les Français savaient danser en naissant. Il faudra apprendre : c'est très facile, et il n'y a rien de plus amusant. »

Elle continua de causer ainsi avec douceur et simplicité. Laurent trouvait tout cela intéressant comme un conte de fées, mais il n'en perdait pas une bouchée. Mistress Newton remarqua qu'il mangeait gloutonnement. Elle ne lui en dit rien, bien sûre que l'exemple ou les moqueries de ses camarades ne tarderaient pas à le guérir de ce défaut.

Après souper, la plupart des élèves remontèrent dans leur chambre. Quelques-uns, et Harry Stubbs était du nombre, passèrent dans une salle voisine. Laurent, ne connaissant que lui, le suivit.

C'était un salon de lecture garni de rayons sur lesquels cinq ou six cents volumes de voyages, d'histoires, de romans bien choisis, étaient à la disposition des élèves. Mais ce qui renversa toutes les notions que Laurent apportait de la pension Lauraguais, ce fut de voir, sur une grande table couverte d'un tapis vert, tous les journaux politiques et illustrés, les principales revues, les brochures, en un mot tout ce qu'il était habitué à considérer comme fruit défendu. Il est vrai que ces journaux étaient en anglais, c'est-à-dire lettre close pour lui. Mais plusieurs de ses camarades, même parmi les plus jeunes, les lisaient avec un intérêt évident.

« Quelle drôle de boîte! » pensait-il.

« Éte-vô libéral ou *conservative?* lui demanda Harry, voyant qu'il restait en contemplation devant les journaux.

— Libéral, » répondit Laurent.

Et nous sommes obligés de convenir que l'idée d'avoir une opinion politique en propre lui venait pour la première fois de sa vie. Mais il s'était heureusement rappelé à propos que son père était toujours taxé de libéralisme en discutant avec ses amis.

« Moâ *conservative*, » dit Harry.

Et il se replongea dans la lecture du *Morning-Post*.

Laurent feuilleta quelques journaux à gravures, puis, voyant que personne ne s'occupait de lui, il monta dans sa chambre et trouva le lit fait et son bagage déposé sur une chaise. Une bougie était allumée sur la table.

Il se dit qu'il n'aurait jamais une meilleure occasion d'écrire ses impressions à son copain Planchu, et, tirant aussitôt de sa valise un joli buvard que lui avait donné sa mère, avec du papier à belles initiales bleues, il commença la missive suivante, dont nous respectons scrupuleusement l'orthographe beaucoup trop fantaisiste :

« Mon vieux Copain,

« Je viens de passer ma première journée dans un bazar qui est bien étonnant. Tu vas croire que j'invente, mais tu aura tort. C'est la vérité que je vai te dire. 1° J'ai une chambre pour moi tout seul et je puis sortir quand ça me plait. 2° Il n'y a pas de pions ni de concierge. 3° Le proviseur est un vieux qui a l'air très-bon enfant, et c'est sa femme qui nous sert à table. Elle m'a donnée trois fois du rôti et des tranches larges comme tes joues, mais trop minces ; je ne sais comment elle fait pour les découper. 4° On nous oblige à lire les journaux tous les jours et des romans tant qu'on veut. 5° Il y a trois jeudis par semaine, et sortie du samedi au lundi. C'est à la campagne, il faut prendre le chemin de fer. Je ne sais pas encore où l'on fume, mais je conte bien me payer une cigarette dans le parc demain. Je t'écrirai plus longuement une autre foi : Je suis très-fatigué ce soir, parce que j'ai eu une discussion politique avec un grand. Je parle déjà très-bien anglais. Il s'appelle Arèsteubs. A toi pour la vie.

« Laurent Grivaud. »

« *P.-S.* Dis au pion que je le prie de me renvoyer le miroir qu'il m'avait emprunté, ou bien j'écrirai au préfet de police. C'est étonnant comme le clima de l'Angleterre fais pousser la moustache. »

Laurent achevait sa correspondance quand Harry passa sa tête dans la porte entre-bâillée et lui dit :

« Vô faire le déjeuner de moâ demain. *Good night!* » (Bonsoir !)

Et, avant que Laurent eût pu lui demander des explications, il avait disparu. Le *nouveau* resta tout étonné à se demander ce que signifiaient ces paroles ; puis il conclut que sans doute Harry voulait dire qu'ils déjeuneraient ensemble, car il se rappelait le détail donné par mistress Newton : on déjeunait dans les chambres.

En attendant, il n'avait rien de mieux à faire qu'à se coucher. C'est ce qu'il fit, puis il souffla sa bougie.

Nous devons toute la vérité à nos lecteurs : à peine notre héros se trouva-t-il seul dans l'obscurité que certaines sottes histoires de bandits ou de revenants, à lui contées jadis par une de ses bonnes, et qui lui avaient laissé, en dépit de ses douze ans, une impression dont rien encore n'avait pu le dégager tout à fait, lui revinrent en mémoire. Dans ce pays, si peu connu de lui, ces souvenirs lui causèrent un malaise inexprimable. Le vent, qui sifflait dans les cheminées au-dessus de sa tête, résonnait à ses oreilles comme le gémissement d'une âme en peine. Il se tenait tapi dans son lit, n'osant bouger, et, pour tout dire en un mot, en proie à une peur insurmontable.

Cela dura deux ou trois heures, pendant lesquelles le malheureux s'attendait à chaque instant à voir entrer quelque apparition terrible ou monstrueuse.

Enfin le sommeil triompha de ces sottes terreurs, et Laurent s'endormit.

CHAPITRE III

LA QUESTION DU DÉJEUNER

Il ne se réveilla que le lendemain matin, en entendant ouvrir sa porte : un domestique prenait ses souliers et les remplaçait par une autre paire, fraîchement cirée.

Il faisait jour, et il se rendit compte, au remue-ménage des chambres voisines, que ses camarades se levaient sans doute. Mais il faisait bon être au lit sans avoir peur. On avait dit devant lui qu'il n'était pas obligé de se lever avant le déjeuner : il resta donc à muser dans ses draps, en se disant qu'en somme, l'heure des revenants une fois passée, avoir une chambre à soi était chose assez douce et très supérieure au système du dortoir commun et du roulement de tambour à cinq heures et demie. Cependant, il allait se déterminer à en finir et à sauter à bas de son lit, quand Harry entra dans sa chambre et lui demanda, avec l'air du plus vif intérêt :

« Vô malade?

— Non, répondit Laurent.

— Pourquoi pas levé déjà?

— Parce que j'ai mieux aimé rester au lit. »

Harry se mit alors à lui expliquer, moitié en anglais, moitié en mauvais français, que c'était absurde, qu'il n'aurait pas de beurre, qu'il ne pourrait pas faire de tartines... Laurent ne comprenait qu'imparfaitement; cependant, il se rendit compte qu'il avait perdu quelque chose à ne pas se lever assez tôt, et il s'empressa de s'habiller.

Quand il fut prêt et put sortir de sa chambre, il s'expliqua le mystère. Les couloirs étaient pleins d'élèves de son âge qui revenaient de l'office, portant chacun les éléments de leur propre déjeuner et de celui d'un de leurs camarades des classes supérieures auquel ils servaient d'« ordonnance », comme on dit à l'armée. Laurent eut une vague impression que c'était là l'office que Harry avait réclamé de lui, en lui disant la veille au soir :

« Vô faire le déjeuner de moâ. »

Cette idée lui fit monter le rouge au front. Il ne dit rien cependant, espérant qu'il s'était trompé. Mais quand Harry, le voyant rester immobile, lui eut dit assez vivement :

« Allez donc! vô trop tard! »

Il perdit patience et lui dit aigrement :

« Est-ce que vous me prenez pour votre domestique? »

Harry fut profondément étonné de cette révolte. Qu'un « nouveau », un gamin de douze ans, prétendît se soustraire aux obligations dont un usage traditionnel fait un devoir dans les écoles britanniques, c'est une idée qui lui parut scandaleuse. Il n'était ni dur ni méchant, mais il était, comme tous ses compatriotes, naturellement et profondément attaché à ce qu'il considérait comme son droit, et il pensait avoir acheté celui de se faire servir par les « nouveaux », en ayant jadis servi les « anciens ».

« *All right!* » (Très bien !) dit-il froidement.

Et appelant un autre des « petits », il lui dit quelques mots en anglais.

L'enfant partit comme une flèche et revint après trois minutes, portant un pot d'eau bouillante, un petit pot de lait et deux rondelles de beurre dans une soucoupe ; il déposa le tout dans la chambre de Harry, puis il redescendit de nouveau et revint avec les rôties de pain soigneusement grillées.

Harry, pendant ce temps, avait jeté l'eau bouillante dans la théière, disposé deux tasses sur sa table, et, quand le gamin revint et eut étalé le beurre sur les rôties, les deux compères se mirent en devoir de les expédier.

Quant à Laurent, comme il n'avait ni théière, ni lait, ni beurre, ni rôties, il dut se contenter d'aspirer le parfum du déjeuner de ses camarades.

« Voilà qui est trop fort ! grommelait-il à part lui. Il faut que je serve de commissionnaire et de cuisinier à ce tyran ou que je me passe de déjeuner ! Nous verrons bien ! »

Et il se mit à tambouriner avec fureur sur les vitres de la fenêtre. Bientôt une cloche se fit entendre : tous les élèves se dirigèrent vers l'escalier, et Laurent fit comme les autres. En passant près de lui, le petit bonhomme qui avait servi Harry se mit à rire et passa sa langue sur ses lèvres comme pour dire :

« Votre beurre était très frais, je vous assure ! »

C'est ainsi du moins que Laurent interpréta cette pantomime.

« En voilà un à qui il faudra que j'administre des taloches ! » pensa-t-il.

On descendit dans une grande salle dallée, où M. Newton procéda à l'appel de tous les noms, puis chaque division se rendit dans sa classe.

« Venez dans mon cabinet, dit le chef d'instruction à Laurent, qui le suivit. — Eh bien, avez-vous pu vous entendre avec Stubbs? C'est un très gentil garçon, n'est-ce pas?

— Oui, parlons-en, pensait Laurent.

— Vous aurez quelques difficultés dans les premiers jours, reprit M. Newton, auquel sa mine sombre et déconfite n'échappait pas, mais il ne faut pas vous décourager. Les usages de nos collèges paraissent bizarres au premier abord, et ils doivent surtout sembler tels à un étranger; mais ils ont leur bon côté que vous ne tarderez pas à reconnaître.

— Je voudrais qu'on me fît voir le bon côté d'une privation de déjeuner, » se disait Laurent. Mais, bien entendu, il aurait cru « cafarder » en soufflant le moindre mot de la première difficulté qu'il avait rencontrée.

Cependant il était arrivé dans le cabinet de M. Newton. C'était une vaste pièce meublée de chaises de cuir et de bureaux aux formes variées, dont les murs disparaissaient sous les rayons d'une bibliothèque reliée avec soin. M. Newton s'assit, fit subir un examen rapide à Laurent en lui posant quelques questions d'histoire, de géographie et de grammaire, et conclut :

« Je vais vous placer dans la deuxième division ; si vous travaillez bien, à la fin du semestre, peut-être pourrai-je vous faire passer dans la troisième. »

Il sonna un domestique, lui donna ses instructions pour conduire Laurent à sa classe et les congédia tous les deux.

La classe de la deuxième division ressemblait à celles d'un collège français : la seule différence était dans l'ornementation des murs, couverts de tableaux mnémotechniques et de cartes géographiques, de telle sorte que, dans un moment · de distraction, l'œil fût obligé de percevoir et de transmettre à la mémoire quelque notion utile. On traduisait du latin, et la leçon, qui ne durait que trois quarts d'heure, était déjà presque à son terme. A dix heures précises, le professeur fut remplacé par un autre maître, qui donna de même une leçon d'histoire, courte, mais substantielle, et s'attacha surtout à indiquer à ses élèves les lectures qu'ils devaient faire pour la compléter.

La journée était une de celles où il y avait quatre cours, sans compter une conférence supplémentaire, et le soir une répétition de musique vocale : aussi Laurent eut-il à peine le temps de se promener quelques minutes dans le parc entre les deux classes, et il remarqua avec surprise qu'il était seul à prendre ce délassement. Évidemment, chacun ne s'occupait ce jour-là que de ses études.

A son grand étonnement, comme la soirée s'avançait, Harry Stubbs vint le chercher dans sa chambre pour échanger sa leçon d'anglais contre une leçon de français. Laurent aurait volontiers refusé son concours à ce double exercice, car il avait sur le cœur le déjeuner qu'il n'avait pas sur l'estomac ; mais le ton de Harry était si simple et si naturel, il avait l'air de songer si peu au différend du matin, que Laurent n'osa rien dire et se plia malgré lui à la volonté qui le dominait.

Il remarqua avec plaisir que cette seule journée, passée à entendre plutôt qu'à écouter des leçons dont il n'avait rien compris, avait déjà habitué son oreille aux sons anglais, de telle sorte qu'il saisissait beaucoup plus facilement que la veille les explications de Harry et retenait très aisément les mots. Celui-ci, de son côté, faisait en français des progrès évidents. Ils se séparèrent donc assez satisfaits l'un de l'autre, et, à souper, Laurent raconta sa journée à mistress Newton, qui s'informait avec bonté de ses premières impressions.

« C'est demain jour de jeux, lui dit-elle. Faites bien attention à la façon dont vous débuterez avec vos camarades, car, de votre tenue sur le champ d'exercice, dépend peut-être le bonheur de tout le temps que vous passerez ici. Si vous êtes adroit et fort, ne vous en vantez pas, mais montrez-le. »

Laurent pensait à part lui qu'il n'avait guère à craindre d'exciter la jalousie de ses camarades : il ne savait jouer qu'aux billes et aux *barres*, et il n'avait pas observé, en arrivant avec son père, que ces deux jeux fussent pratiqués.

Rentré dans sa chambre et se rappelant ses terreurs de la veille, il n'osa pas souffler sa bougie et s'endormit de bonne heure sans l'éteindre.

Aussi se réveilla-t-il plus tôt que la veille, et, se levant dès que les premiers bruits se firent entendre, il descendit l'un des premiers à l'office pour prendre son déjeuner, bien résolu ce matin à le conquérir.

Il trouva là, derrière les barreaux d'une sorte de cage à guichet, une vénérable matrone en cornette de veuve, qui, en l'apercevant, lui remit aussitôt un gros morceau de pain, un peu d'eau chaude et un pot de lait pareil à ceux qu'il avait vus la veille, et deux rondelles de beurre dans une

soucoupe. Il remonta muni de ces provisions, et il débou-
chait précisément de l'escalier dans le passage quand il rencontra Harry. La figure de celui-ci s'éclaira aussitôt.

« Aho! dit-il, vô appô-ter déjeuner de moâ! »

Et avant que Laurent, dans sa surprise, eût pu lui résister, il prit de ses mains le beurre et le lait.

« Allez préparer tartines, reprit Harry.

— C'est trop fort! » se dit Laurent, furieux d'avoir lâché
le fruit précieux de ses peines. Mais, toujours buté à son
idée fixe de ne pas servir de domestique, il se consola en se
disant que le pain lui restait et se mit à le mordre à belles
dents.

Cependant, Harry avait cru de très bonne foi que Laurent comprenait sa sottise de la veille et se soumettait à
l'usage; il s'étonna de ne pas le voir revenir. Le thé était
prêt et fumait dans les tasses, blanchi d'un nuage de lait.

« Le petit Français ne sait sans doute pas faire griller ses
tartines! » finit par se dire le grand garçon, et il daigna
descendre à l'office pour montrer à Laurent, une fois pour
toutes, la façon de s'y prendre. Naturellement il ne l'y
trouva pas, et, d'autre part, celui-ci, qui l'avait entendu
passer, jeta par hasard un coup d'œil dans la chambre restée
ouverte, et, voyant le thé fumant et le fameux beurre à sa
portée, il se dit qu'il ne trouverait jamais une occasion
plus éclatante de se venger de ce qu'il croyait être son
injure.

En conséquence, étalant à la hâte tout le beurre sur ce
qui lui restait de pain, il se mit à l'engloutir en doublant les
bouchées. Il y mettait tant d'ardeur, qu'il faillit étouffer et
fut obligé d'avaler coup sur coup les deux tasses de thé

III

« AHO ! FIT-IL TRÈS SURPRIS, VÔ MANGÉ
DÉJEUNER DE MOA ! »

pour dégager son œsophage. Ce ne fut pas sans se brûler un peu. Mais enfin il achevait cet exploit quand Harry rentra.

« Aho? fit-il très surpris. Vô mangé déjeuner de moâ!

— Tiens! dit l'autre, vous vous êtes gêné pour manger le mien hier! »

Mais Harry ne l'écoutait pas ou ne le comprenait pas.

« Pas d'un gentleman! Pas d'un gentleman! répétait-il d'un ton plus attristé que fâché.

— Chacun son tour! » disait Laurent, qui n'avait pas d'abord été sans inquiétudes sur les conséquences de son acte, mais qui triomphait de la mine déconfite de Harry.

Et il ne craignit pas d'accompagner cette phrase, en sortant de la chambre, d'un pied de nez à l'adresse du jeune homme. C'en était trop, et la colère fit rougir celui-ci jusqu'à la racine des cheveux. Il sauta sur Laurent, l'empoigna par le bras et le secoua rudement; mais, voyant qu'il ne faisait aucun signe de résistance, si ce n'est qu'il répétait :

« Veux-tu me laisser, grand lâche! veux-tu me laisser! »

Il se contenta de le jeter à la porte.

Laurent rentra dans sa chambre avec des sentiments assez confus sur ce qui venait de se passer.

« Mais, au fond, c'est encore moi qui ai le dernier, puisque je garde le déjeuner! » finit-il par se dire.

La cloche de l'appel interrompit ces nobles réflexions.

CHAPITRE IV

UNE PARTIE DE CRICKET ET SES SUITES

Aussitôt après la classe du matin, les élèves montèrent se mettre en tenue de jeu et se dirigèrent sur les pelouses, qui en étaient le théâtre ordinaire. Pendant toute la matinée, un énorme rouleau, traîné par un cheval chaussé de larges patins, avait passé et repassé sur le gazon pour bien l'égaliser en tous sens, et le jardinier avait planté les piquets de cricket aux bons endroits.

Laurent fit comme les autres. Le tailleur de la maison lui avait apporté une vareuse et un pantalon de flanelle qu'il avait revêtus avec un plaisir singulier, de même qu'une petite casquette de toile blanche à raies rouges. Mais quand il se regarda dans son nouveau costume, il fut obligé de convenir qu'il ne savait pas encore le porter et que sa coiffure, notamment, faisait sur ses grands cheveux l'effet le plus bizarre. Néanmoins, il se hâta de courir hors du parc et de se joindre à un groupe de *cricketers* presque exclusivement composé d'élèves de sa classe.

Ce jeu n'admet, comme on sait, qu'un nombre fixe de

partenaires, onze de chaque côté, et d'ailleurs Laurent en
ignorait les premiers éléments. Il se contenta donc de regarder faire ses camarades, en ayant soin de se tenir pru-
demment hors de la portée de la balle. Il avait remarqué
que c'était un véritable boulet de buis, très lourd et très
dangereux à recevoir dans les jambes et à plus forte raison
dans la poitrine ou sur la tête. Mais il avait beau regarder,
il ne comprenait pas du tout l'intérêt du jeu, et il était surtout bien loin de se douter de la force, de l'agilité et de l'a-
dresse qu'il développe chez ses adeptes.

« Ce n'est pas malin, se disait-il, de se tenir près de ces
piquets avec cette grosse balle à la main et de renvoyer la
balle quand elle vous arrive, ou bien de courir après elle
quand elle vous manque! Voilà une belle affaire pour tant
d'embarras! »

Sa figure exprimait un si complet dédain qu'un des
joueurs, en passant près de lui, le remarqua, et, supposant
naturellement, d'après la mine qu'il faisait, que le *nouveau*
était de première force, il pensa que ce pourrait être une
bonne acquisition pour son équipe; moitié par gestes, moitié par mots, il lui offrit sa place.

Laurent, s'il avait été franc et sage, aurait simplement
avoué qu'il voyait le jeu pour la première fois de sa vie.
Mais il était bien trop vaniteux pour dire la vérité.

Il accepta la proposition de son camarade et prit sa place.
Les autres joueurs ne remarquèrent même pas la substitution.

Heureusement, son rôle était peu important, et le hasard fit
que, pendant les premières minutes, il n'eut rien à faire. Mais
bientôt il fallut changer de camp; celui qui lui avait donné

la place, étonné de le voir rester immobile, se mit à crier : « *Go away! Go away!* »

Laurent ne comprenait pas, mais le mouvement était si nettement engagé par la course en sens contraire des deux partis, qu'il fit comme les autres et courut se placer au bord opposé de la pelouse.

Il était en retard et venait à peine de se retourner quand la balle, lancée avec force, arriva sur lui en roulant. Il ne sut pas l'éviter ; elle rebondit sur son pied gauche, en lu causant une douleur aussi vive que si un cheval de charrette le lui avait écrasé sous son sabot.

Hélas ! le pauvre Laurent n'était pas à l'épreuve de la souffrance ; on ne lui avait pas appris à la supporter virilement et en contenant toute manifestation extérieure. Il commença donc par pousser un cri des moins harmonieux, qui se termina en plaintes, larmes et sanglots, accompagnés d'une danse désordonnée sur un seul pied.

Les partenaires d'accourir, le croyant à demi mort pour le moins. On s'empresse autour de lui, on le tâte, et l'on s'aperçoit qu'il n'a pas d'autre mal qu'un bon coup de balle à plat sur le pied. La belle affaire ! Il n'y en avait pas un qui, à sept ans, n'eût rougi de pleurer pour si peu. Tous les spectateurs se regardèrent en souriant, reprirent leur place et ne s'occupèrent plus de Laurent.

Lui, cependant, voyant le peu de succès de ses gémissements, se retirait en clopinant et s'en alla bouder sur un banc écarté.

Il y resta jusqu'à la cloche du lunch, s'ennuyant consciencieusement, mécontent de lui-même et des autres et assez embarrassé de son personnage. Enfin, voyant que tout le

IV

LE PAUVRE LAURENT N'ÉTAIT PAS À L'ÉPREUVE
DE LA SOUFFRANCE.

monde rentrait, il se dirigea vers la maison, en boitant un peu plus que de raison, et monta dans sa chambre pour changer de vêtements.

Quand il se mit à table, sa figure était si morne et si lugubre que mistress Newton ne put s'empêcher de lui demander ce qu'il avait.

« J'ai reçu la balle sur le pied en jouant au cricket, soupira-t-il en prenant un air langoureux.

— Ah! mon Dieu, pauvre enfant, vous êtes blessé! s'écria mistress Newton, habituée à voir les élèves ne jamais se plaindre qu'à la dernière extrémité. Que ne le disiez-vous? Il faut absolument que j'examine votre pied! »

Et voilà l'excellente femme qui se lève, laisse là le dîner, dit à un domestique de prendre Laurent sous les bras, et l'emmène avec mille précautions dans la pièce voisine.

Laurent, lui, trouvait la chose toute naturelle. On eût dit, à voir ses yeux mourants et l'abandon avec lequel il se laissait porter, qu'il en avait réellement besoin. Cependant on le déchaussa, on mit son pied à nu; c'est à peine si une légère rougeur indiquait qu'il avait été atteint.

Mistress Newton n'en croyait pas ses yeux : elle s'obstinait à penser qu'il pouvait y avoir une fracture sans trace extérieure, et la feinte difficulté avec laquelle Laurent faisait mouvoir son pied la maintint quelques instants dans cette opinion. Mais enfin il fallut bien se rendre à l'évidence : Laurent n'avait rien, rien qui valût la moindre attention, et il se livrait à une comédie ridicule.

Mistress Newton fut scandalisée au dernier point, quand la vérité éclata à ses yeux.

« Le vilain garçon! pensa-t-elle; se plaindre pour si peu,

souffrir que je m'effraye, que je me lève et quitte la table!
— Allons, vous n'en mourrez pas! » ne put-elle s'empêcher
de lui dire.

Et, le laissant se rechausser piteusement, elle revint à la
salle à manger.

Laurent, très honteux et non sans raison, n'osa pas y rentrer. Il prit le parti de s'entêter dans sa prétendue souffrance et de remonter dans sa chambre, où il s'étendit sur
son lit.

Il était dit qu'il ne pourrait pas avoir régulièrement ses
quatre repas dans « cette maison ». Telle était la pénible réflexion à laquelle il se livrait.

A cinq heures le thé arriva, et, peu après, Laurent fut
fort étonné de voir Harry entrer chez lui et l'inviter à échanger leurs leçons comme les deux jours précédents. Il se leva
en rechignant et se rendit à cet appel.

La figure de Harry était calme et froide et exprimait à son
égard une complète indifférence. Il n'essaya plus de mêler
un peu de gaieté à cet enseignement mutuel en le coupant
de tapage et de gambades; mais, après avoir pris sa leçon et
l'avoir rendue avec une régularité mécanique, il se remit à
son travail personnel sans dire un mot à Laurent.

Celui-ci ne s'inquiéta pas de cette froideur; il rentra dans
sa chambre, fit en français la version que le professeur lui
avait remise, comme aux autres élèves, tout imprimée sur
une feuille volante, et, l'heure du souper venue, descendit
affamé et non sans quelques doutes sur l'accueil qui lui serait fait par mistress Newton.

A son entière satisfaction, elle ne fit aucune allusion à son
petit accident du matin, ni à son absence au lunch. Mais il

n'en fut pas de même dans la salle de lecture, quand il y passa après souper.

Il y trouva tout un petit cercle d'élèves, pour la plupart de son âge et de sa classe, qui se mirent à ricaner en le regardant, et à se dire en anglais une foule de choses qui devaient être très divertissantes, à en juger par les éclats de rire dont elles étaient accompagnées. Deux d'entre eux surtout provoquaient une hilarité générale en se jetant avec frénésie dans les bras l'un de l'autre, tandis qu'un troisième sautillait en levant la patte comme un chien blessé. Un mot revenait souvent au milieu de ces pantomimes et des brocards dont elles étaient accompagnées, c'était celui de *sneak,* qui veut dire littéralement *reptile,* mais qui sert à désigner, dans l'argot des écoles anglaises, un garçon douillet, pleurnicheur et peu hardi.

Laurent n'avait garde de comprendre le mot ; mais il comprenait fort bien les rires et les gestes, et il avait encore trop à cœur les humiliations du matin pour ne pas voir qu'elles étaient le texte des plaisanteries de ses camarades. Il en fut profondément vexé. Plus audacieux en paroles qu'en action et plus fort de bec qu'en gymnastique, il éprouva bientôt une irrésistible démangeaison de répondre aux railleries dont il était l'objet. Malheureusement, son vocabulaire se composait exclusivement de mots qui n'avaient aucune chance d'être compris de ses adversaires. Il se contenta donc de les grommeler entre ses dents, et, cette fureur évidente ne faisant que redoubler la gaieté des autres, il finit par leur adresser une de ces grimaces dans lesquelles il était passé maître.

C'était plus qu'il n'en fallait pour les faire rire à pleine ceinture.

Plus ils riaient, plus Laurent redoublait ses grimaces, et sa colère, croissant en raison de leur joie, arriva bientôt au paroxysme. Il leur montra le poing.

Aussitôt le plus petit de la bande, un bambin de onze ans à peine, se jeta en avant, comme pour dire qu'il acceptait le défi. Sur quoi tous les autres se mirent à applaudir, en acclamant leur champion à demi-voix.

Laurent voulut le prendre par les bras et le secouer. Mais, avant d'avoir pu exécuter ce projet, il avait déjà reçu en pleine figure une grêle de coups de poing qui l'aveugla, et il tombait, fou de rage et de douleur, sur le sofa de cuir placé auprès de lui.

Tout cela s'était passé en moins de temps qu'il n'en faut pour le dire et sans aucun bruit extraordinaire, ou qui pût provoquer l'attention.

Un grand silence succéda au combat. Cette solution mettait fin à la plaisanterie, dans le code particulier de Hobham-College; et, maintenant que Laurent gisait vaincu, on lui devait des soins et des égards.

En conséquence, quand il se fut un peu calmé, il se sentit pris sous les bras, emmené doucement et hissé sans bruit au sommet de l'escalier. Il se laissait faire d'autant plus naturellement qu'il n'y voyait pas : il avait, selon l'expression consacrée, les deux yeux « au beurre noir », et ses paupières, subitement gonflées par l'effet de deux coups qui les avaient prises pour points de mire sans rencontrer aucun bouclier pour les protéger, étaient complètement fermées.

Ses camarades le dépouillèrent de ses vêtements, le mirent dans son lit, allèrent chercher une compresse qu'ils

mouillèrent d'une composition pharmaceutique, et la placèrent sur ses yeux en l'assujettissant avec un bandeau.

Cela fait, ils se retirèrent doucement, et Laurent resta
seul sous son masque.

La douleur physique s'était vite calmée, mais ses réflexions n'en étaient pas moins pénibles.

« Ces Anglais, pensait-il, parce qu'ils savent boxer,
comme ils en abusent ! Me frapper en pleine figure pour
m'aveugler, c'est lâche !... mais je le rattraperai, le petit
scélérat ; je trouverai bien moyen de lui saisir les bras, et je
lui donnerai une bonne leçon. Que je guérisse seulement !...
Probablement il va falloir être consigné plusieurs dimanches, par-dessus le marché, pour m'être battu. C'est amusant ! »

Il avait la tête lourde et un peu de fièvre. Bientôt il s'endormit.

Quand il se réveilla le matin, il fut tout étonné de se trouver emmitouflé dans un bandeau et commença par l'ôter
pour examiner l'état de ses blessures : la compresse avait
fait bon effet, les paupières étaient déjà dégonflées, et il
pouvait les ouvrir. Mais le globe des deux yeux était injecté
de sang, la lumière leur était insupportable, et, tout autour
de chaque orbite, deux cercles noirs marquaient exactement
l'empreinte des arcades osseuses. Laurent replaça le bandeau
et attendit avec résignation les conséquences de son aventure.

Il était à peine recouché quand il entendit sa porte s'ouvrir.
Quelqu'un entra avec précaution et se plaça près de son lit.

« Qui est là ? dit Laurent.

— *Well! how are you this morning ?* » (Eh bien ! comment vous trouvez-vous ce matin?) lui demanda une voix presque enfantine, mais qu'il ne connaissait pas.

« Qui est là? » répétait le blessé, au lieu de répondre à la question qu'il ne comprenait pas d'ailleurs.

« Bob Drake, » reprit la voix.

Laurent releva imperceptiblement son bandeau et regarda : c'était le jeune garçon avec lequel il s'était battu, ou plutôt par lequel il avait été battu.

Son premier mouvement fut de lui tourner le dos et de lui témoigner ainsi qu'il le dispensait de sa sympathie. Mais l'enfant lui parlait d'une voix si douce, il paraissait avoir si bien à cœur de réparer, s'il le pouvait, les désordres causés par ses poings, il savait si bien s'y prendre pour mouiller la compresse de Laurent et la replacer sur ses yeux, que celui-ci se laissa faire. Il avait le cœur tendre et bon, comme la plupart des enfants français, car leur défaut ordinaire est une sensibilité excessive, dont ils ne sont surtout pas assez habitués à réprimer les manifestations extérieures, et la douceur de Bob eut bientôt triomphé de sa rancune.

Mais, comme il ne pouvait ni comprendre ce que celui-ci disait, ni se faire entendre de lui, leur échange de sentiments fut nécessairement limité au langage des gestes. Le plus éloquent de tous, celui qui a cours dans tous les pays, la poignée de main, ne tarda pas à arriver.

C'était l'heure du déjeuner. Bob se hâta d'aller chercher celui de Laurent et le sien, poussa l'obligeance jusqu'à lui couper ses mouillettes et les lui mettre dans la bouche, et, quand la cloche de l'appel sonna, la réconciliation était définitivement scellée.

Tout naturellement Laurent fut marqué *absent,* et M. Newton ne tarda pas à arriver dans sa chambre.

Laurent s'attendait à être réprimandé et puni. Sa surprise fut extrême quand il entendit le maître lui dire en riant :

« Ah! ah! mon garçon, vous vous êtes fait battre, à ce que je vois. Voulez-vous me laisser examiner votre face? »

Et M. Newton dénouait le bandeau.

« Ce ne sera rien. C'est l'affaire de deux jours, dit-il en le replaçant. Je ne vous demande pas avec qui vous avez eu maille à partir; je sais que vous autres gamins n'aimez pas à raconter vos batailles. Allons! tâchez de ne pas trop vous ennuyer... on vous enverra vos repas ici. »

Et M. Newton sortit sans donner plus d'importance à la chose.

Laurent n'en revenait pas. Au lieu de l'enquête approfondie, des débats contradictoires, des punitions et peut-être de l'expulsion auxquels une rixe pareille aurait donné lieu à la pension Lauraguais, M. Newton en parlait en riant et n'y songeait plus l'instant d'après. C'était le monde renversé. Laurent, qui tout à l'heure se croyait un grand coupable, comprenait que son principal tort aux yeux de M. Newton était de s'être laissé vaincre. Il ne pouvait pas le savoir, mais, dans les collèges anglais, non seulement on ne cherche pas à empêcher ces luttes, où, les seules armes étant les poings, la vie n'est jamais en danger, mais on les favorise en quelque sorte, et les maîtres seraient les premiers à avoir une mauvaise opinion d'un garçon qui les éviterait systématiquement.

Il n'y a pas un homme qui, dans le cours de son existence, ne soit exposé à ces surprises dans lesquelles il faut se défendre sans armes ou succomber ; souvent sa vie dépend de la force, de l'adresse et de l'habileté avec lesquelles il saura résister. Comment y arriverait-il, s'il n'a pas pris dès son enfance l'habitude de la lutte ?

Rien ne développe plus sûrement cette confiance en soi, cette fermeté, cette hardiesse à affronter les périls et les fatigues, qui sont toujours pour un homme des qualités si nécessaires et de si précieux éléments de succès. On peut donc confesser que le système, bien que trop absolu, des écoles anglaises peut être, sous ce rapport, supérieur aux restrictions françaises. Nous ferions toutefois nos réserves sur la boxe avec latitude de frapper même au visage ; elle a un côté barbare qui ne saurait nous plaire ; cependant, à tant faire que de ne la considérer que comme une école d'adresse et de sang-froid, c'est sans doute dans cette rude éducation qu'il faut voir la raison première de cette aptitude supérieure à la colonisation, à la vie de dangers et de combats, si remarquable chez la race anglo-saxonne.

Laurent ne s'élevait pas, comme on pense, à des considérations si hautes ; mais il comprenait qu'il était transplanté dans un monde scolaire tout différent de celui qu'il avait laissé à Paris. Il s'apercevait que, dans ce monde nouveau, les petites niches, les petits jeux, les bavardages, avaient une place très restreinte ; et qu'à tort ou à raison, spontanément ou par l'effet de l'impulsion extérieure, les enfants y étaient plus sérieux, plus semblables à des hommes.

Déjà il subissait l'influence du milieu. Lui qui ne s'était jamais trouvé honteux de sa maladresse et qui se contentait d'éviter difficultés, fatigues ou périls, quand ils se présentaient, il commençait à se dire qu'il devait être bien agréable de savoir se servir de ses forces. Il se demandait s'il était bien difficile de les perfectionner ou de les assouplir, et se promettait d'y travailler.

Rien de tel, paraît-il, que deux yeux pochés pour inspirer de ces réflexions salutaires. On n'y voit pas de deux ou trois jours ; mais on aperçoit par l'œil de la pensée ce qu'on n'avait jamais remarqué si nettement : c'est que, la vie étant très souvent un combat, pour les individus comme pour les nations, les uns ou les autres ne sauraient s'y préparer avec assez de soin et de vigilance.

CHAPITRE V

LE PREMIER JOUR DE CONGÉ

Laurent fut obligé de garder la chambre pendant quarante-huit heures, et Harry en profita pour venir échanger avec lui deux leçons, une le matin, et une le soir. D'autre part, Bob se montrait très assidu auprès de sa victime, et comme les deux enfants éprouvaient un vif désir de pouvoir se communiquer leurs idées, toutes ses visites étaient pour Laurent des conférences supplémentaires.

Il faisait donc en anglais des progrès très rapides, et, quand il partit le lendemain, qui était un samedi, pour la maison paternelle, il savait déjà plus de cinq cents mots. Il n'y en a guère que deux ou trois mille qui servent dans la conversation d'un collégien : il était donc en état d'exprimer un nombre d'idées relativement considérable. On ne remarque pas assez ce fait, et s'il était plus généralement connu, combien ne rougirait-on pas de ne pas savoir deux ou trois langues vivantes, quand il est réellement si facile de les acquérir, au moins pour les usages ordinaires de la vie!

C'était un tableau des plus gais et des plus animés, que

celui de tous ces enfants prenant le chemin de fer à la station de Hobham pour se rendre dans leurs familles. A la sortie de la classe du soir, ils étaient tous passés devant un guichet où un employé de caisse avait remis à chacun la petite somme nécessaire à son trajet. Tous avaient une valise soigneusement préparée et emportaient leurs vêtements du dimanche. L'usage était de voyager en troisième classe, afin de pouvoir chanter et crier à l'aise, et la compagnie du chemin de fer ajoutait toujours à ses trains du samedi et du lundi quelques wagons supplémentaires et réservés aux collégiens.

Tant qu'on était en gare, tous étaient sérieux comme de petits hommes; on aurait dit, à l'air d'importance avec lequel ils prenaient leur billet, qu'ils s'embarquaient pour un voyage autour du monde.

Mais à peine s'étaient-ils casés dans les wagons, et le sifflet du départ s'était-il fait entendre, que la fête commençait par un formidable *hurrah!* pour s'éclaircir la voix et se bien prouver à soi-même qu'on rentrait dans la vie civile. Puis, aussitôt, les cahiers de chansons sortaient des poches et le concert commençait.

Le *cahier de chansons* est une institution véritable : c'est d'ordinaire un choix de chants patriotiques et populaires que presque tout le monde sait par cœur ou trouverait imprimés dans les recueils à deux sous qu'on vend partout. Mais, sous cette forme, ce ne serait pas la « chose », comme disent ces jeunes gentlemen. Il faut les avoir en manuscrit, et si le bonheur veut que ce manuscrit soit un cahier vieux de vingt ou trente ans, tout usé et maculé, héritage antique de quelque prédécesseur sur les bancs de l'école, c'est le dernier mot du luxe et le plus envié des trésors.

Tandis que le train roule, on braille donc à tue-tête les airs nationaux, et il faut croire qu'il y a dans cet exercice un charme particulier, car toutes les faces sont épanouies par la joie, et, chaque fois que le train s'arrête, ce sont des exclamations sur sa rapidité.

Station après station, il laisse sur le quai ceux qui sont rendus chez eux et que de nouveaux *hurrahs* ne manquent pas de saluer, jusqu'à ce qu'enfin le dernier élève soit arrivé à la dernière gare.

Laurent considérait avec curiosité ces mœurs si nouvelles pour lui, et il ne pouvait s'empêcher de s'en amuser. Bientôt il fut à Douvres, il prit le chemin de la villa paternelle, et, cinq minutes plus tard, il était dans les bras de sa mère.

Du premier regard, Mᵐᵉ Grivaud vit les deux coups de poing sur l'œil. Une large trace noire dessinait de chaque côté comme une paire de besicles; il fallut expliquer ce phénomène effrayant pour la sollicitude maternelle, et Laurent le fit franchement.

Mᵐᵉ Grivaud était révoltée.

« Mais c'est une abomination! disait-elle. Mais je ne veux pas que tu te battes comme un palefrenier! A-t-on jamais vu des mœurs pareilles!... »

Elle en était encore tout animée quand M. Grivaud arriva, et elle le mit au courant de la situation avec une extrême volubilité : « Laurent était dans un collège de petits vauriens qui passaient leur temps à s'arracher les yeux; il avait déjà été deux jours au lit des suites d'une querelle. On ne pouvait pas tolérer un tel état de choses. Il fallait écrire à M. Newton, exiger une surveillance plus sérieuse ou mettre Laurent dans une autre pension... »

M. Grivaud écoutait en souriant ce flot de paroles.

« Je ne vois pas que Laurent en soit mort, dit-il enfin, et il me semble, chère amie, que vous prenez cette aventure un peu trop vivement.

« Si Laurent a été assez maladroit pour se laisser pocher les yeux, cela lui apprendra à être une autre fois plus habile. Je ne trouve pas grand mal, pour mon compte, à ce qu'un garçon s'aguerrisse aux horions : cela pourra lui en éviter de plus graves dans l'avenir. Croyez-moi, ne nous hâtons pas de juger un système d'éducation que nous ne connaissons pas encore et qui, par plus d'un côté, vaut peut-être mieux que le nôtre. »

Mᵐᵉ Grivaud n'insista pas, mais elle pensa que son mari était plus dur qu'elle ne l'aurait cru ; décidément il n'y avait que les mères pour savoir aimer leurs enfants. Toute la soirée elle fut triste, et n'essaya même pas de cacher la pointe d'humeur que cette petite discussion lui avait laissée.

Elle aurait pu se rassurer, pourtant, en voyant comme Laurent, son effet d'entrée une fois produit, était plein d'histoires sur sa nouvelle vie, et la quantité de mots anglais qu'il savait déjà, et la partie de cricket qu'il avait faite. Je crois même (ô vanité !) qu'il finissait par l'avoir gagnée. C'était presque vrai, puisque le côté dans lequel il avait joué un si faible rôle était, en effet, resté vainqueur. Mais, comme tous les bulletins de victoire, celui de Laurent était évidemment entaché d'exagération.

Le lendemain était un dimanche, et c'est un jour triste en Angleterre. Toutes les boutiques sont fermées, les affaires arrêtées, la vie suspendue. Les rues, désertes, s'allongent en tous sens ; mornes comme les avenues d'une ville en

ruines. Toute distraction, tout amusement est interdit par
l'usage. Non seulement il faut s'ennuyer, mais il faut en
avoir l'air, et cette règle est aussi strictement observée pour
les enfants que pour les grandes personnes.

Heureusement pour Laurent et sa petite sœur, ils avaient
eu la fortune de naître dans le pays du soleil et de la gaieté,
et, si M. Grivaud savait adopter ce que les mœurs anglaises
ont de bon, il savait laisser de côté ce qu'elles ont d'absurde.
Aussi ses enfants s'amusèrent-ils de très bon cœur, dans le
jardin, à la construction d'une escarpolette. Laurent possédait un petit banc de menuisier et les principaux outils ; en
quelques heures, avec les planches d'une vieille caisse, il
avait raboté un siège qu'il suspendit, au moyen d'une corde
solide, à deux arbres et sur lequel il balança bientôt la
petite Jeanne. Il aimait beaucoup sa sœur, et il était toujours heureux de pouvoir lui faire un plaisir ou jouer avec
elle.

Le soir, après dîner, il alla avec son père se promener sur
la jetée. L'air était doux et tiède ; avec le retour des étoiles,
la ville sembla reprendre un peu d'activité : les fenêtres
s'éclairaient une à une, les passants devenaient moins rares.
De loin en loin, un de ces cabarets qui sont la honte et la
plaie de la Grande-Bretagne rouvrait ses portes à la clien-
tèle altérée qui, tout le jour, a été réduite à la douloureuse
nécessité de se griser à domicile ; dans le port, les navires
immobiles hissaient lentement à leur grand mât le fanal
réglementaire.

M. Grivaud et son fils avaient déjà fait deux fois le tour
du quai, quand ils aperçurent un rassemblement de trente
ou quarante personnes et s'en approchèrent avec la curio-

V

C'ÉTAIT UN CERCLE FORMÉ AUTOUR DE DEUX MATELOTS
QUI SE BATTAIENT.

sité naturelle à des flâneurs. C'était un cercle formé autour de deux matelots qui se battaient.

L'un était Anglais et l'autre Français et même Parisien, s'il fallait en juger par les plaisanteries caractéristiques qui s'échappaient à tout instant de ses lèvres. Tandis que son adversaire, muet et impassible, s'appliquait au combat et décochait ou parait chaque coup avec une gravité imperturbable, il ne faisait que rire, et tous ses mouvements étaient accompagnés de commentaires dont le sel, un peu gros d'ailleurs, était absolument perdu pour les spectateurs.

« Tiens, voilà pour t'ouvrir l'appétit ! » disait-il en lui logeant un coup de poing dans les côtes.

« Voici le *pousse-café !* » en lui en appliquant un autre sur la tête.

« Voilà la rincette ! » Et il redoublait.

« Et la sur-rincette, si tu y tiens... » tout en esquivant une botte.

« Ah! ah! on voudrait *la faire* à son papa! » sur une feinte.

« Tu ne diras pas que je te refuse rien de rien? » en ripostant.

L'Anglais était ferme comme un roc, levait et baissait son coude gauche sans se troubler, et, toutes les vingt secondes, détendait son bras droit, comme un ressort d'acier. Les coups étaient plus réguliers, mais ils étaient moins fréquents. Le Parisien voltigeait autour de lui comme une guêpe, se jetant à gauche, à droite, en arrière, sautant en l'air, baissant la tête, presque insaisissable.

M. Grivaud, en arrivant sur le théâtre du combat, avait

voulu l'arrêter ; mais il fut rudement repoussé par les spectateurs, qui n'admettent pas d'intervention, et il dut se résigner à assister à la lutte. Bientôt, comme Laurent, il en suivit les phases avec l'intérêt qui s'attache toujours à un tel spectacle, et avec une partialité d'autant plus naturelle en faveur du matelot parisien, que la foule paraissait réserver toutes ses sympathies pour son adversaire.

« Bien tapé !

— Fais danser le monsieur !

— Courage, mon garçon ! »

Disaient les témoins pour encourager l'Anglais, et quand ses coups portaient, un murmure de satisfaction courait sur toutes les lèvres.

Mais, tout à coup, le Français en vint aux grands moyens. Il recula de trois pas, puis arriva sur l'autre le poing haut comme pour le frapper à la face. Celui-ci leva le coude. Au même moment, le Parisien, avec la rapidité de l'éclair, baissa la tête, et fonçant comme un bélier sur l'estomac découvert de l'Anglais, il le heurta d'un coup si sec que le malheureux tomba à la renverse.

« C'est le coup de *Montpernasse !* Tu ne le connaissais pas, mon fiston ! » ajouta le vainqueur pour souligner son exploit.

Et, voyant que l'Anglais restait assis par terre et ne manifestait plus aucune intention de recommencer, il écarta la foule stupéfaite et s'éclipsa.

M. Grivaud le suivit avec Laurent et le vit s'éloigner vers la mer.

« Eh ! Parisien ! » cria-t-il.

Le matelot se retourna.

« Un mot, s'il vous plaît ! »

L'homme revint vers eux. Il avait une bonne physionomie
ouverte et gaie.

« Je vous ai vu à l'ouvrage. Tous mes compliments.

— Bah! Il faut bien montrer de temps en temps à ces
marsouins qu'on n'est pas manchot.

— Ce n'était rien de sérieux, j'espère?

— Non ; histoire de rire un peu. Il avait dit, en me regardant, que les Français sont des *feignants*. Je lui ai fait voir
qu'ils ne le sont pas encore assez pour lui, voilà tout.

— J'ai craint un instant que la foule ne trouvât pas votre
dernier coup régulier.

— Le coup de tête! Oh! je savais bien qu'ils n'auraient
rien à dire. Il n'y a que les jambes qui ne doivent pas être
de la partie. Les Anglais ont ça de bon, qu'ils ne réclament
jamais quand les choses se passent dans les règles.

— Si je vous priais d'aller boire une tasse de café à la
santé de la France, vous me feriez ce plaisir? reprit M. Grivaud en lui glissant dix francs dans la main.

— Ce n'est pas de refus. Grand merci, monsieur. Seulement, ce sera pour demain. Je suis obligé de rentrer.

— Vous êtes à bord d'un navire en rade?

— A bord du *Lord Mayor,* qui fait le service de Calais.

— Eh bien! au revoir, mon ami. Si nous avions eu seulement trois cent mille braves garçons comme vous, quand
nous en avions besoin, nous nous en porterions mieux. »

L'homme s'éloigna en sifflotant. Le père et le fils reprirent le chemin de leur demeure.

« As-tu remarqué comme ce Parisien se servait habile-
ment de tous ses avantages? reprit M. Grivaud après un
instant de silence. S'il s'était fatigué à parer les coups du

gros mangeur de rosbif auquel il avait affaire, en dix minutes il aurait été battu. Mais, au lieu de les attendre, il les esquivait. L'autre se dépensait en vains efforts dans le vide, et une fois las, il n'a pas été difficile à jeter à terre. Cette tactique est tout à fait dans le caractère français. C'est la seule qui nous ait jamais réussi, et c'est pour l'avoir oubliée que nous avons été accablés de si sanglants désastres. Ce n'est pas de cœur que nos armées ont manqué, c'est de souplesse et d'esprit, les deux grandes qualités françaises d'ordinaire. »

CHAPITRE VI

LA LUTTE CONTRE LES TRADITIONS

Le lundi matin, tout le collège était rentré pour l'appel, et les exercices ordinaires reprirent leur cours à neuf heures. Aucun incident notable ne signala les jours suivants. Harry paraissait avoir renoncé à exiger de Laurent les services domestiques qui lui étaient si pénibles et se contentait d'échanger tous les soirs sa leçon avec lui. Son élève faisait en anglais des progrès rapides et commençait à comprendre tout ce qu'on lui disait.

Il s'était lié avec Bob d'une amitié de plus en plus intime, et d'autant plus singulière qu'ils en furent assez longtemps réduits au langage des gestes. Un de leurs grands plaisirs était d'aller ensemble à la recherche des nids, pour y prendre un ou deux œufs de chaque espèce. Bob était né collectionneur et possédait une caisse remplie de coques de toute teinte, soigneusement vidées, collées sur des cartons, étiquetées, numérotées et couchées sur un lit de coton, par rang de taille. A son exemple, Laurent avait commencé de former un cabinet semblable, et ils partaient fréquemment pour de grandes expéditions spécialement destinées à le compléter. Cette passion exclusive avait pour effet direct de leur faire escalader tous les arbres du pays, et, pour effet indirect, de leur faire user un nombre effrayant de pantalons.

Trois semaines s'écoulèrent ainsi, et Laurent alla passer trois nouveaux dimanches dans sa famille. Le lundi qui suivit, Harry l'appela dans sa chambre et lui tint ce langage :

« Mon cher garçon, tu es maintenant en état de me comprendre, et moi en état de m'expliquer en français, si le sens du mot anglais t'échappe. Voilà un mois que tu es ici : il est temps que tu te soumettes à la règle de la maison. J'ai bien vu, les premiers jours, qu'elle t'étonnait, et je n'ai pas voulu insister ; mais cette trêve provisoire doit cesser. Tu n'oublies pas que tu m'as été confié par le Docteur (l'usage était de désigner M. Newton par son titre) le jour de ton arrivée. Je ne t'ai refusé ni mes conseils ni mon appui, et je suis toujours prêt à te les donner ; mais tu me dois, en échange de ce patronage, des services qui n'ont rien d'humiliant : un jour, ce sera ton tour de les exiger. Tu comprends qu'il serait fort simple de faire remplir cet office par des domestiques : si l'on préfère le laisser aux élèves, c'est, d'une part, que cet usage rappelle de vieilles traditions dont le souvenir nous est cher, et, d'autre part, qu'il habitue les enfants à savoir au besoin se servir eux-mêmes et à se rendre compte des peines qu'ils demanderont un jour à leurs domestiques, si la fortune leur en donne. D'ailleurs, je n'ai pas à défendre cette coutume : elle existe. Je m'y suis plié en mon temps, et j'ai servi mes aînés. Tu dois t'y plier à ton tour et t'acquitter de tes fonctions de bonne grâce. Tu es ce que nous appelons un *fag*. Ton service commence demain. J'ai dit. »

Laurent avait écouté ce discours avec une grande attention. Depuis un mois qu'il était à Hobham-College, il n'était
pas sans avoir remarqué les particularités auxquelles Harry
venait de faire allusion. Chaque élève de la 5ᵉ et de la 6ᵉ division, c'est-à-dire des plus hautes, avait droit aux services
d'un élève de la 1ʳᵉ et de la 2ᵉ, c'est-à-dire des plus basses.
Celui-ci devait préparer le déjeuner du matin, tenir en ordre
la chambre de son *patron*, courir faire ses commissions s'il
en recevait. Laurent ne pouvait pas en douter : c'était un
usage formellement établi. Il voyait bien que cet usage pouvait avoir quelques bons côtés; mais il s'était habitué à
penser qu'il serait dispensé de s'y soumettre, ou bien il l'a-
vait cru plus facultatif qu'obligatoire. En tout cas, moitié
par paresse et moitié par amour-propre mal entendu, il pré-
férait n'en pas tenir compte. C'est pourquoi il croisa ses
bras, regarda Harry dans les yeux et lui dit avec assez de
fermeté :

« Je t'ai montré en arrivant et je te répète que je ne veux
pas me plier à cette coutume, je la trouve absurde... je la
trouve inique... »

Harry ne put s'empêcher de sourire.

« De plus forts que toi ont été obligés de céder, mon petit, et tu feras mieux de te soumettre tout de suite, je te le
dis dans ton propre intérêt. Ne crois pas que j'apporte en
ceci le moindre entêtement personnel. Je ne tiens nullement
pour mon compte à avoir des rôties de ta main, et je suis
convaincu que tu les feras très mal, surtout dans les premiers temps. Mais ma propre situation dans le collège de-
viendrait impossible, si j'essayais de t'excepter de la règle

commune. C'est déjà beaucoup d'avoir pu te laisser un mois de sursis.

— Et qu'est-ce qui arrivera si je résiste?

— Il arrivera que tu échapperas à ma juridiction pour tomber sous celle de tout le collège. Tu ne seras pas mon *fag*, tu seras celui de tous les élèves plus âgés que toi et peut-être des plus jeunes, s'ils s'aperçoivent qu'ils sont les plus forts.

— C'est ce que nous verrons, répondit Laurent en se raidissant de la tête aux pieds.

— A ton aise. Je t'ai averti. Je ne puis rien de plus. »

Laurent rentra dans sa chambre plus inquiet qu'il ne voulait le paraître. Il savait bien, pour l'avoir éprouvé à Paris même, qu'il est impossible de lutter seul contre une opinion ou un usage établi dans une société, qu'on est toujours brisé à ce métier, et qu'il serait sûrement vaincu. Mais il était entré dans la voie de la résistance, et la vanité l'empêchait de capituler.

Rien de mieux, s'il s'était senti la force et le courage de supporter les persécutions et les souffrances que cette résolution allait lui coûter. Mais, en même temps qu'il se répétait avec entêtement : « Non, je ne plierai pas! » une voix secrète lui disait qu'il n'était pas du bois dont sont faits les héros.

Il était donc fort malheureux d'avance et en proie aux tergiversations les plus pénibles.

La journée s'écoula ainsi. Le soir, à la leçon d'anglais, Harry ne fit aucune allusion à leur conversation de l'après-midi. Mais, en revenant de la salle à manger, il lui dit avec douceur :

« Je t'assure que tu aurais tort de t'entêter. Cède au moins pour la forme. On va me demander si tu as servi mon déjeuner, et sûrement on aura eu soin de te surveiller. Si l'on te persécute pour avoir refusé de le faire, je ne pourrai pas prendre ta défense. »

Mais c'est précisément pour la forme que Laurent ne voulait pas céder. S'il avait pu faire en secret ce qu'on demandait de lui, peut-être aurait-il consenti ; mais ce qui lui semblait intolérable, c'était de se soumettre publiquement. Il passa une très mauvaise nuit, troublée par des cauchemars constants, et se réveilla plus indécis que la veille.

Enfin, quand l'heure du déjeuner fut venue, la vanité fut la plus forte : il n'apporta pas son beurre et son eau à Harry.

Il vit avec étonnement que le ciel ne s'écroulait pas immédiatement sur lui après cet acte d'audace, et, comme la journée passa sans rien amener de nouveau, il commença d'espérer que tout finirait bien. Sans doute Harry avait exagéré les choses pour l'épouvanter.

Mais il ne tarda pas à être détrompé. Vers six heures il entendit tout à coup crier dans le couloir :

« *Fag !* »

Il n'eut garde de bouger, et, peu d'instants après, il vit apparaître sur sa porte un élève de la cinquième division, nommé Bully, dont il avait souvent remarqué les allures tyranniques et brutales. C'était un de ces capitans en herbe qui ne marchent qu'avec des airs menaçants et que les Anglais appellent des *fire eaters,* des « mangeurs de feu ». La plupart du temps ils sont plus bruyants que terribles ; mais, quand ils trouvent l'occasion de faire les méchants sans danger, ils la perdent rarement.

Bully s'avança donc et dit en anglais :

« Pourquoi ne viens-tu pas quand j'appelle ? »

Laurent ne répondit rien, comme s'il n'avait pas compris.

« Oh ! il ne s'agit pas de faire le Français, reprit l'autre. Tu sais fort bien que ton devoir est d'accourir quand j'appelle un *fag*. Va me nettoyer ce bougeoir avec du sable fin, et qu'il soit brillant comme de l'or ! » ajouta-t-il en tendant à Laurent une espèce de vieille ferraille qui devait être un bougeoir, puisqu'il l'affirmait, mais qu'on aurait pu prendre aussi bien pour une pelle de ramoneur, tant elle était déformée et crasseuse.

Laurent ne bougea pas.

« Ah ! nous faisons le sourd ! Attends un peu, je vais te rendre les oreilles ! »

Et, sautant sur lui, Bully se mit à lui frictionner rapidement ces appendices avec ses deux larges mains.

Laurent, nous l'avons dit, était très douillet, et il n'avait pas l'art de dissimuler ses impressions, surtout quand elles étaient douloureuses. Il se mit donc à beugler comme un veau, et son ennemi s'attendait si peu à ce dénouement qu'il en resta tout décontenancé.

« Tu cries, mouchard ! lui dit-il, c'est pour te faire entendre du docteur. Mais je te rattraperai, et tu ne perdras rien pour attendre ! »

Et il s'empressa de décamper.

Laurent ne fut pas plus tôt seul qu'il se tut, quoique des larmes continuassent à couler de ses yeux, larmes d'humiliation plus encore que de douleur. Mais la parole de Bully avait fait son effet : il avait le point d'honneur de tout collégien français, qui, pour rien au monde, ne voudrait être accusé de s'être plaint, même indirectement, à son maître, et il ne voulait pas être entendu.

Cependant, il faisait d'amères réflexions sur ce qui venait de se passer. Il était trop évident que c'était seulement le début d'une série de persécutions. Harry l'avait averti, tout le collège allait être sur son dos pour l'obliger à se soumettre. Or, c'était encore plus difficile que le matin ; maintenant que les hostilités étaient déclarées, Laurent se repentait déjà de n'avoir pas cédé.

« Mais à présent, se disait-il, il est trop tard, et la soumission la plus abjecte me vaudrait autant d'ennuis que la résistance. Le mieux serait d'en finir tout de suite, d'écrire à maman pour lui raconter tout : elle obtiendrait sûrement de mon père qu'il m'envoie dans une autre pension. »

Il prenait déjà la plume pour exécuter ce dessein, quand Bob entra dans sa chambre.

« Qu'est ceci ? Je viens d'entendre Bully se vanter de t'avoir secoué comme un prunier ? » dit celui-ci.

Laurent avait trop besoin d'un confident pour ne pas lui raconter tout. Bob secoua la tête d'un air entendu.

« Mauvaise affaire ! Il vaudrait mieux te soumettre tout de suite. Tu ne les connais pas. Ils t'y obligeront. Qu'est-ce que cela te fait, après tout, de servir de *fag*? N'en sommes-nous pas tous là ? Notre tour viendra un jour d'en avoir, c'est une consolation.

— Non, c'est tout décidé, je vais écrire à mes parents de me tirer d'ici.

— Tu vas écrire à tes parents ? s'écria Bob étonné. Mais alors tu cèdes bien plus encore qu'en remplissant tes fonctions de *fag*. Tu leur laisses le terrain... et tu me laisses aussi, moi... »

Cette idée n'avait pas encore frappé Laurent, mais, en se la voyant présentée sous cet aspect, et par un é   rer, par un Anglais, par un enfant plus jeune que lui, il comprit qu'en effet ce serait une lâcheté et y renonç sur-le-champ.

« Tu as raison, dit-il franchement à Bob, je ne sais à quoi je pensais... Eh bien, je résisterai!

— A la bonne heure! J'aime mieux te voir ainsi. Tu as tort de t'obstiner, mais c'est ton droit, et du moment que tu tiendras tête aux grands, personne n'aura rien à dire. Mais, dame! il t'en cuira...

— C'est ce que nous verrons, » dit Laurent, qui avait son projet.

Rien de nouveau ne se produisit jusqu'au lendemain dans la journée. On était sur les pelouses, et les jeux allaient leur train. Laurent avait pris possession avec Bob d'un coin formé par le mur d'une remise où l'on déposait les outils de jardinage, rouleaux à gazon, seaux et autres ustensiles, et il était en train de lui expliquer les mystères du jeu de billes « à la mode de Lyon », quand il reçut tout à coup une balle en pleine figure. Elle était petite, mais dure, faite de crin et de cuir, et elle le cingla comme un coup de fouet. Il se retourna furieux. Au même instant, une voix railleuse lui cria : .

« Rapportez-moi ma balle, monsieur! »

C'était celle de Bully.

Bob, comprenant qu'une nouvelle scène de violence allait se produire, et voulant l'épargner à son ami, ramassa la balle et la rapporta au grand garçon; mais celui-ci lui allongea un coup de pied, en guise de remerciement, et renvoya la balle auprès de Laurent.

« EH BIEN! ALLEZ-VOUS VOUS DÉCIDER? CRIA BULLY. »

« Ce n'est pas à toi que je l'ai demandée, crapaud, c'est à ce *fag* là-bas qui ne fait rien! »

Laurent ne répondit pas et mit sa main dans sa poche.

« Eh bien! allez-vous vous décider? cria Bully. Non?... Attendez! »

Il était sur lui et commençait de lui frotter les oreilles, — c'était le supplice favori de ce jeune tortionnaire, — quand tout à coup il poussa un cri et sauta en arrière.

« Misérable! Il m'a donné un coup de couteau! hurla-t-il en regardant son bras.

— Non, une simple piqûre, dit Laurent en montrant un couteau à ongles dont il s'était muni et dont il avait ouvert la lame extrêmement courte. Elle n'était pas longue en tout d'un centimètre et demi et ne pouvait faire de graves blessures. Et il ajouta : « Vous n'en mourrez pas; mais tenez-vous pour averti que, la première fois que vous vous aviserez de me toucher encore, cela pourra devenir plus sérieux.»

Un groupe s'était formé autour d'eux, et déjà l'on commençait à discuter ardemment le cas.

« Ce n'est pas régulier, disait-on. Il n'est pas permis de se servir d'une arme entre camarades!...

— Mais, disait Bob, puisqu'il ne sait pas se servir de ses poings!

— Qu'il apprenne! Il est honteux de donner un coup de couteau parce qu'on vous frictionne les oreilles. C'est contraire aux traditions! »

Contraire aux traditions! la grande raison des écoles anglaises. Il fut généralement admis que Laurent s'était très mal conduit. Un certain nombre de rigides observateurs des coutumes nationales affectèrent, à dater de ce jour, de le

gratifier de regards méprisants, en passant près de lui ; d'autres, quand il s'approchait d'eux, prenaient la fuite en fei-
gnant d'être effrayés et en criant :

« Gare au couteau empoisonné ! »

Mais, à part ces taquineries, à tout prendre assez suppor-
tables, Laurent fut laissé tranquille pendant quelque temps,
et Bully, notamment, ne s'avisa plus de lui adresser ses bru-
talités. Ce gentleman se contentait de ne plus lui parler et
de détourner la tête quand il l'apercevait, comme si la vue
d'un être assez dénué de principes pour répondre à coups de
couteau à une innocente friction était plus qu'il ne pouvait
supporter.

CHAPITRE VII

BERNAGE ET FANTÔMES

Laurent commençait déjà à jouir parmi les «petits » d'une certaine popularité, comme l'instigateur et le Guillaume Tell d'une nouvelle guerre de l'indépendance, quand il devint manifeste à tout le monde que quelque chose de grave se tramait.

On avait vu Bully et deux ou trois autres tyranneaux tenir des conciliabules. Le bruit courait que les « grands » étaient mécontents des symptômes d'indiscipline qui se faisaient jour parmi les *fags* et qu'ils allaient frapper un grand coup. Les « moyens » prenaient des airs mystérieux et ironiques, et les « petits » se perdaient en conjectures et en hypothèses sur ce qui pouvait bien se préparer.

Enfin la bombe éclata.

C'était un règlement écrit, promulgué par Bully, Lawson, Ribbs et deux ou trois autres défenseurs de la foi dans le *faggisme,* et qui traçait les devoirs du *fag* sans rien dire de ses droits. Il y était spécifié, notamment, que les élèves de la première et de la deuxième division devaient se con-

certer entre eux pour qu'aux heures de chambrée, et notamment le soir, de cinq à huit heures, trois *fags* fussent toujours *de service,* leur porte ouverte et prêts à accourir au
premier appel.

Cet article, si peu menaçant qu'il parût, était des plus
perfides, parce qu'il établissait une solidarité entre les
« petits » et les rendait tous responsables des négligences
ou omissions de l'un d'eux. S'il passait à l'état de loi et recevait une application rigoureuse, tout élève qui prétendrait se
soustraire aux obligations traditionnelles pécherait désormais non seulement contre les grands, mais contre les
élèves mêmes de son âge; ceux-ci, en effet, auraient à le
remplacer et à faire pour lui le service auquel il se refusait.
Il était donc certain de se mettre tout à fait hors la loi et
d'avoir tout le monde contre lui.

C'est ce qui ne manqua pas d'arriver à Laurent. Quand
on vint lui dire : « C'est ton tour d'être de service ce soir, »
il se crut obligé, par sa conduite antérieure, à fermer sa
porte plus soigneusement qu'à l'ordinaire et à faire la sourde
oreille à tous les appels.

Il en entendit un, et l'un de ses camarades partit exécuter
l'ordre qu'on lui donnait; un second, suivi du même résultat;
un troisième, et il était clair que celui-là ne pouvait plus
s'adresser qu'à lui-même. Mais il se tint coi.

« Quel est le troisième *fag* de service? »

On répondit : « Grivaud! »

« Oh! mais il faut en finir avec ce petit monsieur! » dit la
voix.

Il y eut un bruit de pas dans le couloir, la porte de Laurent s'ouvrit, et il aperçut les signataires du *Règlement,*

accompagnés de plusieurs autres élèves, grands et petits.

« Arrivez! dit Lawson. Le conseil vous a condamné à neuf coups de couverture pour refus de service. »

Laurent ne bougea pas. Il restait assis sur sa chaise, regardant d'un œil morne cette invasion.

« Il n'est plus question de coups de couteau! dit Lawson. Tu comprends qu'il est facile de te désarmer, si tu veux jouer à ce jeu-là, et tu n'auras pas lieu de t'en féliciter. »

Laurent serrait son arme dans sa poche, mais il sentait bien qu'en effet elle allait lui être fort inutile; Lawson s'avança, lui prit le bras, s'empara du couteau et le jeta à Bully.

« Pour ton trophée d'armes, lui dit-il, en souvenir de ta blessure! »

En même temps, d'une poigne solide il entraînait Laurent vers le couloir.

« Si tu cries, ce sera de l'espionnage pur et simple, et nous saurons alors ce qu'il nous reste à faire. »

Le malheureux enfant se laissait emmener comme un mouton qu'on traîne à l'abattoir. Une grande couverture de laine était déjà étendue à terre; on y déposa Laurent, en dépit de la résistance silencieuse qu'il tenta au dernier moment.

« Si tu gigottes ainsi, tu es sûr de tomber hors de la couverture et de te casser un membre! » dit un des bourreaux bénévoles.

Douze ou quinze élèves avaient déjà saisi la couverture par les quatre coins et par les bords et enlevaient Laurent, qui avait fini par s'abandonner et formait ainsi une masse inerte et pesante au milieu du carré.

« Attention à la tête contre le plafond! » dit Lawson.

Et le supplicié porta instinctivement ses deux mains au-dessus de son front.

« Une! deux! trois! Allez! » cria Lawson.

La couverture, bien tendue, fut brusquement secouée, et Laurent fut lancé en l'air comme une balle. Il n'atteignit pas le plafond, qui était assez élevé, et redescendit.

C'est le moment de cette chute qui est horrible : il semble qu'on roule dans un abîme sans fond, et l'on éprouve pendant une demi-seconde cette sensation si pénible qui caractérise certains cauchemars.

Laurent retomba dans la couverture, mais elle était mal tendue, depuis que son poids l'avait quittée, et quand il l'atteignit de nouveau, elle s'effondra jusqu'à terre, où il se heurta rudement.

« Une! deux! trois! Allez! » cria de nouveau Lawson.

Et Laurent reprit son vol... Neuf fois de suite il fut ainsi lancé, et neuf fois il redescendit, sans pouvoir s'habituer à cette affreuse sensation, qui garde toujours son amère saveur.

Après le neuvième saut, la couverture fut déposée à terre, et Laurent put en sortir. Il était moulu, brisé, meurtri, mais il n'avait pas crié. On était content de lui, et Lawson, qui était dur mais pas méchant au fond, lui pinça la joue en disant :

« Bravo! petit garçon! »

Chose étrange, ce compliment de son bourreau fit plus de plaisir à Laurent que l'angoisse de ce supplice renouvelé de celui de Sancho Pança ne lui avait été pénible. Maintenant qu'il l'avait subi, il n'aurait pas donné pour beaucoup cette expérience, et, au lieu de l'abaisser à ses propres yeux, cette souffrance le relevait. Ce n'est pas à la décharge

de ceux qui se font les promoteurs ou les instruments de
ces épreuves par eux imposées à d'autres, que je parle,
mais il était bon de le remarquer : c'est le propre de toutes
les épreuves bien supportées qu'elles ajoutent à la valeur
morale des victimes. L'homme ne se connaît pas lui-même
tant qu'il n'a pas eu à lutter contre les privations et les
périls, et la douleur vaincue porte sa récompense avec elle.
Le premier résultat de la constance de Laurent, c'est qu'elle
lui valut sa propre estime ; le second, c'est qu'il ne fut plus
question de le berner.

Mais ce n'est pas à dire qu'il fût au bout de ses peines.
Les grands, en effet, ne perdirent pas l'occasion de le maltraiter toutes les fois qu'il aurait dû être *de service* et qu'il
s'y refusait, et les petits, de plus en plus furieux d'une abs-
tention qui était un blâme tacite de leur servage, commencèrent à prendre la même habitude.

Ils n'avaient pas été longtemps à s'apercevoir qu'il gardait toujours sa bougie allumée en s'endormant : un filet de
lumière, passant sous la porte, avait trahi le mystère, et la
raison en fut bientôt soupçonnée. Évidemment Laurent
avait peur encore des ténèbres. Il devait les croire, bien
qu'il en eût passé l'âge, pleines de ces mystères dont les
nourrices ont le tort de faire peur aux bébés. Aussitôt une
vaste conspiration s'organisa pour épouvanter le Français.
Les préparatifs d'une grande apparition de spectres furent
faits secrètement et conduits, avec une science consommée
de ce genre de récréation, par quatre ou cinq élèves dont
les familles habitaient de vieux châteaux, et à qui les légendes dont le souvenir y était resté avaient donné la théorie
de ces dangereuses mystifications.

Tout d'abord, on se contenta d'attacher des fils de soie aux chaises, à la table, à tous les meubles, dans la chambre de Laurent, de telle sorte que ces fils vinssent passer sous la porte et se rattacher à un petit clou planté dans le couloir.

Quand Laurent fut couché et tout devenu silencieux, l'un des compères tira tout à coup un de ces fils : la pelle et la pincette tombèrent aussitôt sur le garde-cendres avec un bruit de ferrailles qui s'entre-choquent. Laurent se réveilla en sursaut et regarda autour de lui. On peut juger de son étonnement, quant il vit l'un des battants de son armoire s'ouvrir tout seul en criant sur ses gonds, puis la petite table exécuter un mouvement en avant, comme attirée par une force invisible, et successivement, ses trois chaises se livrer comme d'elles-mêmes à des secousses désordonnées. Il fut si épouvanté de ces phénomènes extraordinaires, que ses cheveux se hérissèrent sur sa tête sous le bonnet de coton dont il avait l'habitude de s'affubler pour la nuit.

Par bonheur, tout s'arrêta bientôt. Il crut avoir été le jouet d'une illusion ou d'un cauchemar, se rassura en voyant que rien ne bougeait plus et ne tarda pas à se rendormir.

Mais, le lendemain soir, une nouvelle surprise l'attendait.

Comme minuit sonnait à la grande horloge du collège, Laurent fut réveillé par un long hurlement, et, entr'ouvrant les yeux, il trouva sa bougie éteinte. Sans qu'il s'en doutât, on l'avait creusée intérieurement, et l'on avait retiré les trois quarts de la mèche de telle sorte qu'après deux heures de combustion, ce qui en restait fut entièrement consumé.

Des sons plaintifs et douloureux continuaient à se produire ; on aurait dit qu'ils étaient proférés dans la chambre même, et tout auprès du lit. C'était tout simplement un

vieux conduit de gouttière qu'on avait glissé dans la cheminée en guise de porte-voix, et dans lequel un des conspirateurs, perché sur la terrasse, faisait entendre des notes
inarticulées.

Le pauvre Laurent, au comble de la terreur, se bouchait
les oreilles sous son oreiller pour ne pas les entendre. Au
bout de quatre ou cinq minutes, tout cessa.

Bien entendu, il n'avait garde, au jour, d'en parler. Il
était honteux de sa terreur, et il avait un vague soupçon de
quelque supercherie. Mais un fond de superstition et
d'amour-propre mêlés l'empêchait de s'assurer de la réalité,
ou d'en causer avec ceux qui auraient pu l'éclairer. Nul
doute que, s'il eût consulté un de ses maîtres ou même Bob,
il n'eût été mis en garde contre ses sottes frayeurs; mais,
tout en redoutant au dernier point le retour de la nuit et le
moment où il se trouverait seul dans sa chambre, il aurait
mieux aimé se faire arracher plusieurs dents que de confier
à une oreille vivante le secret d'angoisses dont il sentait
bien qu'il n'avait pas lieu d'être fier.

Le lendemain se trouva par hasard un jour de grand vent
mêlé de pluie. Des sifflements lugubres se produisaient naturellement dans les combles du vieil édifice, et, cette nuit,
les conspirateurs n'avaient pas besoin d'employer des moyens
artificiels pour les produire. Aussi se contentèrent-ils de se
servir de l'ouragan même pour amener leurs effets.

Les fenêtres du collège, comme presque toutes les fenêtres
en Angleterre, étaient fermées par deux châssis horizontaux,
dits à *guillotine,* qui se soulèvent l'un sur l'autre en glissant
dans des rainures latérales. Une corde, attachée à l'un de
ces châssis et tirée de la fenêtre directement située au-dessus

de celle de Laurent, à l'étage supérieur, fut suffisante, à un moment donné, pour ouvrir brusquement ce châssis. Au même moment, un affidé qui se tenait à la porte l'ouvrit aussi à grand bruit : un courant d'air s'établit. Le vent entra violemment, éteignit la bougie, la renversa, fit voler tous les papiers qui se trouvaient sur la table. Ce fut un instant de désordre inexprimable, et faiblement éclairé par une lune pâle, qui glissait silencieuse entre des nuages noirs.

En ce moment, Laurent entrevit des ombres blanches s'agitant dans la chambre par mouvements lents et onduleux.

C'étaient simplement quatre ou cinq gamins affublés de leurs draps de lit et marchant nu-pieds en se balançant comme des ours en cage. L'infortuné poltron n'avait garde de s'en douter. A la première apparition des spectres, il s'était pelotonné sous sa couverture.

Il passa plus d'un quart d'heure dans cette attitude avant de se déterminer à jeter un coup d'œil furtif dans la chambre.

Le sabbat était terminé, les ombres avaient disparu, mais le vent continuait à faire rage. Après bien des hésitations, Laurent se décida à aller refermer sa fenêtre, puis sa porte.

Mais, comme il procédait à cette opération, il saisit des éclats de rire étouffés qui venaient d'une chambre voisine, où l'on apercevait un filet de lumière. Moitié par soupçon, moitié par besoin de se rapprocher de ses semblables, il s'avança sans bruit vers cette chambre et put entendre des moqueries et des rires sans fin sur sa crédulité et sa terreur.

Cet instant fut décisif dans la vie de Laurent. Il eut honte de lui-même, de sa sottise et de sa couardise, et se jura de s'en corriger à jamais. Il revint dans sa chambre, se recoucha et se mit à rêver au moyen de tirer vengeance des

VII

LAURENT ENTREVIT DES OMBRES BLANCHES.

niches ourdies contre lui et de bien prouver qu'il n'en était
pas la dupe. Tout l'assurait que les mystificateurs recom-
menceraient leurs tours la nuit suivante. Il fit donc ses plans
en conséquence.

Dans le jour, il fit semblant d'écouter avec un vif intérêt
les détails qu'on échangeait devant lui sur les fantômes
dont, à en croire ses camarades, le collège était hanté.
Mais, à peine rentré dans sa chambre, il eut soin de parse-
mer son parquet de petits graviers à angles très aigus, dont
il avait fait provision dans la journée. Il cacha sous sa couverture un bâton de houx qu'il avait coupé dans le parc,
se mit dans son lit sans se déshabiller, souffla sa bougie
vers dix heures, et attendit.

Bientôt les hurlements commencèrent à se produire dans
la cheminée. Aussitôt, Laurent se leva et alla se poster de
manière à être masqué par la porte quand elle s'ouvrirait.
Cela ne tarda pas, et quatre fantômes firent leur entrée.

Mais à peine eurent-ils fait quelques pas, qu'ils se mirent
à danser d'une façon qu'ils n'avaient pas prévue, en sentant
sous leurs pieds nus les graviers pointus dont le sol était
couvert. Presque en même temps, Laurent avait refermé la
porte, et, armé de son bâton qu'il faisait tournoyer autour
de sa tête, il commença à taper comme un sourd à droite et
à gauche, dans l'obscurité.

Les pauvres fantômes, pris à l'improviste par cette grêle
de coups, se mirent à crier en voulant regagner la porte;
mais, dans leur hâte, ils ne parvinrent pas tout de suite à la
trouver; ils s'enfonçaient en piétinant de nouvelles pointes
sous la plante des pieds. Pendant ce temps l'ennemi invisible
prenait sa revanche, il frappait sans pitié, et les spectres,

empêtrés dans leurs draps de lit, ne pouvaient faire aucune résistance.

Enfin, Laurent leur rouvrit la porte, et les laissa sortir, non sans se moquer de leurs gambades désespérées, à chaque grain de gravier qu'ils rencontraient. De sa vie, il n'a plus jamais revu de fantômes.

Cette représaille fit du bruit et procura à Laurent quelques jours de répit. Mais bientôt les persécutions recommencèrent. On lui pardonnait d'autant moins sa résistance au *faggisme,* qu'il était étranger et que son opposition semblait aux élèves de Hobham, élevés comme tous leurs compatriotes dans un orgueil national bien plus intraitable que celui de tout autre peuple, une critique des mœurs de leur pays. Si cette attitude, à leurs yeux injurieuse, avait été appuyée d'une grande force physique, d'une adresse remarquable ou d'une supériorité marquée dans les études classiques, nul doute qu'elle ne se fût imposée en peu de temps. Car enfin le *faggisme,* avec les abus qu'il comporte, est une institution discutable. Mais, de la part de ce gringalet qu'on avait vu pleurer pour un coup de balle, qui était gauche à tous les jeux, faible comme un roseau, assez ignorant même en français, disgracieux, relativement mal peigné et négligé dans sa personne, elle paraissait déplacée et ridicule. Lui faire expier, par tous les mauvais traitements possibles, la leçon qu'il prétendait leur donner par sa résistance désespérée à un usage consacré, dont il mettait ainsi à nu les défauts, était à leurs yeux devenu l'exercice d'un droit : Laurent passa décidément à l'état de souffre-douleur.

Il n'était si petit gamin qui ne s'en mêlât, et plus d'une fois, si Laurent n'avait été défendu par Bob, qui se rangeait toujours de son côté, il aurait été houspillé même par les enfants les plus jeunes. La raison en était simple : ils s'étaient exercés dès le premier âge à la lutte, à la course, à tous les genres de gymnastique, tandis que les élèves de la pension Lauraguais s'étaient contentés de jouer aux billes ou au cheval-fondu qui n'avaient développé en eux aucune force. La vigueur musculaire n'est pas seulement une faculté naturelle, comme on le croit trop communément, c'est surtout une faculté qui s'acquiert par le travail; et le corps humain a, sous ce rapport, une si singulière élasticité, qu'un jeune garçon quelconque pourrait se proposer comme but de lever bientôt à bras tendu un poids que d'abord il n'aurait pas même pu soulever : il y arriverait presque toujours, à la condition de se soumettre à un exercice régulier, continu et progressif.

C'est ce que Laurent ne savait pas, et il se contentait d'empocher religieusement les horions qu'on lui décochait. Tout au plus essayait-il maladroitement de riposter, ce qui ne servait qu'à lui en attirer d'autres et à faire rire de lui.

On comprend qu'il ne se trouvât pas heureux à Hobham-College. Il lui arriva souvent, le soir, une fois seul dans sa chambre, de verser des larmes de colère au souvenir des humiliations de la journée et de regretter même la pension Lauraguais.

Il ne s'agit ici de faire le procès ni à l'éducation française ni à l'éducation anglaise; nous exposons les faits et le lecteur jugera que, sur ce point des rapports des élèves entre grands et petits, entre forts et faibles, la perfection n'existe ni d'un côté de la Manche ni de l'autre.

CHAPITRE VIII

THÉORIE DE L'ENTRAÎNEMENT

La rivière Clise, qui passe tout près du parc de Hobham-College, était affermée sur une longueur de deux ou trois milles pour l'usage exclusif des élèves : ils avaient le droit d'y pêcher à la ligne volante, de s'y baigner et d'y canoter. Mais ceux-là seuls qui savaient parfaitement nager étaient autorisés à aller en canot, et, tant qu'ils n'avaient pas fait leurs preuves devant le maître nageur, dont le cottage s'élevait au bord de l'eau et qui en avait la surveillance, il leur était défendu de toucher aux embarcations.

Sauf deux ou trois, d'ailleurs, chacune d'elles était la propriété particulière d'un élève ou d'un groupe d'élèves, qui ne toléraient guère que d'autres s'en servissent.

Bob n'avait pas de canot; son père lui en avait promis un pour la fin du semestre, s'il avait de bonnes notes. Quant à Laurent, il n'en avait pas non plus, par la raison que M. Grivaud n'avait pas encore jugé à propos de lui faire un cadeau aussi coûteux. Comme la plupart des petits Parisiens, il avait appris à nager aux bains Deligny et savait faire une ving-

taine de brasses; mais il se fatiguait vite, et, quand il s'agissait d'aller en pleine eau, la perspective lui souriait médiocrement. Il avait donc la prudente habitude de se tenir toujours à cinq ou six mètres du bord, et cette prudence était
pour Bob, compagnon ordinaire de ses ébats, le texte de
plaisanteries inépuisables.

« Je traverserais bien la rivière, dit un jour Laurent assez
piqué, mais je suis sûr de n'en avoir pas la force. Je serais
fatigué à moitié chemin.

— Bah! c'est une idée. Est-ce que je suis las, moi, et je
la traverse quatre fois de suite?

— Le beau mérite, avec des bras comme les tiens! dit
Laurent en comparant ses bras maigres à ceux de Bob, qui
étaient en effet deux fois plus musculeux entre le coude et
l'épaule.

— Cette bêtise! On a les bras qu'on veut. Il ne tient qu'à
toi d'avoir les bras aussi forts que moi.

— Comment cela?

— C'est clair, tu n'as qu'à les exercer.

— Est-ce que vraiment c'est possible?

— Mais tout le monde sait cela! »

Laurent, extrêmement alléché par l'horizon qui s'ouvrait
devant lui, se fit donner des détails précis et fut initié à une
foule de mystères qu'il ne soupçonnait même pas. Il apprit
qu'on arrivait, par l'exercice général, à acquérir une vigueur générale; par l'exercice de chaque membre ou de
chaque organe particulier, à fortifier ce membre ou cet
organe; qu'on pouvait, à l'aide d'un *training* ou « entraînement » fonctionnel approprié, devenir un excellent coureur,
un excellent nageur, un excellent rameur, un excellent

cavalier, un excellent joueur de cricket ou de ballon... Que fallait-il pour être en mesure de se défendre efficacement avec ses poings? Fortifier ses biceps, endurcir ses mains, apprendre à parer les coups avec le bras gauche, en porter de rudes avec le bras droit; l'usage interdisait de frapper au-dessous de la ceinture, et, chose qui le révoltait, c'est surtout au nez et aux yeux qu'il fallait viser, parce qu'ainsi, lui expliquait Bob, on mettait promptement son adversaire hors de combat sans le blesser gravement... On nous permettra de n'être pas, sur ce point, de l'avis de Bob. Le visage humain doit être respecté. L'art de s'entre-crever les yeux, de se faire sauter les dents, de se déformer le nez et le visage est une institution dont les écoliers anglais et les étudiants allemands feraient bien d'être moins fiers. Toutefois les leçons de Bob furent pour son jeune camarade une révélation utile sur certains points. Une foule de circonstances que Laurent n'avait jamais comprises devinrent claires à ses yeux : il s'expliqua comment on pouvait arriver en peu de temps, par la simple répétition du même geste ou du même acte, à l'accomplir avec perfection et à réaliser ces tours de force ou d'adresse qui l'étonnaient tant. Il s'aperçut que tout en ce monde, ou presque absolument tout, est une question de gymnastique, aussi bien dans le domaine musculaire que dans le domaine intellectuel; qu'en forgeant, et seulement en forgeant, on devient forgeron. Et, pour la première fois, il osa concevoir l'ambition excusable de forger un jour... la tête de Bully. On comprend que ce fût son rêve, et nous pouvons le lui pardonner.

Sur le conseil de Bob, il s'adressa, pour se renseigner plus complètement, au maître nageur. C'était un vieux quar-

tier-maître de la marine nommé John Gowan et fort aimé
de tout le monde pour sa complaisance et son adresse.

Personne ne s'entendait comme lui à faire, avec des bouts
de corde, une foule de nœuds plus ingénieux et plus inex-
tricables les uns que les autres, à réparer les lignes, à tresser des paniers de jonc; et, en même temps, personne
n'était plus fort et plus brave. On l'avait vu souvent nager
avec un élève sur son dos et un autre sur les bras; on
savait qu'il avait opéré dans sa vie quinze à vingt sauve-
tages, et il avait donné, un jour de foire, à un boxeur
redouté, une de ces leçons que les brutaux n'oublient jamais.

Quand Laurent et Bob vinrent le trouver et lui soumettre
leur requête sur le choix de bons exercices préliminaires, il
était sur le pas de sa porte en train de raccommoder un filet
en fumant une pipe; il serait plus juste de dire un fourneau
de pipe, car elle était si courte, si courte, qu'on se demandait comment il pouvait la tenir dans ses dents ou résister à
la chaleur qui devait brûler ses lèvres et à la fumée qui
s'engouffrait directement dans ses vastes narines.

Il se mit à sourire et dit :

« Le premier conseil que je vous donnerai, c'est celui-ci :
Toutes les fois qu'une chose vous effraye, faites-la. Je parle,
bien entendu, des choses possibles, de ce qui n'est pas
déraisonnable. Le second : *Ne perdez jamais l'occasion de
faire un effort pénible.* Voyez-vous un grand arbre? Si vous
n'avez rien de mieux à faire, après quelques exercices pratiqués sur de plus petits, grimpez au sommet s'il est assez
fort pour vous porter, car il ne faut pas, pour être fort ou
habile, s'exposer à se tuer. C'est précisément le but contraire qu'il faut se proposer : celui de défendre sa vie. Vous

trouvez-vous devant un fossé? Sautez-le. Rencontrez-vous
une haie sur votre chemin? Au lieu de la contourner, passez
par-dessus. Un garçon plus âgé que vous vous attaque-t-il?
Essayez de le battre. Voyez-vous passer une voiture sur la
route? Dites-vous : je la suivrai en courant pendant un
mille, et tenez bon aussi longtemps que votre souffle bien
ménagé vous le permettra. Il n'y a que dans des cas comme
celui de Marathon qu'on m'a raconté qu'on peut aller au
delà de ses forces. Y a-t-il une caisse, un meuble, un lourd
fardeau à soulever? Donnez votre coup d'épaule. Ne mépri-
sez aucune fatigue; il n'y en a pas d'inutile. Profitez de tous
vos moments de loisir pour occuper vos muscles; ne les
laissez inactifs qu'aux heures d'étude ou de repos. Et, après
six mois de ce régime, vous m'en direz des nouvelles. »

Bob et Laurent écoutaient le vieux marin bouche béante.

« C'est ainsi que vous êtes devenu fort, père Gowan?
demanda Bob.

— Oh! moi, c'est différent, je le suis devenu sans le
vouloir, dit le brave homme. A huit ans, j'étais embarqué
comme mousse, et il n'y a rien de tel pour vous dégourdir
un crapaud. Quand on est accroché au bout d'une vergue et
que le vent vous secoue pour vous emporter, ce n'est pas
long à comprendre qu'on est flambé si l'on n'a pas la poigne
obstinée. Et les coups de garcette font le reste.

— Est-ce qu'on vous battait souvent?

— En moyenne deux fois par semaine. Mais, à côté de
cette rente hebdomadaire, il y avait les revenants-bons quo-
tidiens. Je ne passais guère auprès d'un matelot sans qu'il
m'allongeât un coup de pied, et, s'il m'arrivait de me laisser
pincer dans la salle des maîtres, j'étais sûr d'être étrillé de

la bonne façon. Jusqu'à ce qu'enfin, fatigué de tout cela, je pris le parti de cogner comme un aveugle quand on m'ennuyait, et l'on finit bientôt par me laisser tranquille.

— Est-ce qu'on vous a beaucoup taquiné quand vous avez passé la ligne pour la première fois? demanda Laurent, qui avait lu quelques romans maritimes et qui n'était pas fâché de montrer ses connaissances nautiques.

— Je vous en réponds, reprit le père Gowan. En ce temps-là, ce n'étaient pas des plaisanteries à l'eau de rose, comme à présent. C'était sérieux, et l'on s'y préparait pendant plus d'un mois. On m'avait raconté qu'au moment précis où l'on passait sous l'équateur, il se produisait un cataclysme épouvantable, que le navire se renversait sens dessus dessous, que c'était aux malins de bien nager, de le retourner au bon endroit et de filer avec la cargaison. Comme on disait tout cela sans avoir l'air de s'occuper de moi, en causant le soir sur le pont et en faisant semblant, de temps à autre, de vouloir m'empêcher d'écouter, j'avais complètement gobé le conte et fait secrètement tous mes préparatifs.

« Je me rappelle que j'avais gardé deux ou trois rations de biscuit que j'avais mises dans une vieille boîte à sardines, et, tous les soirs, avant de m'endormir sur mon hamac, j'attachais la boîte sur ma tête avec mon couteau, un paquet de fil à voile et un petit médaillon en argent que m'avait donné ma mère, afin d'être prêt à me jeter à l'eau et à sauver mes biens les plus précieux, quand le moment arriverait.

« Voilà qu'une nuit je suis réveillé par un bruit épouvantable; je me trouve dans l'obscurité, et tout aussitôt on crie autour de moi :

« — Nous sommes perdus ! C'est la ligne ! Le navire fait
« eau ! Sauve qui peut ! »

« Et en même temps je me sens inondé. C'étaient tout
simplement des seaux d'eau que les gars jetaient sur moi.
Mais je crus tout de bon que c'était la mer qui entrait, et,
comme j'avais reconnu la voix d'un de ceux qui braillaient
le plus fort, je lui criai :

« — Veux-tu bien te taire, vilain cachalot ! Pour une
fois que tu vas boire une gorgée d'eau, tu fais bien des
façons !

« Là-dessus, tous se mettent à rire, et moi comme les
autres, quoique, au fond, pour dire la vérité, je fusse loin
d'être rassuré. Cependant je cherchais à tâtons l'escalier de
l'écoutille pour m'en aller sur le pont et piquer une tête au
bon moment. Mais, à l'instant où j'y arrivais, je me sentis
empoigné dans des mains vigoureuses qui m'attachèrent les
bras et les jambes, tandis qu'un porte-voix me beuglait dans
l'oreille :

« — Quel est ce novice qui n'a pas encore été baptisé et
qui prétend se sauver tout seul ? A l'eau ! à l'eau !

« Et l'on me plongea dans une grande tonne qui avait été
remplie à mon intention. Je me débattais de mon mieux,
mais tout était inutile ; j'avais de l'eau par-dessus la tête, et
je ne tardai pas à perdre connaissance, aussi convaincu que
possible que je perdais la vie.

« Quand je rouvris les yeux, j'étais couché dans mon
hamac ; le falot était rallumé, et l'on m'avait si bien fric-
tionné avec des brosses à souliers pour me faire revenir de
l'asphyxie, que tout mon corps était rouge comme un
homard échaudé, excepté aux endroits où il était noir comme

une botte vernie. J'ai su depuis que j'avais failli en mourir,
et c'est à grand'peine qu'on m'avait ressuscité. Les gars
m'avaient laissé plusieurs minutes sous l'eau. Il paraît que
c'était trop.

« Mais, depuis cette époque, on a défendu tout cela, et
maintenant c'est de la blague en bouteille, conclut le père
Gowan avec un air de profond mépris. On a peut-être raison,
mais cela faisait tout de même des loups de mer solides au
poste, et je ne sais pas si l'on pourrait en dire autant à
présent.

— Est-ce que vous avez assisté à des batailles navales,
père Gowan? demanda Bob sans lui laisser reprendre
haleine.

— Peuh! des batailles navales, maintenant on n'en fait
plus ! On vous a inventé un tas de machines, des torpilles,
comme ils disent, qui vous font sauter un navire cuirassé
avant qu'il ait le temps de brûler une amorce. J'ai bombardé
une douzaine de rades et pris une vingtaine de négriers.
Mais ce n'est plus comme ce que nous racontaient les
anciens, du temps de Nelson ou de Collingwood ! Là il y avait
vraiment du tabac, et il faisait bon être embarqué ! On
n'avait pas le temps de s'ennuyer; tous les jours il fallait en
découdre. Mais ce que j'ai vu, moi, ne vaut pas seulement
la peine d'en parler.

« Pourtant, une fois, dans les mers de Chine, nous avons
eu une jolie affaire avec des pirates malais. C'était à bord de
l'Arbalet, un aviso de soixante hommes d'équipage. Nous
étions en rade près de Shanghaï, et les officiers étaient
presque tous à terre, comme ils font souvent, pour se donner du bon temps. La nuit était si sombre, qu'on ne voyait

pas à deux pas devant soi sur le pont. J'étais de bordée de
quart; nous n'avions rien à faire et nous étions assis en
rond, nous racontant des histoires, quand il me sembla que
je voyais comme une ombre s'abaisser dans une des chaloupes suspendues au-dessus de nous. Je n'attribuai pas une
grande importance à cette vision; mais, en tenant machinalement mes yeux fixés sur le point où elle s'était produite,
je vis distinctement le haut d'une tête dépasser le bord de la
chaloupe et rester immobile.

« Je ne sais quel instinct me dit qu'il y avait du Malais
là-dessous. Je me glissai en rampant jusqu'à l'avant, je
regardai et ne vis rien de suspect. Je revins de la même
manière à l'arrière, et qu'est-ce que je trouvai? La vigie
étranglée et l'officier de service privé de sa tête. Elle
avait été coupée net et d'un coup, sans qu'il s'en aper-
çût, bien sûr, car il était encore assis sur son petit fauteuil
de bambou, sa pipe à la main, et son sang coulait sur
le tillac.

« Sans perdre de temps, je descends dans l'entre-pont, je
réveille toute la bordée au repos, et je leur dis la chose à
voix basse. Tout le monde saute sur les haches, les fusils
et les revolvers, et nous nous hâtons de remonter sur le
pont. Il n'était que temps! Les chaloupes étaient remplies de
ces brigands, qui étaient arrivés à la nage jusqu'aux flancs
du navire, avaient grimpé comme des chats jusqu'aux bastingages et se préparaient à sauter sur nous et à nous poi-
gnarder, tandis que les premiers arrivés avaient déjà fait
l'affaire de la vigie, de l'officier et d'un novice qui dormait
tranquillement dans une embarcation.

« Quand ils se virent découverts, ils bondirent sur le pont

en criant comme des singes enragés, et bientôt il y en eut
plus de deux cents dans nos jambes. Nous n'étions qu'une
trentaine d'hommes armés, et l'affaire fut chaude. Après
avoir tiré un coup de feu, nous ne pouvions plus recharger,
et il fallut manœuvrer au sabre et à la hache. J'en assommai
pour ma part deux ou trois à coups de crosse. Nous nous
battions tous comme des diables pour ne pas laisser notre
peau à ces sauvages. Bref, quand nous en eûmes tué une
cinquantaine, le reste sauta à l'eau et décampa. Ils en
avaient assez, nous aussi. Notre victoire était chèrement
payée : onze des nôtres étaient morts, et presque pas un de
nous n'était sans blessure.

« Les poignards de ces brigands, ou *kreiss,* c'est le nom
qu'ils leur donnent, ne sont pas empoisonnés, comme on le
dit, — on raconte tant de sottises ! — mais ils sont tordus
comme une flamme et font de très mauvaises plaies. Celle-ci
mit plus de six mois à se fermer, ajouta le vieux matelot en
entr'ouvrant sa chemise de laine et en montrant aux deux
enfants une sorte de tache blanche sur sa poitrine.

« Mais aussi j'avais gagné mes galons de quartier-
maître, et je n'aurais pas donné mon coup de poignard pour
trois coups de fusil. Qui eut le nez long en arrivant ? Ce
furent les officiers : ils venaient de valser chez le résident,
pendant que nous donnions aux Malais une danse sans musique. Il y en avait un surtout, un aspirant, qui ne pouvait
pas se pardonner d'avoir manqué la petite fête.

« — C'est bien fait pour moi ! s'écria-t-il. Pour une fois
qu'on se bat, je ne m'y trouve pas !

« Et il rageait ! et il rageait ! Il fallait voir. C'est vrai
qu'il y avait de quoi être vexé.

— Est-ce qu'il n'a pas eu plus de chance une autre fois ?
demanda Bob.

— Si, répondit le bonhomme avec un sourire attristé ; il
a eu le corps coupé en deux par un obus, devant Odessa...
Mais, est-ce que vous croyez que je vais comme cela passer
toute la journée à vous raconter de vieilles histoires ?

— Oh ! père Gowan, encore une, dit Laurent.

— Je n'en sais plus.

— Cette plaisanterie ! dirent les deux enfants incré-
dules.

— Est-ce que vous avez vu des sauvages ? reprit Bob.

— On ne voit que ça, dans ce monde.

— Non, mais je veux dire de vrais sauvages, tout nus,
avec des plumes sur la tête, un arc et des flèches.

— Je ne réponds pas des plumes parce que ceux que j'ai
vus n'étaient pas délicats sur ce chapitre : ils mettaient
n'importe quoi dans leurs cheveux, ce qui leur tombait sous
la main. Mais, pour l'absence de linge, l'arc et les flèches, le
signalement est exact.

— Était-ce des cannibales ?

— A qui le dites-vous ? J'ai manqué être mangé à la
sauce au khava en Océanie, dans les îles Fidji, que le gou-
vernement vient justement d'annexer à l'empire britannique.

— Ah ! vous voyez bien que vous savez encore une histoire !

— C'est bon, je vais vous la dire, mais après celle-ci,
bonsoir la compagnie. Figurez-vous donc que ces naturels
des Fidji, qui sont maintenant nos compatriotes, — je vous
demande un peu si ça ne fait pas pitié ? — ont l'air d'être

les meilleures créatures du bon Dieu. Ce sont les plus jolis
nègres qu'on puisse voir ; ils sont très propres, ce qui n'est
pas commun parmi cette racaille, et ils ont même une habitude assez drôle, celle de se poudrer les cheveux avec de la
chaux de corail, comme les valets de pied d'un amiral.
Cela leur donne une physionomie assez curieuse, ces per-
ruques blanches sur leurs frimousses noires. Quand on leur
demande pourquoi ils se donnent cette peine, ils disent qu'ils
ne le savent pas, qu'ils le font parce qu'ils l'ont vu faire à
leurs pères. C'est une raison certainement, et il n'y a pas un
Anglais pour la trouver mauvaise ; mais enfin, il est singulier tout de même de voir des gaillards qui n'ont pas seulement un pantalon mettre tant de soin à leur coiffure. Le chi-
rurgien du bord disait que c'était pour détruire... vous
savez bien quoi ! C'est possible. Enfin ce ne sont pas nos
affaires...

« Donc j'étais à bord du *Wellington*, et nous allions de
Sidney à la station d'Honolulu, dans les îles Sandwich...

— Là où le capitaine Cook a été tué ? dit Bob.

— Précisément. Nous étions en route pour Honolulu, et
en relâche aux Fidji pour prendre de l'eau. Le mouillage
était bon. On m'a dit que maintenant on y peut voir une
petite ville : il y a dix ans, c'était seulement un village de
huttes qui s'appelait Levuka. Les naturels étaient très gentils et venaient dans leurs pirogues nous apporter des cochons, des bananes, des noix de coco, qu'ils nous vendaient
pour des couteaux, des clous, de vieilles ferrailles que nous
leur passions. Avec une étrille que j'avais trouvée à fond de
cale, j'ai acheté une fois deux cochons de lait et une pleine
pirogue de cocos.

— Ils avaient donc des chevaux, qu'ils avaient besoin d'une étrille?

— Non, c'était pour leur usage personnel.

— Dites donc, père Gowan, pardon de vous interrompre, mais les noix de coco sont-elles meilleures dans le pays que celles qu'on vend dans les rues de Londres?

— Vous savez, pour mon compte, je trouve que c'est une simple drogue. Pourtant, avec beaucoup de *brandy*, l'eau qu'elles contiennent peut encore se boire. Mais, pour en revenir à la question, les premiers jours, les ordres étaient très sévères quand on descendait à terre avec les futailles; il était formellement défendu de s'écarter de la colonne de débarquement. Mais bientôt, voyant que les Fidjiens étaient doux comme de vrais agneaux et qu'ils n'étaient même pas armés, les officiers commencèrent à s'enfoncer dans la campagne pour chasser, et naturellement les hommes, étant laissés seuls, en firent autant.

« J'étais aussi curieux que les autres, et, mangeant une banane par-ci, jetant une pierre à un oiseau par-là, je m'étais un jour éloigné assez avant dans les terres, et, quand je voulus retourner à l'aiguade, je ne retrouvai plus mon chemin.

« En revanche, j'aperçus dans une clairière, au milieu d'un bois de cocotiers, la plus belle hutte qu'il soit possible d'imaginer. C'était une grande case en forme de toit très aigu, dont les bords touchaient presque à terre, construite très joliment en paille tressée, et, devant la hutte, cinq ou six négrillons se roulaient dans l'herbe. Leur grand'maman, je présume du moins, d'après son âge, que tel était son rang, — était sur la porte, en train de piler dans une calebasse quelque chose qui sentait l'anis, et de la hutte venait une bonne odeur de poisson bouilli.

« Quand je m'approchai, les négrillons commencèrent à pousser des cris et se mirent à décamper, car les hommes blancs effrayent les enfants nègres, comme les nègres effrayent les enfants blancs; mais la grand'maman, qui savait sans doute que nous n'étions pas des ogres, se mit à rire et à leur distribuer des calottes en piaillant contre eux. Je m'avançai vers elle, et je lui dis :

« — *Tayo!*

« C'est la manière de se saluer dans toute l'Océanie. Cela veut dire *ami*. La bonne vieille me répondit *tayo* et continua de piler, car c'était une ménagère méthodique. Quand elle eut fini, elle entra dans la hutte et m'invita, par gestes, à en faire autant. Je m'empressai de la suivre. La hutte ne formait qu'une seule pièce assez grande et dont le sol était couvert de nattes ; tout un côté avait des nattes plus belles et un rang de grosses barres de bambous qui servent d'oreillers : c'était le lit de la famille. Et à l'extrémité opposée de la chambre, sur un feu disposé dans un âtre de cailloux, une grande marmite mijotait doucement. Aux murs étaient accrochées quelques haches de pierre, des ustensiles de pêche, de longues pièces d'une espèce d'étoffe feutrée que les femmes fabriquent avec l'écorce du bananier en la battant; bref, tout était propre et faraud, et je vous assure que, dans bien des pays, les pauvres gens sont loin d'être aussi bien logés que l'était mon hôte : je dis mon hôte, car il ne tarda pas à arriver.

« C'était, comme sa compagne, un homme déjà vieux, et il me fit, lui aussi, le meilleur accueil. La bonne femme avait retiré la marmite et en avait versé le contenu dans un grand plat en bois : c'était une véritable marmelade de poisson, et, comme je me sentais en appétit, je ne refusai pas d'en prendre ma part, avec la fourchette d'Adam, naturellement.

« Quoique nous ne pussions nous parler, la conversation ne laissait pas d'être animée. J'essayais de faire comprendre par gestes à mon sauvage que j'avais perdu mon chemin, et, de son côté, il manifestait, ainsi que sa femme, la plus vive admiration pour mon chapeau de cuir bouilli, pour les boutons de ma vareuse et généralement pour toutes les parties de mon costume. Les négrillons n'avaient pas tardé non plus à se familiariser et à me grimper sur les épaules. Deux ou trois autres naturels étaient arrivés, et ceux-ci, comme le premier, m'avaient dit *tayo* et s'étaient assis autour de moi sur la natte, en me considérant avec une profonde attention.

« Bientôt cinq, dix, vingt autres hommes entrèrent, tant et si bien que la hutte en fut remplie. Leur attitude était toujours amicale et même respectueuse ; mais je savais qu'avec ces gaillards-là il ne faut jamais se fier à la mine, et je commençais à me sentir un peu inquiet d'un si nombreux entourage. D'ailleurs, il était temps de rentrer, si je pouvais retrouver ma route ; je me levai donc pour sortir sans avoir l'air pressé.

« Mais ces messieurs ne m'avaient pas assez vu et me témoignèrent, par des gestes expressifs, leur désir de me contempler encore. Je pris place sur la natte, j'attendis quelques minutes, puis je fis une nouvelle tentative de départ.

« Cette fois, c'est de force qu'on me retint. Les mains s'ap-

VIII

LES UNS ALLUMAIENT UN GRAND FEU DE BOIS.

puyèrent sur mon épaule, sur mes bras, autour de mon cou ; je ne pouvais plus me dégager. La colère me prit, je tirai mon pistolet de ma ceinture, — nous n'avions pas encore de revolvers, — et je fis feu : un des noirs tomba. Je pensais qu'ils allaient tous fuir épouvantés ; point du tout. Les gredins savaient sans doute qu'une fois déchargée mon arme n'était plus bonne à rien. Ils se mirent à pousser des cris assourdissants, se jetèrent sur moi, me terrassèrent. En deux minutes, je fus ficelé comme un saucisson avec une corde de fibres végétales, et jeté, pieds et poings liés, dans un coin de la hutte.

« Les réflexions que je faisais dans mon coin n'étaient naturellement pas des plus gaies ; je voyais bien que les mécréants tenaient conseil et qu'ils étaient tous du même avis, car ils riaient et se pourléchaient les lèvres comme des mousses qui vont avoir une ration supplémentaire. Mais je n'eus pas le temps de m'ennuyer, et la délibération ne traîna pas. On m'empoigne de nouveau, on me transporte hors de la hutte, on m'attache comme un veau sur une longue perche, que quatre hommes prennent sur leurs épaules, et nous voilà partis à travers les cocotiers.

« Après une marche qui me parut assez longue, car je souffrais horriblement, comme vous pouvez penser, tout le poids de mon corps portant sur les cordes qui me serraient les pieds et les poignets, nous arrivâmes sur un petit plateau découvert, où une cinquantaine d'autres naturels étaient déjà réunis. Là on me jette à terre, et l'on me laisse de nouveau à mes réflexions. Je vis bientôt mes bourreaux fort affairés : les uns allumaient un grand feu de bois dont la destination n'était que trop évidente pour moi, car ils avaient planté devant ce feu deux fourches de bois de même hauteur, destinées sûrement à recevoir la perche qui allait devenir ma broche; d'autres apportaient des paquets d'une herbe qu'ils allaient cueillir dans le bois et commençaient une cuisine assez dégoûtante. C'est ce qu'ils appellent leur *khava*. Cela se prépare en mâchant l'herbe en question, puis en la jetant dans des auges de bois autour desquelles ils se tiennent tous accroupis. Quand ils ont ainsi préparé une quantité suffisante d'herbe mâchée, ils la couvrent d'un peu d'eau, agitent le tout avec une baguette et laissent reposer la préparation pendant quelques heures; elle fermente et produit une boisson aromatique et enivrante dont tous les sauvages polynésiens sont très friands.

« Je savais qu'ils en arrosent volontiers leur rôti, et j'avais par conséquent la satisfaction de me dire que la sauce m'était vraisemblablement destinée. Par bonheur, il fallait deux ou trois heures pour qu'elle fût prête. En attendant, et pour charmer les loisirs de l'attente, quelques-uns d'entre eux faisaient un vacarme infernal avec des tambourins, des calebasses et des flûtes de bambou dans lesquelles ils soufflaient avec le nez. Je n'ai jamais aimé la musique : je vous laisse à penser comme ce concert m'était agréable. Mais bientôt ils voulurent se donner aussi le plaisir de la danse. La nuit tombait, et le petit plateau sur lequel nous nous trouvions n'était éclairé que par le brasier dans lequel on jetait incessamment de nouveaux troncs d'arbres. Tous ces nègres, rangés en cercle, dansant et sautant en mesure sur le rythme marqué par le tambourin et les flûtes, semblaient autant de démons réunis pour le sabbat. Je les voyais s'animer de minute en minute, et je comprenais, hélas! que le

dernier acte de la pièce allait être le sacrifice de mon individu, quand tout à coup, ô surprise! la danse s'arrête, les
tambourins et les flûtes restent silencieux, et je vois tous les
démons décamper au plus vite sans demander leur reste...

« La raison de cette débandade était l'arrivée d'une forte
patrouille envoyée du navire. On avait constaté l'absence de
plusieurs matelots, et le commandant, sachant combien il
était dangereux de laisser des hommes isolés parmi ces sauvages, avait prescrit de battre l'île en tous sens. Il n'était
que temps pour moi! Un quart d'heure de plus, et mon
affaire était faite. J'étais rôti. Pensez si je fus content de les
voir arriver. Ce n'est pas qu'on tienne à sa peau plus qu'il
ne faut; mais il n'est pas agréable de se dire qu'on va servir
de bifteck à des macaques dont on ne voudrait pas pour
tournebroches.

— Est-ce qu'on vous donna aussi un galon pour cela, père
Gowan ?

— Ah! bien oui! Un mois de fers à fond de cale, au biscuit et à l'eau, voilà ce que je gagnai à mon expédition!

— Ne croyez-vous pas que c'est pour se venger du coup
de pistolet que les sauvages voulaient vous manger ?

— Je l'ai souvent pensé. On a parfois la main trop
prompte, vous savez, et c'est bien tentant, quand on se
trouve dans l'embarras, d'avoir à la ceinture un argument
sans réplique. Ces êtres-là n'ont pas plus de raison que des
enfants de deux ans, et il vaudrait mieux peut-être les
prendre par la raison que les maltraiter comme nous faisions. Mais on ne se dit pas cela sur le moment... Ta, ta,
ta... Voilà encore que vous me faites causer. Allons! l'appel
du soir va sonner, vous n'avez que le temps de rentrer. »

CHAPITRE IX

LE JEU DES LIÈVRES ET DES LÉVRIERS

Laurent avait religieusement gravé dans sa mémoire les préceptes du père Gowan, et il s'était promis de les observer avec constance. Mais, dans les premiers jours, cela lui parut affreusement difficile.

Au lieu d'éviter la fatigue, la rechercher systématiquement et se demander à chaque instant ce qu'il pourrait bien faire de pénible fut d'abord pour lui un véritable supplice. Il n'avait pas adopté ce régime depuis vingt-quatre heures, qu'il se sentait tout courbaturé et moulu ; ses jambes flageolaient sous lui, ses bras étaient endoloris, ses reins étaient comme perclus de rhumatismes ; tout son corps semblait réclamer un repos qu'il se sentait grande envie de lui accorder. Très vraisemblablement, s'il avait été seul, il aurait pris un jour de relâche, puis un second, puis un troisième, et finalement il aurait renoncé à tout effort. Mais la présence de Bob le contint : il aurait eu honte de montrer moins de fermeté qu'un garçon d'un an plus jeune, et il persévéra.

En même temps, dans l'intimité pleine de charme et de franchise qui s'établissait de jour en jour entre eux, il avait mis de côté sa sotte vanité, et, quand il avait besoin d'un renseignement, il ne craignait pas de le demander à son ami. C'est ainsi qu'il apprit la règle du cricket et eut le courage de s'exercer avec les plus jeunes enfants à renvoyer la balle.

Il ne tarda pas à recueillir les fruits de cette activité. D'abord, il fut débarrassé en quelques jours de la fatigue musculaire qui l'accablait si facilement; puis il eut la satisfaction de constater avec évidence que sa force croissait pour ainsi dire à vue d'œil, et qu'il pouvait déjà, après deux ou trois semaines, faire des efforts dont il aurait été auparavant complètement incapable. Enfin, il se sentait comme moralement retrempé; son caractère prenait de la résolution et de la fermeté, il s'appliquait à ses études classiques avec plus de courage et d'ardeur qu'il n'y en avait jamais apporté.

C'est tout simplement que sa vie avait pris un but, et qu'il se proposait maintenant un idéal à atteindre, tandis qu'il avait jusqu'alors végété dans le vague d'une existence incolore et sans ambition. Il s'étonnait de voir comme les journées passaient vite, comme il s'endormait d'un bon sommeil aussitôt qu'il tombait dans son lit, comme il se réveillait frais et dispos, comme il prenait goût à ses devoirs scolaires, qui étaient désormais pour lui de véritables distractions.

Ce n'est pas à dire que les premières difficultés furent aisées à franchir, ni qu'il put arriver d'un coup à réaliser avec ses camarades; pendant longtemps son infériorité fut manifeste, et il en eut notamment la preuve la première fois qu'il prit part à une partie de LIÈVRES ET LÉVRIERS, un des jeux les plus amusants qui soient pratiqués dans les écoles anglaises.

On avait coupé en petits morceaux un énorme amas de journaux et de vieux papiers, et quatre sacs de toile avaient été remplis de cette neige artificielle. Deux grands élèves, choisis parmi les meilleurs coureurs, prirent ces sacs sur leur épaule et partirent en avant : c'étaient les *lièvres*.

Les autres élèves, assemblés dans le parc, donnaient aux premiers une avance de six minutes tout juste, mesurée montre en main; ils devaient jouer le rôle de *lévriers*.

Les « lièvres » étaient sortis du parc, s'étaient mis à courir, et, après avoir choisi dans les prés environnants un point de départ commun, avaient commencé à semer derrière eux, sans se séparer, des morceaux de papier destinés à indiquer leur trace. Comme l'animal dont ils prenaient le nom fait mille et mille détours pour mettre en défaut la meute qui s'acharne derrière lui, ils avaient alors suivi un chemin des plus capricieux, sautant les haies, franchissant les fossés, revenant sur leurs pas, prenant à travers les terres labourées, escaladant un coteau, le redescendant pour le remonter encore, — tout cela de leur galop le plus rapide et pendant plus d'une demi-heure, en semant toujours des petits papiers.

Un lieu de rendez-vous avait été assigné : c'était le porche d'une église voisine. Mais la règle du jeu interdisait formellement d'y arriver autrement qu'en suivant la trace des « lièvres », et, pour être compté parmi les gagnants, il fallait y toucher dans les six minutes qui suivent leur arrivée.

Les gagnants avaient droit à un splendide goûter acheté sur le produit d'une cotisation générale à deux sous, et qui les attendait au rendez-vous.

On se ferait difficilement une idée de l'excitation que la perspective de cette course effrénée — et du festin qui la couronne — a le don de développer.

Aussitôt que les « lièvres » furent partis, tout le monde se tint prêt à s'élancer, la ceinture serrée, les coudes au corps, l'oreille aux aguets. L'un des « lévriers » tenait sa montre et, les yeux fixés sur le cadran, attendait l'expiration de la sixième minute. Tout à coup il cria :

« *Forward!* » (En avant!)

La meute partit, se répandit autour du parc dans toutes les directions et commença de chercher dans tous les sens les bouts de papier qui devaient la mettre sur la piste[1]. Deux ou trois minutes s'écoulèrent. Enfin, une voix joyeuse s'écria de nouveau :

« *Forward!* »

La trace était trouvée. Les « lévriers » se rallient à ce cri, toujours courant, les uns en tête, les autres déjà en retard ; toute la troupe se précipite sur la piste.

En avant! En avant! par-dessus les haies et les fossés, par-dessus les prés et les guérets! Pendant les premières minutes, tout va bien. La meute a bon air et se maintient en

---

1. Il est presque inutile de faire remarquer que ce joli jeu, pour être amusant, suppose de la part des *lièvres* une grande loyauté (ce que les Anglais appellent *fairness*). Ils ne doivent pas rendre l'œuvre des *lévriers* impraticable en faisant partir la piste d'un point impossible ou trop difficile à trouver. C'est une question de mesure. De même, il serait tout à fait déplacé d'interrompre la piste en cessant de semer des petits papiers. Le rôle naturel des deux *lièvres* est celui de bons et judicieux chefs de partie.

bon ordre. Mais bientôt le cœur bat à se rompre, les jambes fléchissent, la respiration manque, les plus jeunes ou les moins forts ralentissent le pas... Ils reprennent haleine, comptant se remettre à la course ; mais il est trop tard, et malheur à qui perd une course ! Les voilà déjà distancés, battus, découragés, réduits à rentrer tristement ou à aller par le plus court chemin attendre au rendez-vous l'arrivée des heureux vainqueurs.

Mais qu'ils se consolent : ceux-ci ne seront pas nombreux, car la route est longue et la fatigue formidable. A mesure que la meute avance, elle laisse derrière elle quelque « lévrier » hors de combat : c'est l'un qui est tombé dans un fossé, c'est l'autre qui s'est allongé dans une mare, ou qui a glissé sur l'herbe humide, ou qui s'est jeté sur une meule de foin, à bout de résistance, rouge, essoufflé, prêt à éclater.

Cependant, le gros de la troupe tient bon. La vue des *lièvres* qu'elle aperçoit maintenant là-bas, courant devant elle, redouble son ardeur. En avant ! En avant ! La trace s'allonge toujours, s'enroule et se contourne, ligne blanche et nette sur le vert des prés ou sur le gris des terres. Ce serait si commode d'aller tout droit à ce grand clocher qui se dresse à l'horizon ! Mais non : il faut revenir sur ses pas, faire mille détours, suivre mille sinuosités, repasser deux, trois fois dans cette prairie, monter et redescendre sans merci cette butte.

En voilà assez ! celui-ci n'en peut plus ; il renonce. Puis un autre après lui, un troisième, un dixième. La meute, qui comptait plus de soixante *lévriers*, n'en compte plus que trente ou quarante. Mais ceux-ci paraissent résolus à arriver.

Leur galop régulier, leurs coudes serrés, leur souffle égal et bien ménagé disent qu'ils ont su garder des forces. En avant! En avant! La trace se raréfie, les morceaux de papier s'espacent, on approche du terme. Allons, encore un peu de courage! Le plus dur reste à faire, et c'est ici la grande épreuve : un, deux, trois fossés à sauter. Il y a déjà cinquante minutes que la course dure, et ce n'est pas tout le monde qui peut la soutenir jusqu'au bout. Ils ne sont plus que vingt! Ils ne sont plus que quinze!...

Un de plus qui reste en chemin. Quoi! s'arrêter à deux cents pas du but? Que voulez-vous! ce n'est pas l'envie d'arriver qui lui manque, mais les jambes.

Et celui-là qui s'avise de trébucher à la première haie! Malheur aux vaincus! Il en sera réduit à regarder le goûter, comme s'il s'était arrêté au premier mille.

Hurrah! La meute arrive, elle est au but et en avance d'une minute. Mais elle n'est plus que de treize lévriers.

C'est maintenant l'heure du triomphe ; c'est maintenant qu'on se repose sur ses lauriers, qu'on reprend haleine et qu'on s'éponge de bon cœur. C'est maintenant surtout qu'on savoure avec délices les brioches et les fruits si bravement conquis. Interdiction formelle d'en faire part aux retardataires : la loi du jeu l'exige, et ne pas s'y conformer, ce serait tout gâter. A-t-on jamais vu les chiens de salon invités à la curée?

Quand Laurent se décida à prendre part à ce steeplechase, il fut tout simplement le premier à renoncer ; telle est la triste vérité. Il s'arrêta à la quatrième minute, et des gamins de neuf ans couraient encore qu'il était déjà sur le bord d'un fossé, étouffant et sans forces.

13

Il fut plus d'un quart d'heure à reprendre haleine, et, acceptant son échec avec philosophie, il se dirigea vers le clocher. La route était semée de vaincus comme la trace d'une armée en déroute. On se consolait en se gouaillant.

A moitié chemin il rencontra Bob, qui, lui aussi, avait dû s'arrêter : il était tout couvert de boue à la suite d'une glissade qui lui avait permis de se reposer mollement pendant dix minutes sur un lit de glaise. Mais il n'en était pas moins gai.

« *Hurrah! old fellow!* » Ce sera une autre fois notre tour! s'écria-t-il.

Et il communiqua à Laurent son plan de campagne, qui consistait à aller tous les jours de demi-congé attendre un train de chemin de fer à deux milles de Hobham, puis à essayer d'arriver à la station aussi vite que la locomotive, en courant le long de la voie. Quand on y serait parvenu, on augmenterait la distance, et ainsi de suite jusqu'à ce qu'on fût en état de tenir toute la course des *lièvres*.

Pour ne pas perdre de temps, au lieu de pousser jusqu'au rendez-vous, ils allèrent tout de suite au chemin de fer et se donnèrent une première séance.

Inutile de dire qu'ils ne purent ni l'un ni l'autre tenir tête au train. En quelques minutes, Laurent, puis Bob furent sur les dents, et allongés côte à côte sur le gazon à qui mieux mieux.

« Nous ne sommes pas brillants! dit Bob après un quart d'heure de silence entrecoupé de soupirs prolongés comme des sanglots. Mais, baste! dans quinze ou vingt jours ce sera différent.

— Est-ce bête qu'on ne puisse pas courir comme les chevaux, sans perdre immédiatement la respiration !

— Les chevaux sont exactement comme nous; si l'on n'avait pas soin de les exercer, ils ne pourraient pas seulement galoper cinq minutes, ni trotter un quart d'heure.

— Tu en es sûr?

— Tout ce qu'il y a de plus sûr. Un de mes oncles a une écurie de courses, et si tu voyais les peines qu'il faut se donner pour amener un poulain à résister à la fatigue!... Et pourtant, un poulain est bien plus fort qu'un garçon de notre âge.

— Est-ce que tu sais monter à cheval?

— Cette idée! Bien sûr. Tout le monde sait monter à cheval. Tu n'as pas appris?

— Non. Je n'ai jamais été qu'à âne. »

Sur cet aveu, Bob fut pris d'un rire si immodéré que Laurent crut un instant qu'il allait étouffer sous ses yeux.

« A âne!... ha, ha, ha... à âne!... c'est trop drô... ha, ha, ha... Ce... Vraiment, tu es allé à âne! reprit-il enfin.

— Je ne vois pas ce qu'il y a de si risible. C'est très amusant.

— Je ne dis pas non. Mais cette idée ne m'était pas venue. Je croyais que les ânes... ha, ha, ha... étaient faits pour porter le blé au moulin ou les légumes au marché...

— Eh bien! tu te trompais, voilà tout.

— Ne te fâche pas. Je n'ai nullement l'intention de t'offenser. Mais, sérieusement, je ne comprends pas quel plaisir on peut trouver à se percher sur un baudet.

— Le même plaisir qu'à cheval, je suppose.

— Ah! mais non, par exemple! D'abord, un âne ne peut pas galoper, il ne fait que trottiner, et encore je ne sais pas comment sont bâtis les ânes français, mais les nôtres ont la

douce habitude de marcher au pas et de ne se presser
un peu que lorsqu'on les roue de coups de bâton. Et puis la
figure qu'on doit faire sur cette monture à longues oreilles...

— Bah! ce sont des préjugés.

— C'est possible; mais tu ne me diras pas que maître
Aliboron puisse entrer en ligne avec un joli cheval, qui se
met à faire des courbettes aussitôt que vous êtes en selle,
qui obéit à la moindre pression de vos genoux et sur un mot
part comme un éclair. Un bon temps de galop à deux ou
trois, à travers champs, voilà un plaisir! Celui qui ne le connaît pas ne sait pas ce qu'il perd. Il n'y a rien au monde de
si délicieux. As-tu jamais vu une chasse au renard?

— Non.

— Tu en verras l'hiver prochain; il y a précisément beaucoup de chasseurs dans ce comté et de très belles meutes.
Ils sont plus de cinq cents qui arrivent de tous les cantons du
voisinage, à cheval, pour suivre la chasse. Les uns sont en
habit noir, les autres en habit rouge, ceux-ci sur de fins
chevaux de course, ceux-là sur des chevaux de ferme. Mais
quand le renard est débusqué et les chiens après lui, si tu
voyais comme tout le monde galope de bon cœur pour les
suivre, comme on saute les barrières, les haies, les fossés et
même les murs! C'est enivrant à voir. Qu'est-ce que cela
doit être, quand on y joue son rôle? Il me tarde joliment de
pouvoir en être! Malheureusement les enfants ne sont pas
admis, à cause des accidents. Tu comprends, il n'y a guère
de chasse à courre où l'on ne compte quatre ou cinq bras ou
jambes cassés, quelques côtes enfoncées, et souvent pis.
Mais quand la chasse est lancée, tout le monde est comme
fou, personne ne fait attention à vous. Vous pourriez avoir

ON SAUTE LES BARRIÈRES, LES HAIES, LES FOSSÉS.

tous les os rompus que les autres ne vous regardent seulement pas. On ne voit que les chiens. Il s'agit d'arriver avec eux et d'être présent à la curée, tout le reste n'existe pas. Tiens, quand j'y pense, je ne sais pas ce que je donnerais pour avoir cinq ou six ans de plus et pouvoir en tâter, moi aussi.

— Est-ce qu'on voit souvent de ces chasses?

— Pendant la saison, trois ou quatre fois par mois dans le district. Tout le monde peut y venir, tu sais. Les chiens sont propriété particulière, naturellement ; ce n'est pas tout le monde qui peut entretenir une meute de *fox-hounds ;* cela coûte souvent plus de dix mille livres sterling par an, sans compter les chevaux, les piqueurs et le reste. Mais les rendez-vous sont indiqués plusieurs semaines à l'avance dans les journaux par les soins du *maître des chasses,* et quiconque possède un cheval ou peut s'en procurer un est libre de se joindre, à ses risques et périls, à la bande joyeuse. Naturellement rien n'empêche le commun des martyrs, comme toi et moi, d'aller se poster sur un coteau et de jouir du spectacle. C'est extrêmement intéressant. Quelquefois la chasse court dix à quinze milles avant de forcer le renard. Et puis tous ces incidents émouvants ou ridicules, les chapeaux qui s'envolent, les mauvais cavaliers qui font des détours pour éviter un obstacle, les chevaux rétifs qui se débarrassent d'un poids incommode, les plongeons dans les mares... Et là-bas, tout au loin, le gros de la chasse qui galope toujours ventre à terre. Je t'assure qu'on ne peut rien voir de plus beau.

— Je comprends maintenant pourquoi mon âne te paraissait si ridicule.

— Imagine un chasseur arrivant au rendez-vous sur ta monture favorite. Ce serait un vrai succès.

. — Il serait sûr toujours de ne pas se rompre les os, et conviens que c'est bien quelque chose.

— Hum! Je crois que les dangers réels de la chasse à courre comptent pour une bonne part dans le plaisir qu'on y trouve. Mais dis donc, cela ne peut pas durer, il faut que tu apprennes à monter à cheval.

— Est-ce qu'il y a une école d'équitation aux environs?

— Une école d'équitation! Jamais je n'ai entendu parler d'une institution pareille. Cela aurait bien son utilité cependant, car bien monter à cheval n'est pas l'œuvre d'un jour. C'est un art dont les règles doivent aider beaucoup à l'apprentissage; mais, faute de professeurs, on peut, avec du sang-froid et de l'observation, être son maître soi-même. Nous donnerons deux ou trois sous aux gamins de la ferme de Lartchedge, et ils nous laisseront monter leurs chevaux. J'en sais assez pour te donner les premiers principes.

— Et les selles, où les prendrons-nous?

— Nous nous en passerons. Qui peut le plus peut le moins. Quand tu sauras bien te tenir à cheval sans selle, le reste ne sera pas long. »

Et les deux amis rentrèrent au collège en devisant sur leur nouveau projet.

CHAPITRE X

L'ÉPREUVE DU FOUET

Avec la facilité étonnante que les enfants et les adolescents trouvent à apprendre un idiome nouveau, quand ils en sont enveloppés comme d'une atmosphère, Laurent parlait couramment l'anglais maintenant ; il comprenait tout et même il était en état de suivre avec fruit les divers cours de sa classe.

Au début, il avait été fort scandalisé de la prononciation bizarre que ses camarades et ses professeurs appliquaient au latin, et le jour où il avait entendu dire :

Taï taï ri tiou petiouli rikioubens seub tigmaini fegaï,

au lieu de :

Tityre tu patulæ recubans sub tegmine fagi,

il avait manqué mourir de rire, sans réfléchir que sa prononciation française aurait peut-être été pour l'oreille de Virgile tout aussi déplorable que celle des Anglais.

Mais, maintenant, il était tout à fait habitué à cette façon

de lire, et même il l'avait adoptée. Les explications archéo-
logiques et historiques dont la traduction des auteurs anciens
était accompagnée, même dans la basse classe dont il faisait
partie, l'intéressaient vivement; elles lui faisaient comprendre une foule de choses qui, sans cela, seraient restées pour
lui sèches et arides comme une pure nomenclature. Il trouvait aussi que l'enseignement de la géographie était plus
clair et plus méthodique que dans nos écoles françaises. Mais
il s'étonna de ne pas voir les sciences en général et les mathématiques en particulier occuper une plus grande place
dans le cours des études.

A la vérité, il y avait dans une tourelle du collège un assez
beau télescope qu'un jeune maître braquait tous les soirs,
quand la nuit était claire, sur Saturne ou sur Vénus; et tout
le monde avait le droit d'aller appliquer son œil à l'oculaire
et voir à un fort grossissement ces intéressantes planètes.
On parlait aussi beaucoup d'un cabinet de chimie où sept ou
huit des « grands » se livraient à l'élaboration de mélanges
plus détonants les uns que les autres. Mais c'étaient les seules
concessions accordées à l'esprit scientifique du siècle.

Laurent en demanda un dimanche la raison à son père.

« Cela tient sans doute, lui dit M. Grivaud, à ce que
l'éducation anglaise n'est pas, comme la nôtre, profondément démocratique. Ce qu'on va chercher dans nos collèges,
c'est une instruction fondamentale qui permet d'aborder une
carrière quelconque, tandis que les collèges anglais sont
presque exclusivement destinés à préparer des jeunes gens
de familles riches aux carrières dites libérales, c'est-à-dire
aux bénéfices ecclésiastiques, aux administrations officielles,
aux fonctions législatives.

« Mais il résulte de cette différence une conséquence fâcheuse pour les uns et pour les autres : dans nos collèges, les études littéraires sont devenues insuffisantes, et, dans les collèges anglais, les études scientifiques ne sont pas en rapport avec les nécessités du temps présent.

« C'est pourquoi je ne suis pas fâché que tu apprennes à Hobham ton grec et ton latin, sans parler de l'anglais, de l'allemand, de l'histoire et de la géographie ; mais j'aurai soin de te renvoyer à Paris, quand le moment sera venu de t'atteler aux sciences physiques et mathématiques pour te préparer à l'École polytechnique. »

En attendant qu'il revînt à Paris, Laurent profitait de son mieux des leçons de Hobham-College. Il se sentait possédé d'une émulation qu'il n'avait jamais connue jadis ; c'était un peu comme s'il avait été chargé de représenter les écoles françaises parmi ses camarades, et il éprouvait un besoin impérieux de soutenir l'honneur du drapeau. On l'aurait fort étonné quelques mois plus tôt, en lui disant qu'il en viendrait si vite à une si grande sensibilité de la fibre nationale. Tel est pourtant l'effet ordinaire de l'émigration. On s'aperçoit, en passant la frontière, des mille liens intimes qui vous rattachent à la patrie. Tant de différences séparent encore les peuples, chacun d'eux est si enclin à se croire le premier et à rabaisser ses voisins, que, par une réaction naturelle, on apprécie mieux et l'on aime mieux son pays aussitôt qu'on l'a quitté. Quand Laurent était mal noté, maintenant, il lui semblait que c'était une honte pour la France, et, quand il recevait des coups de poing, il en rougissait pour elle. C'est pourquoi il travaillait ardemment à développer à la fois sa force physique et sa force intellectuelle.

Est-ce à dire que sa vie fût exempte de peccadilles? Hélas! non. On ne devient pas parfait du jour au lendemain, et Laurent se laissait facilement entraîner à des excès déplorables.

Par exemple, Bob et lui avaient une passion funeste pour les saucisses plates que vendait dans le village de Hobham une vieille bonne femme nommée Kate Bloomfield. Ce goût n'aurait rien eu que d'innocent s'il avait toujours été contenu dans de justes bornes et satisfait par des moyens légitimes, c'est-à-dire par l'échange de la monnaie de billon qui leur était allouée hebdomadairement contre les produits de l'industrie charcutière. Mais bientôt ils en vinrent à demander à Kate de leur en fournir à crédit, et, n'étant plus retenus dès lors par les limites de leur budget, ils eurent bientôt contracté une dette énorme.

A tout instant ils couraient à Hobham, avec la rapidité du vent, et en revenaient portant des sacs de papier gris pleins de saucisses. Non contents d'en manger tous les jours, ils en arrivèrent même à se faire de cet entremets un moyen de popularité, grâce à des largesses effectuées parmi leurs camarades. Kate Bloomfield n'y suffisait pas, et elle avait beau ajouter de la mie de pain à sa chair à saucisse, la demande était toujours supérieure à la production.

On comprend qu'un état de choses si dangereux ne pouvait se prolonger longtemps. Le jour vint où la vieille sorcière déclara qu'elle avait besoin d'être payée; on lui devait près de cinq livres sterling (125 francs!! c'était terrible!), et, si elle n'était pas soldée avant huit jours, elle tomberait en faillite.

Ce fut un triste réveil pour les deux amis; nuit et jour ils

avaient devant les yeux l'image de la pauvre Kate, victime
de sa confiance, obligée de déposer son bilan, réduite peut-
être par leur gourmandise à aller mendier le pain de ses
vieux jours.

Enfin, après mille hésitations et des angoisses qui étaient
une expiation bien méritée de leur péché, ils prirent la résolution de déclarer la vérité à leurs familles et de demander
chacun à leur père de quoi payer la moitié de leur dette.
C'était pénible évidemment. Le chiffre même de cette dette
ne les épouvantait pas autant que sa nature. Avouer qu'on
a consommé en six semaines pour cent vingt francs de saucisses à deux sous, soit douze cent cinquante saucisses, leur
paraissait avec raison déshonorant. Il fallut pourtant s'y
décider, le lundi matin, au moment de quitter la maison pour
rentrer au collège.

Le père de Bob se fâcha tout rouge, et l'histoire raconte
qu'il fit descendre le pantalon de son héritier et lui administra de sa main une fustigation prolongée ; après quoi, ayant
sans doute évaporé sa colère, il lui remit deux livres et
demie.

M. Grivaud, lui, se contenta de se moquer de Laurent ;
mais il le prévint que, pour lui faire comprendre les conséquences désastreuses qui résultent de la manie des dettes, il
retiendrait sa monnaie de poche hebdomadaire jusqu'à con-
currence des deux livres et demie.

Laurent trouva qu'il s'en était tiré à bon marché, quand
Bob lui raconta le succès de sa négociation. Mais Laurent
devait bientôt entendre parler, pour son compte personnel,
de la poignée de verges.

Ce châtiment corporel a, en effet, été conservé dans les

écoles anglaises, et quoiqu'il soit appliqué assez rarement, et seulement de la main même du chef d'institution, maîtres et élèves, je dis les élèves aussi bien que les maîtres, se montrent très attachés à cette vieille coutume. Notez qu'on ne fouette pas pour rire, et que le supplicié en porte plusieurs jours la trace. Mais les préjugés changent en ce bas monde avec la longitude et la latitude : autant un élève français rougirait d'être soumis à une telle exécution, autant un élève anglais rougirait de paraître la redouter.

Quoi qu'il en soit, peu de jours après que Kate Bloomfield avait été payée par les deux amis à leur intense satisfaction, il y eut une foire à Hobham, et, comme il est d'ordinaire dans ces solennités villageoises, un certain nombre de bateleurs et de baraques à loteries s'installèrent sur la place de l'Église.

M. Newton n'avait mis à cette occasion aucune limite extraordiraire à la liberté dont jouissaient ses élèves; ils étaient autorisés, pendant les heures de récréation, à aller se promener dans Hobham. Le docteur avait seulement exprimé l'espoir que tout le monde se montrerait digne de l'honneur d'appartenir au collège, et il avait formellement défendu de jouer à la loterie, annonçant que tout élève pris sur le fait serait puni. C'est après l'appel du matin que cet avertissement avait été donné.

Dans l'après-midi, Laurent et Bob, comme la plupart des autres élèves, s'empressèrent d'aller courir à la foire. Ils avaient sincèrement l'intention de se conformer à la défense de M. Newton, et Laurent, notamment, se sentait bien fort par la raison qu'il n'avait pas un penny en poche. Mais, en passant devant une boutique, il aperçut, parmi les lots d'une

LE MARCHAND, QUI LES VIT AMORCÉS.....

roulette, un couteau de corne de cerf, à plusieurs lames, qui lui parut superbe. Que de fois il avait rêvé d'en avoir un semblable !

« Voilà un joli couteau ! dit-il à Bob.

— Oui, répondit celui-ci. Le plus complet que j'aie jamais vu. Regarde donc, il y a jusqu'à un crochet pour nettoyer le sabot des chevaux et une lancette pour les saigner.

— Et un tire-bouchon, une lime, deux canifs, un passe-lacet...

— Dire qu'on peut le gagner pour deux sous, pourtant !... »

Le marchand, qui les vit amorcés, fit marcher sa roulette. Elle portait sur le côté une plume d'oie qui criait en glissant entre des clous verticaux. Ce bruit agaça les nerfs à Laurent et à Bob, et leur donna un désir immodéré de pousser à leur tour la roulette.

« Bah ! dit Bob, j'ai dix sous, nous n'en mourrons pas. Donnons un coup chacun. »

Et il poussa la roulette. Elle tourna, tourna, tourna, se ralentit et s'arrêta en grinçant sur une case vide.

« Rien ! dit Bob. A ton tour. Peut-être seras-tu plus heureux. »

Et il remit un second penny au marchand. Laurent poussa la machine, qui tourna encore et, comme la première fois, s'arrêta sur une case vide.

« Ah ! si l'on ne gagne jamais, ce n'est pas la peine ! s'écria Bob.

— Voyez, messieurs, nous avons de beaux lots ! glapit le marchand. Des porcelaines ! des verres de Bohême, des couteaux ! de jolis couteaux de Sheffield ! à quatre lames !

à six lames! à douze lames! Voyez les lots! messieurs!

— Donnons-nous encore un coup? reprit Bob.

— Soit. »

Il l'avait déjà donné.

« Oh! s'écria Laurent, M. Johnson qui arrive! il va nous voir! »

C'était un de leurs maîtres. Peut-être aurait-il passé sans faire attention aux deux joueurs. Mais les reproches de leur conscience leur ôtaient tout sang-froid ; ils crurent n'avoir de ressource que dans la fuite, quand c'était cette fuite même qui allait les dénoncer.

« Sauve qui peut! » cria Bob.

Et il se mit à détaler.

Laurent s'empressa de le suivre. Le maître, qui se dirigeait tranquillement vers la baraque, ne les avait pas vus d'abord ; mais ce départ subit équivalait à un aveu de culpabilité, et, comme il n'avait pas eu le temps de les reconnaître, il se mit à leur poursuite.

C'était un jeune maître, il avait de longues jambes et il savait courir. Les deux gamins avaient sur lui une bonne avance et descendaient la grande rue avec la légèreté de deux chevreuils.

A peine la course avait-elle commencé, que les amateurs de sport qui se trouvaient à la foire, et ils sont nombreux en Angleterre, dans toutes les classes, se mirent à en suivre les péripéties avec un vif intérêt. Quand nous disons *suivre*, c'est au propre aussi bien qu'au figuré, car une centaine de jeunes gens, prenant le galop pour voir le résultat du steeple-chase, excitaient les coureurs par leurs cris.

« Courage! les petits! Vous gagnez du terrain!... Hurrah

pour le grand!... Il les rattrapera!... Il ne les rattrapera
pas!... Dix shillings que les petits le dépistent! »

Et autres exclamations ordinaires en pareil cas.

Laurent et Bob étaient déjà sortis de Hobham, ils avaient
pris à travers champs et allaient vers le collège. Qu'ils réus-
sissent à se jeter dans le parc et ils étaient sauvés, car ils
étaient sûrs de mettre M. Johnson en défaut en se cachant
derrière les arbres... Mais voilà qu'à moitié chemin ils aperçoivent M. Newton qui sortait du parc. C'était tomber de
Charybde en Scylla.

Il fallut faire un crochet, courir dans un autre sens.

Leurs chances diminuaient, car ils n'avaient plus de refuge
en perspective, et le résultat de la lutte n'était plus désormais qu'une question d'haleine. Si M. Johnson résistait plus
longtemps qu'eux, ils étaient pris. Voilà la réflexion qu'ils
faisaient, mais sans perdre un temps de galop. Ils allaient,
ils allaient, franchissant les obstacles, laissant derrière eux
prairies et champs de houblon. Et la poursuite continuait,
acharnée, implacable.

Laurent commençait à n'avoir plus de souffle et à sentir
qu'il faudrait bientôt s'arrêter, quand, patatras! il glisse en
prenant son élan pour sauter un fossé et tombe à plat ventre
dans l'eau bourbeuse. Il patauge un instant, se relève,
escalade le talus... Il est perdu, voilà M. Johnson qui arrive.
Bob est déjà loin. N'importe, Laurent lutte encore, il fait
un effort désespéré. Mais il s'est foulé le pied, il est tout
mouillé, boueux et lamentable. Une main s'allonge et l'empoigne. Il est prisonnier.

« Vous avez fait des progrès, lui dit M. Johnson en riant.
Je n'aurais pas cru qu'un Français pût courir aussi longtemps.

Quant à l'autre, pas n'est besoin de l'attraper, et je sais maintenant qui c'est. A ce soir, mon garçon. »

Et M. Johnson s'en revint tranquillement en soufflant comme un cachalot.

Laurent rappelle Bob, tout honteux d'être cause de la défaite commune.

« Bah! dit celui-ci, nous étions sûrement flambés, du moment que nous ne pouvions pas gagner le parc. C'est égal, c'est une bonne course! Dire que, sans l'intervention malencontreuse du docteur, nous nous en tirions... Ce qui m'ennuie, c'est que je ne sais même pas si j'ai gagné quelque chose, » ajouta-t-il en soupirant.

Les deux amis rentrèrent au collège pour changer de vêtements, et la journée s'acheva sans qu'il fût question de rien. Tout au plus, au souper, y eut-il quelques sourires discrets, mais ironiques, à leur adresse.

Mais en sortant de table, M. Newton dit :

« Laurent Grivaud, Bob Drake, j'aurai à vous parler demain matin après l'appel.

— Bon! dit Bob, il paraît que les verges vont être de la partie.

— Comment? dit Laurent.

— Je dis que nous allons être fouettés. C'est sa manière d'annoncer cette agréable nouvelle.

— Mais je ne veux pas être fouetté! s'écria Laurent scandalisé.

— Tu ne veux pas être fouetté? Alors tu feras bien de le lui dire tout de suite, car il serait vraiment désappointé quand il aurait pris les verges. »

Laurent savait son père très opposé, comme tous les Fran-

çais, aux châtiments corporels, et cela lui donna de l'audace.
Il alla à l'un des domestiques et le pria de dire à M. Newton
qu'il désirait lui parler. Cinq minutes plus tard, il était intro-
duit dans le cabinet du docteur.

« Monsieur, lui dit Laurent avec une certaine dignité, je
viens d'apprendre qu'elle punition nous est réservée : on me
dit que c'est probablement celle du fouet ; comme je ne saurais m'y soumettre et comme elle est tout à fait opposée
aux habitudes que mon père m'a données, je viens vous
demander de vouloir bien la remplacer par une autre.

— Comment, vous avez peur de quelques coups de verges ?

— Je n'en ai pas peur, mais cela me répugne et répugne-
rait à ma famille, et j'ai pensé qu'il valait mieux vous le dire
ce soir.

— C'est bien, dit M. Newton, je vous informerai de ma
décision. »

A peine Laurent fut-il sorti, que le docteur écrivit à
M. Grivaud :

« Monsieur,

« Votre fils Laurent a commis une faute, peu grave d'ail-
« leurs, pour laquelle l'usage de ma maison est de passer
« par les verges. Il est venu me dire ce soir, avec une con-
« venance que je suis heureux de reconnaître, qu'il ne sau-
« rait se soumettre à cette punition et que vous-même y
« seriez contraire. Je vous serai très obligé, monsieur, de
« vouloir bien me communiquer, à cet égard, votre volonté.
« Vous comprendrez que le bon ordre du collège ne peut
« admettre qu'une règle, et, si Laurent ne reconnaissait pas

15

« la nôtre, je serais, a mon extrême regret, obligé de vous
« demander de le reprendre.

« Veuillez agréer, etc...

« JAMES NEWTON, D. D. »

Dès le lendemain, M. Newton recevait la réponse suivante
et s'empressait de la communiquer à Laurent :

« Monsieur le docteur,

« Il est parfaitement exact que je suis opposé en principe
« aux châtiments corporels, et en conséquence je ne sau-
« rais insister auprès de Laurent pour qu'il se soumette à
« celui que vous jugez opportun. Mais je regretterais vive-
« ment qu'il s'exposât à perdre le bénéfice de vos excellen-
« tes leçons, et, en le laissant libre de décider lui-même le
« parti qu'il croira devoir prendre, je vous prie de lui dire
« que je lui conseille de se plier à la règle du collège.

« Veuillez agréer, etc...

« H. GRIVAUD. »

Laurent fut très embarrassé quand il eut parcouru cette
lettre. Il avait, depuis la veille, causé avec Bob et entendu
les appréciations de ses camarades; il s'était aperçu, à sa
grande surprise, que le fouet ne leur paraissait ni plus ni
moins humiliant que toute autre punition, et qu'ils atta-
chaient même une sorte d'héroïsme à en parler comme d'une
plaisanterie et à la supporter sans cris et sans signe d'émotion. Il était sûr d'un fait, c'est que son refus de la subir

allait être attribué non pas à un sentiment de fierté, mais
au contraire à un sentiment de crainte. Cette considération
finit par le décider.

« Eh bien! monsieur, dit-il enfin en tournant sa casquette
dans ses mains, j'en prends mon parti, et je me laisserai
fouetter. »

Nous ne jurerons pas qu'au fond Laurent n'espérait pas
secrètement désarmer M. Newton par cette capitulation, et
en être quitte pour la menace. Mais, s'il en était ainsi, il
avait compté sans son hôte. Le docteur n'était nullement
accessible à ces faiblesses. Il ne faisait jamais grâce, parce qu'il
pensait que la grâce est une injustice. Il n'appliquait une
punition qu'à bon escient, en connaissance de cause ; mais,
quand elle était prononcée, il fallait la subir ou quitter le
collège.

Laurent et Bob durent donc se rendre, après la classe du
matin, dans une salle spéciale, située près du cabinet de
M. Newton, et dont le meuble unique était, avec une splendide poignée de verges toute neuve, une sellette ou petit
banc qui figurait assez bien le billot classique des condamnés
à mort d'autrefois.

Là, il fallut se placer à cheval sur le banc en mettant à
l'air certaines régions charnues sur lesquelles M. Newton
appliqua consciencieusement une correction des plus sé-
rieuses.

Laurent passa le premier, comme le plus âgé, et il eut
toutes les peines du monde à ne pas crier comme un écor-
ché. Pourtant, il y parvint. Serrant les dents et réunissant
les forces de sa volonté, il arriva au dixième coup sans faiblesse.

Bob reçut aussi son compte sans mot dire, et, se rajustant aussitôt, les deux amis remontèrent dans leurs chambres.

Une telle exécution n'avait jamais lieu sans exciter à un haut degré la curiosité générale ; sur les marches de l'escalier ils trouvèrent plus de vingt élèves ardents à leur demander des nouvelles.

« Eh bien ! vous a-t-il bien cinglés ?

— Il a tapé comme un sourd, » disait Bob.

Et les « petits » de le regarder avec une admiration qui n'était pas dénuée de quelque envie de mériter aussi une punition si glorieuse. Les gens expérimentés assurent que tout Anglais qui n'a pas encore eu le fouet aspire secrètement à le recevoir, mais qu'après en avoir tâté il évite ordinairement de s'y exposer de nouveau. Quoi qu'il en soit, Laurent constata, après ce baptême, qu'il était regardé de meilleur œil : on lui savait gré de s'être plié à un usage traditionnel de la « vieille Angleterre », et d'avoir subi cette épreuve avec courage. Ce sentiment se fit même jour avec tant d'évidence que Laurent en vint à se dire que cette poignée de verges, comme le sabre de M. Prud'homme, serait « le plus beau jour de sa vie scolaire. »

Notre récit ne serait pas complet si nous omettions de signaler un mémorable exemple de grandeur d'âme, qui se rattache à cet épisode :

Le jour même de l'exécution, Laurent et Bob, se sentant trop endoloris pour se livrer avec utilité à leurs exercices ordinaires, avaient été, en se promenant, voir les ruines de la foire de Hobham. A peine restait-il cinq ou six baraques, et ils passaient, sans trop oser s'arrêter, devant celle qui

leur avait valu une punition si cuisante, quand ils furent
fort étonnés de se voir appeler par le marchand.

« Hé! messieurs! n'est-ce pas vous qui êtes partis en
courant, l'autre jour, sans attendre que la roulette se fût
arrêtée? »

Bob et Laurent répondirent affirmativement.

« Vous avez gagné un couteau, reprit le marchand. »

Les enfants, ravis, s'approchèrent aussitôt de lui.

« Oui, messieurs, voilà comme je suis, dit l'homme en
s'adressant à la foule. Ces messieurs ont gagné un lot et
sont partis sans le savoir. Qu'est-ce qui pouvait m'obliger à
le leur dire? Qu'est-ce qui me force à leur remettre leur
propriété légitime? Rien, messieurs, absolument rien que
ma conscience! Et pourtant je les appelle, je leur révèle
leur droit, je vais leur remettre leur lot. Voilà comme je
suis! Voilà ce que c'est que John Ledley, directeur de la
grande loterie de Hobham, à l'enseigne de *l'Ane rouge!*
Vous voyez comme on est injuste à notre égard... vous enten-
drez dire de tous côtés que nos loteries sont des attrape-
nigauds, que jamais on n'y gagne rien, que tous les entre-
preneurs forains sont des pick-pockets. Eh bien! quand
on dira cela devant vous, répondez hardiment : « C'est
« une calomnie, et il n'y a pas de plus braves gens! »
Racontez ce que vous avez vu, ce que vous allez voir,
un tableau sublime, un tableau digne de figurer dans la
Morale en action : John Ledley remettant à deux élèves
de Hobham-College un lot qu'ils ne songeaient même pas
à réclamer! »

Et, joignant l'acte à la parole, le marchand prit majes-
tueusement à son étalage un couteau à manche de bois qui

pouvait bien valoir trois sous et le remit à Bob avec un geste tragique.

« Avec toute cette réclame, je croyais au moins que c'était un couteau à quatre lames! » ne put s'empêcher de murmurer celui-ci un peu désappointé.

Mais le désintéressement de l'entrepreneur avait produit son effet, et la foule se pressait déjà autour de sa roulette. Nous ne jurerons même pas que Bob et Laurent ne se fussent pas volontiers laissés aller à tenter de nouveau la chance, s'ils avaient eu l'enjeu nécessaire ; mais, fort heureusement, il ne leur restait pas le plus modeste penny, et, après avoir vu largement rembourser par le public la valeur de leur couteau, ils partirent en l'emportant.

Comme ils rentraient au collège, ils rencontrèrent Harry Stubbs dans le parc. Laurent n'avait plus eu beaucoup de relations avec lui depuis l'époque où ils échangeaient une leçon tous les soirs. Harry était de quatre ans plus âgé que lui, et il s'était toujours montré très froid depuis l'époque où Laurent lui avait refusé ses services. Aussi celui-ci fut-il assez étonné, quand il vit le garçon s'avancer vers lui, lui tendre la main et lui dire qu'il désirait un instant d'entretien. Bob s'éloigna discrètement.

« J'ai à vous faire une réparation d'honneur, commença Harry quand ils furent seuls dans la grande allée de platanes. Je vous avais cru sans cœur, et j'ai été agréablement surpris d'apprendre comme vous avez volontairement accepté et supporté votre punition de ce matin. Mais expliquez-moi donc pourquoi, vous étant soumis sur ce point à nos usages, vous persistez à refuser de vous rallier au principe du *faggisme?* J'ai cru comprendre que vous y trouviez quelque

chose d'humiliant. C'est ce que je ne puis admettre. N'est-
ce pas une vieille coutume chevaleresque, et cela ne vous
rappelle-t-il pas les rapports des pages ou des écuyers d'autrefois avec les patrons chargés de les initier à leurs devoirs ?
Pour moi, je ne puis apercevoir, en toute sincérité, ce que
vous y trouvez de bas.

— Puisque vous me parlez avec cette franchise, répondit
Laurent, je n'hésite pas à vous dire qu'en effet cette coutume n'a plus à mes yeux le même caractère que je lui ai
trouvé d'abord. Elle m'avait choqué comme un usage tyrannique et absurde, et maintenant que j'en ai vu de près
l'application, je reconnais avec vous qu'elle n'a rien de réellement avilissant et qu'elle peut, dans certaines circonstances
données et sur certaines natures, avoir ses avantages. Mais
elle est trop opposée à mes habitudes françaises, et, de plus,
j'ai annoncé que je m'y plierais pas ; donc je ne saurais,
maintenant, sans faiblesse, revenir sur cette décision.

— Ainsi, c'est par point d'honneur que vous persistez
maintenant ?

— Par point d'honneur, si vous voulez, mais, en somme,
par raison. Je ne me sens nullement le désir ni le besoin de
me conformer à cet usage que vous abandonnerez peut-être
un jour.

— C'est singulier ! Il faut que décidément les Français et
les Anglais soient bâtis tout différemment. Je vous assure
que ce serait pour moi une véritable privation de ne pas me
conformer rigoureusement aux coutumes du collège dont je
fais partie.

— C'est apparemment une corde qui me manque ; mais je
puis vous assurer que je n'en souffre pas du tout. »

Cette conversation parut avoir ôté un poids de la conscience de Harry, car, à dater de ce jour, il se montra plus
affectueux pour Laurent, et il contribua même souvent, par
son influence, à le faire laisser tranquille. On aurait dit parfois que ses convictions étaient ébranlées par la constance
du jeune Français, et qu'il commençait à voir les pratiques
du *faggisme* sous un jour tout nouveau. En tout cas, il sentait que les idées personnelles de Laurent étaient à cet
égard aussi respectables que ses propres opinions.

CHAPITRE XI

PREMIÈRE LEÇON DE DANSE ET DE SAVOIR-VIVRE

A quelques jours de là, il y avait soirée chez M. Newton, ou plutôt après-midi dansante, car la fête commençait vers trois heures par un grand goûter dans le parc, afin de permettre d'organiser le premier quadrille, à cinq heures, dans le grand salon et de se retirer à onze heures du soir.

Plusieurs familles du voisinage et toutes celles des élèves avaient été invitées, et de bonne heure les voitures et les trains de chemins de fer commençaient d'amener les bataillons serrés de mamans, de sœurs et de cousines. Les pères et les frères étaient moins nombreux, car ils étaient pour la plupart retenus par leurs affaires; mais l'équilibre que ce défaut de cavaliers aurait rompu était naturellement rétabli par les soixante-quinze danseurs qui formaient le contingent de Hobham-College.

C'était plaisir de voir la grâce et l'aisance avec lesquelles ils s'acquittaient de leurs fonctions en vrais fils de la maison : accueillant les dames à l'arrivée, les conduisant au vestiaire, les débarrassant de leurs fourrures et les amenant sous la grande tente qui avait été dressée dans le parc. Une immense table, chargée de fleurs et de friandises, y étalait sa belle ordonnance. Les « petits » rivalisaient d'ardeur et de prévenances avec les « grands » et n'étaient par les moins accueillis. On les voyait, tout fiers de leurs gants jaunes, traîner à la remorque de grandes belles personnes qui avaient deux fois leur âge, comme un bateau-pilote précède une majestueuse frégate.

Ce n'est pas sans terreur que Laurent avait vu approcher ces réjouissances. Il se sentait pris d'une telle timidité quand il se trouvait en présence d'une dame, qu'il lui devenait impossible de dire un mot et de savoir même ce qu'il faisait; il perdait complètement la tête, et c'est à peine si, depuis qu'il était à Hobham, il avait pu s'habituer à causer sans embarras avec mistress Newton. La semaine qui avait précédé la fête avait été pour lui une période de trouble et d'angoisses. Il se demandait avec épouvante quelle figure il ferait, et comment il oserait affronter le feu. Mais, dès qu'il entendit les premiers frou-frous de soie, ce fut bien pis encore : il se sentit absolument paralysé et s'avoua à lui-même que s'approcher d'un de ces êtres redoutables qui descendaient de voiture dans un nuage de gaze et de dentelles et lui offrir son bras étaient choses au-dessus de ses forces. Quant à lui adresser quelques mots aimables, c'était une idée tellement folle qu'elle ne lui venait même pas. Comment était-il possible d'avoir assez de présence d'esprit, non pas seulement pour trouver quelque chose à dire, mais pour pouvoir articuler le son le plus vague ?

Il se dissimula donc parmi les arbres du parc et lorgnait, du coin de l'œil l'air triomphant de ses camarades, quand tout à coup il sentit ses cheveux se hérisser sur sa tête en s'entendant appeler :

« Laurent ! Laurent ! »

C'était la voix de Bob.

Il n'y avait pas moyen de reculer. Bob l'avait aperçu, et il le hélait, debout sur le marchepied d'une voiture qui venait de s'arrêter à la grille. Avec le courage du désespoir, Laurent se mit à courir vers son ami. Il arriva auprès de lui, rouge, embarrassé, ne sachant que faire de ses mains.

« C'est maman et mes sœurs ! Viens donc, que je te présente ! dit Bob, qui ajouta, le poussant vers le marche-pied :

« Monsieur Laurent Grivaud. »

Le pauvre Laurent s'inclina gauchement ; il n'y voyait plus clair et croyait apercevoir au moins dix dames dans la voiture. Il n'y en avait pourtant que trois, l'une belle et imposante dans sa robe de satin paille, les deux autres blondes, roses et souriantes dans leurs toilettes blanches et bleues.

« Ah ! monsieur Laurent, je suis très heureuse de faire votre connaissance, lui dit la maman. Bob nous a tant parlé de vous !

— Il ne manque plus que cela ! pensait Laurent, s'il leur a raconté l'histoire des deux yeux pochés et de la poignée de verges !

— Voulez-vous être assez bon pour ouvrir la portière ? » continua mistress Drake.

Le malheureux se précipita sur la poignée de cuivre doré, comme un noyé s'accroche au premier objet qui se rencontre à sa portée. Ses mouvements étaient si maladroits et si confus qu'il fut un grand moment à ouvrir. Enfin il y parvint. Mistress Drake prit sa main sans même s'apercevoir qu'il ne la lui offrait pas, et sauta à terre.

« Voici mes filles, Ada et Carry, » reprit-elle.

Laurent, tout aussi machinalement, les aida à descendre.

« Est-ce que nous aurons le plaisir de voir vos sœurs? demanda miss Ada.

— Je n'en ai qu'une, répondit Laurent d'une voix étranglée, et je ne pense pas que ma mère l'amène, elle est trop enfant.

— Ah! vous n'avez pas de grandes sœurs ni de cousines non plus?

— De grandes sœurs, non, mademoiselle, j'ai des cousines, mais elles sont en France. »

Laurent commençait à reprendre ses esprits et à voir qu'après tout ce n'était pas aussi difficile qu'il l'aurait cru. Cependant, il était encore incapable d'assembler deux idées. Mais il trouvait que c'était déjà bien joli de répondre aux questions qu'on lui adressait.

« Vous plaisez-vous dans notre pays? dit miss Carry.

— Je ne m'y suis jamais autant plu qu'aujourd'hui, » répondit Laurent.

Et il resta tout effaré de son audace, comme si une force indépendante de lui-même lui avait fait articuler cette fadeur.

« Pourquoi donc? » demanda naïvement ou malignement la jeune fille.

Il n'y avait pas à reculer, il fallait en sortir.

« Mais... parce que... je pense que nous allons bien nous amuser! dit-il enfin.

— Ah ! vous aimez la danse, comme tous les Français. Moi, je ne l'aime qu'avec les bons danseurs. Si vous voulez, nous danserons le premier quadrille ensemble.

— Bon ! pensa l'infortuné, il ne manquait plus que cela ! »

Et, au lieu d'avouer qu'il en était absolument incapable, il s'inclina en murmurant un vague remerciement. Il était loin de se douter que le grand art de plaire est de laisser naître naturellement ses pensées et de les dire comme elles se présentent.

« Votre ami n'a pas l'air très spirituel, disait miss Ada à Bob.

— Lui ! c'est le meilleur compagnon de la terre ! mais il est timide. Laissez-lui rompre la glace, et vous verrez ! »

On était arrivé au vestiaire. Laurent, voyant plusieurs de ses camarades occupés à désemmitoufler les dames, fit de son mieux pour les imiter. Tandis qu'il était ainsi occupé, Harry Stubbs vint à passer. Il s'arrêta pour présenter ses respects aux dames Drake, qu'il connaissait, et ne put s'empêcher de dire à Laurent en souriant :

« Tiens ! tiens ! mais il me semble que vous ne refusez pas le service de *fag* aux demoiselles ? Croiriez-vous qu'il n'y a pas eu moyen de le décider à nous accorder ses services ? ajouta-t-il en s'adressant à miss Carry.

— Il n'en est que plus flatteur pour nous de les obtenir, dit la jeune fille en regardant Laurent avec intérêt.

— C'est égal, pour un garçon qui a des principes si décidés, c'est une défection, reprit Harry.

— Je ne vois pas cela. Pour mon compte, j'ai toujours trouvé cette habitude très déplacée.

— Oh! si vous vous mettez contre moi, je me déclare battu! dit le jeune homme en s'esquivant.

— N'est-ce pas, reprit Laurent, que c'est un usage honteux?

— Absolument. Mais si vous voulez vous y soustraire, vous devez avoir beaucoup à souffrir, » dit miss Carry avec bonté.

Laurent, mis à l'aise par ce ton simple et affectueux, se mit à raconter tout ce qu'on avait fait pour le décider à céder. Il parlait sans chercher ses mots et fut tout étonné quand il s'en aperçut. Mais désormais la glace était rompue, comme avait dit Bob, et il ne tarissait plus. Il expliqua à miss Carry les différences du régime scolaire en France et en Angleterre, et la trouva toute prête à recevoir ses confidences, à entrer avec lui dans sa vie, à en analyser les impressions. Il n'avait pas idée jusque-là du charme qu'il y a dans une causerie cordiale avec une femme aimable et sérieuse, douce et bonne comme l'était la sœur de Bob, et il en était profondément pénétré.

Tout en bavardant, il l'avait fait asseoir sous la tente, et il servait avec aisance, sans y penser, tant la conversation l'intéressait. L'arrivée de sa mère vint le distraire un instant.

Mᵐᵉ Grivaud faisait sensation, partout où elle paraissait, par sa grâce et son élégance parisiennes, et elle ne faillit pas cette fois à son habitude. Laurent, qui l'aimait tendrement, se sentit fier de ce succès. Il y trouvait une compensation aux humiliations dont il avait été si souvent abreuvé dans le même parc, et se disait avec orgueil, en passant en revue toutes les mamans :

« C'est égal! il n'y a pas un de mes camarades qui puisse en montrer une comme la mienne! »

Pour Mme Grivaud, s'il lui restait encore quelques préventions contre Hobham-College, elle les perdit ce jour-là, et en comparant tous ces enfants attentionnés et polis, leurs manières aisées et courtoises, aux collégiens mal peignés ou trop frisés qu'elle avait eu l'occasion de passer en revue aux distributions de prix de la pension Lauraguais, elle fut obligée de reconnaître que la comparaison était tout à l'avantage des premiers. Elle était surprise de voir son Laurent lui-même en train de faire sa cour à miss Carry. Décidément, il n'y avait rien de tel qu'un changement d'atmosphère, car elle savait par expérience comme il était difficile de le faire venir au salon, ou de lui extraire deux paroles, aussitôt qu'il se trouvait devant des étrangers.

Cependant, presque tout le monde était arrivé. On s'était préparé par un goûter sérieux aux fatigues de la danse, et les premiers accords de l'orchestre se faisaient entendre dans le salon. C'était le moment critique pour Laurent. Enhardi par la bonté que lui témoignait miss Carry, il osa lui faire l'aveu de son incapacité : c'était évidemment ce qu'il pouvait faire de mieux. Elle lui en sut gré et lui répondit simplement : « Eh bien ! ce ne sera pas un quadrille, mais une leçon de quadrille! Allons nous placer, je vous guiderai. »

Et les voilà dans le grand salon, vis-à-vis de Stubbs, qui dansait avec miss Ada.

Quoi qu'il en pensât lui-même, Laurent avait assez souvent vu danser pour que la chose lui fût plus facile qu'il ne l'imaginait. Tant en rappelant ses souvenirs qu'en imitant les mouvements de ses voisins et en suivant les indications

de miss Carry, il s'en tira sinon avec gloire, du moins avec
les honneurs de la guerre. Sans s'en douter, assurément,
il avait sur ses voisins et voisines un avantage naturel et
marqué, un sentiment de la mesure qui leur faisait complètement défaut.

Après le quadrille vinrent deux ou trois autres danses
qu'il apprit avec la même facilité. Miss Carry ne voulait pas
croire qu'il n'eût pas eu déjà de leçons.

« C'est incroyable ! disait-elle, il faudrait six mois d'efforts
à un Anglais pour arriver au même résultat. Il faut que
réellement vous autres, Français, ayez une aptitude particulière pour la danse ! »

Elle aurait pu aussi bien dire pour tout. Il est certain que
nous apprenons presque tout avec une extrême facilité, et
nous assimilons très vite les découvertes et les usages de nos
voisins. C'est même ce qui nous a fait plus d'une fois traiter
de « singes » par les esprits moroses et jaloux. Mais la
contre-partie, souvent fatale, de cette faculté, c'est que
nous nous reposons trop aisément sur cette disposition naturelle et sur le don que s'attribuait jadis la noblesse française,
de « savoir tout sans avoir rien appris ». Et cela nous expose
à nous apercevoir trop tard de notre insuffisance.

Quoi qu'il en soit, Laurent s'était mis, en moins d'une
heure, en état de tenir très convenablement sa place, et,
enivré maintenant de ses premiers succès, il ne reculait
devant rien. On le vit s'avancer hardiment vers de jeunes
misses qu'il n'aurait pas seulement osé regarder, deux heures
plus tôt, les inviter dans les formes, les emmener au milieu
du salon, causer avec elles sans embarras, en un mot, se
conduire en gentleman accompli. Nous ne jurerons pas qu'il

ON LE VIT S'AVANCER HARDIMENT.

n'embrouillât pas quelque peu les quadrilles et n'y introdui-
sît pas des figures inconnues jusqu'à ce jour; mais ce qu'il y
a de sûr, c'est qu'il s'amusait de bon cœur, comme il n'aurait
jamais cru pouvoir s'amuser dans un bal.

Il était dit pourtant que ce bonheur ne devait pas être
sans nuages. Au beau milieu d'un quadrille, et dans tout le
feu du *cavalier seul,* Laurent, trop occupé de la suite de la
figure pour bien mesurer ses mouvements, perdit l'équilibre,
glissa et s'allongea tout de son long sur le parquet.

Dire les réflexions pénibles qu'il fit dans le moment, très
court pourtant, qu'il passa dans la position horizontale serait
difficile; il se croyait déshonoré à jamais et n'osait pas lever
les yeux quand il se fut relevé. Ce fut un instant douloureux.

Mais tout le monde lui parla de son accident avec tant
de franchise, on en rit si cordialement avec lui, qu'il prit le
parti de faire comme les autres et n'y pensa plus cinq
minutes après.

A onze heures, quand petit à petit les salons se vidèrent,
quand une à une les voitures partirent emportant leurs car-
gaisons de beautés, Laurent déclarait sincèrement à miss
Carry que de sa vie il ne s'était autant amusé.

Son bonheur fut complet quand M. Grivaud, que des
travaux pressés avaient retenu assez tard, put cependant
arriver au dernier moment pour chercher sa femme. Laurent eut le plaisir de les reconduire à la station, en grand
garçon, et de rentrer avec Bob en chantant à tue-tête : *Nice
Juddy,* un des airs populaires de Hobham-College.

Un quart d'heure plus tard, tout était rentré dans le
calme, et un sommeil profond réparait dans toutes les chambres les fatigues de la soirée.

17

CHAPITRE XII

COMMENT DEUX ANGUILLES TOURNÈRENT
EN UNE QUEUE DE MORUE

Une des excellentes habitudes de Hobham-College, c'est qu'aucune distraction, aucun amusement ne devait faire perdre une leçon ni le bénéfice de cette leçon. Qu'on prît du bon temps quand on avait fait son devoir, rien de mieux ; mais il ne fallait pas trouver dans une fête une excuse pour ne pas être prêt à l'heure, ni perdre deux ou trois jours sous prétexte qu'on en avait perdu un. Laurent était étonné, après chaque congé ou chaque demi-congé, de voir avec quelle facilité ses camarades se remettaient au travail comme s'ils l'avaient quitté depuis cinq minutes. Pour son compte, s'il s'était écouté, il lui aurait fallu plusieurs heures de flânerie pour se remettre en train ; mais il finit bientôt par comprendre l'absurdité de cette pratique, et se rendre compte que le seul moyen d'avoir des heures de délassement est de bien employer celles qui sont dues au labeur, sans en détourner une minute.

Pourtant, le lendemain du bal, il lui était impossible de

penser à autre chose qu'à ses prouesses de la veille. Le premier jour où il avait dansé, où il s'était conduit en grand garçon et avait figuré dans un quadrille avec des jeunes filles en âge de se marier, était dans sa vie une date trop mémorable pour qu'il pût se remettre tout droit à ses devoirs, sans laisser son imagination tresser quelques guirlandes autour de cet événement.

Il était donc à cent lieues de ce qui se passait autour de lui et avait les yeux fixés sur une solive du plafond, au lieu de les avoir sur le premier chant de *l'Iliade* qu'on était en train d'expliquer, quand tout à coup il fut secoué en sursaut par la voix du maître qui disait :

« Monsieur Grivaud, continuez. »

Laurent avait encore dans l'oreille les derniers sons qui venaient de la frapper : « Πόδας ὠκὸς ’Αχιλλεὺς, » avait dit celui de ses camarades qui expliquait avant lui.

Il chercha précipitamment, d'un coup d'œil plein d'angoisse, les mots qui répondaient à ces sons.

Or, il arriva que ces mots, comme il n'est pas rare dans Homère, étaient répétés deux fois dans le passage dont on s'occupait, et seulement à quelques vers d'intervalle. Laurent tomba par malheur sur la répétition. Ne doutant pas un instant qu'il n'eût trouvé la suite de la leçon, il commença de lire avec cette complaisance que mettent toujours les élèves à accomplir cette facile partie de leur tâche et avec la satisfaction d'un homme qui se dit :

« Je l'ai échappé belle ! Mais j'ai tant de chance ! »

Cependant, à peine avait-il repris les premiers mots, que toute la classe leva la tête, voyant sa méprise. Le maître ne disait rien, le laissant aller.

« Ce n'est pas là, mais dix vers plus haut ! » murmuraient les deux voisins de Laurent.

Celui-ci poursuivait toujours, enchanté de sa lecture : il aurait lu jusqu'au bout du chant si son maître ne l'avait pas arrêté.

« En voilà assez, construisez ! » lui dit-il.

Et Laurent, s'arrêtant, put enfin entendre ce qu'on lui soufflait de toutes parts. Il jeta un regard sur la chaire et vit le maître qui le regardait d'un œil plein d'ironie.

« Il paraît que vous n'étiez pas très attentif au mot à mot ? reprit M. Johnson.

— Mais je vous demande pardon, « Πόδας ὠκὺς Ἀχιλλεὺς, » répétait Laurent.

Ici, toute la classe fut prise de ce fou rire qu'aucune considération de camaraderie ne peut arrêter en pareil cas.

« Voilà qui est plus grave que de ne pas écouter, dit M. Johnson. Être un instant inattentif, cela peut arriver à tout le monde ; mais soutenir qu'on ne l'était pas, quand on vient de prouver de la manière la plus éclatante qu'on était à cent lieues de la guerre de Troie, c'est plus triste. »

Laurent courbait la tête sous ce reproche si mérité. M. Johnson lui indiqua le véritable point où il devait reprendre la traduction, et l'explication marcha cahin-caha, Laurent traînant sa voix, s'arrêtant avec force sur les conjonctions et autres mots faciles, mais ânonnant désespérément sur les mots de quatre à cinq syllabes. En fait, il fut pitoyable et montra clairement qu'il n'avait pas préparé sa leçon.

M. Johnson ne dit rien et passa à un autre élève ; mais, à la fin de la classe, quand on sortit, il dit à Laurent :

« Grivaud, restez un instant, j'ai à vous parler. »

Et quand ils furent seuls :

« Pourquoi, reprit-il, au moment où je vous ai pris tout à l'heure en flagrant délit d'inattention, au lieu de reconnaître simplement le fait, avez-vous persisté à prétendre que vous écoutiez ? Est-ce donc l'usage dans les écoles françaises d'altérer si aisément la vérité ? Je ne veux pas insister sur l'absurdité même de votre affirmation, sur son inutilité et sur le peu de chances qu'elle avait de me convaincre. Mais eût-elle eu cet effet, trouvez-vous que l'avantage valût la peine de faire un véritable mensonge ? Pour moi je ne le crois pas, et si vous voulez que je vous dise ma pensée tout entière, je ne crois pas que rien au monde le vaille. »

Et il renvoya Laurent sans plus insister.

Comme il se retirait, celui-ci songeait à ce que venait de lui dire M. Johnson, à l'importance qu'il paraissait attribuer à un délit si léger, et ces réflexions le conduisirent à constater un phénomène qui ne l'avait jamais frappé avec tant de force, c'est l'horreur et le mépris innés que ses camarades avaient pour le mensonge à tous les degrés. Il remarqua qu'il n'en avait jamais vu un seul alléguer, pour se défendre, une fausse excuse, ou faire ces mille contes qui passent trop souvent pour innocents. Toujours, quel que fût le danger ou l'inconvénient attaché à l'expression sincère de la vérité, ils la disaient, s'il ne leur restait d'autre alternative que de le faire ou d'articuler une fausseté. Ils pensaient avec raison que toute autre conduite eût été indigne d'un homme d'honneur et d'un homme bien élevé ; or, quoiqu'ils fussent encore des enfants, ils aspiraient tous à mériter ce double titre.

Laurent en avait souvent été étonné, et il avait eu fréquemment l'occasion de voir un enfant en faute avouer franchement sa culpabilité sur une simple question directe du docteur, sans chercher à s'abriter derrière des faux-fuyants. Depuis qu'il était à Hobham-College, la mercuriale que M. Jonhson venait de lui adresser était la première de ce genre qu'il eût eu l'occasion d'entendre, et les paroles mêmes du jeune maître témoignaient de l'étonnement pénible que lui en avait causé la nécessité.

« Est-ce donc l'usage dans les écoles françaises? » lui avait-il dit.

Laurent se promit bien qu'une semblable question, si outrageante à la fois pour lui et pour son pays, ne lui serait plus jamais faite. Il prit avec lui-même l'engagement de dire toujours la vérité, franchement et virilement, et remonta dans sa chambre tout rafraîchi par cette résolution. L'occasion ne devait pas se faire attendre de se prouver à lui-même qu'il saurait la tenir.

A deux ou trois jours de là, comme il revenait avec Bob d'une de leurs expéditions ordinaires, ils rencontrèrent un de leurs camarades, nommé Edward Hoxley, qui leur proposa de venir avec lui lever une ligne de fond. Il l'avait placée, disait-il, en amont de la rivière derrière le moulin. C'était par conséquent assez loin.

« Nous n'avons pas le temps, disait Bob. Il n'y a plus qu'une heure avant l'appel.

— Rien ne nous empêche d'être rentrés à l'heure, il suffit de marcher d'un bon pas. »

Après quelques hésitations, Bob et Laurent se laissèrent tenter, et les voilà partis.

« Vous n'aimez donc pas la pêche, que jamais vous ne posez de ligne ? » demanda Edward.

Laurent avoua qu'il n'y avait jamais trouvé un plaisir extrême.

« C'est que vous ne savez pas pêcher, dit l'autre. Vous verrez comme c'est amusant, quand on peut lever une belle ligne bien chargée de poisson sans s'être donné d'autre mal que de la bien amorcer et de la placer avec soin dans un bon endroit.

— Mais, dit Bob, je croyais qu'il était défendu par le fermier de la pêche de poser des lignes de fond ?

— C'est défendu, dit l'autre confidentiellement ; mais, quand une ligne est au fond de la rivière, qui s'en doute, pourvu qu'on ne vous l'ait pas vu poser ? Et quand on la lève, toute l'affaire est de ne pas être aperçu. Seul, on risque d'être pincé ; mais quand on est trois ou quatre, il suffit que les uns montent la garde pendant que l'autre fait l'ouvrage, et le tour est joué. »

Bob et Laurent commençaient à avoir comme une vague idée qu'ils s'étaient engagés dans une expédition peu recommandable, et qu'il s'agissait d'une sorte de braconnage. Mais, en même temps que cette perspective les effrayait un peu, elle ajoutait à l'affaire une teinte de mystère et de fruit défendu qui était loin d'en diminuer l'attrait. Puis ils se disaient :

« Bah ! après tout, nous ne serons que spectateurs ! et nous avertirons Edward si quelqu'un approche ! »

Cependant, ils cheminaient le long de la rivière, et bientôt le bruit du barrage se fit entendre. Ils approchaient du moulin.

« C'est au-dessus de l'écluse, dit Edward. Il y a là une espèce de trou que les poissons aiment beaucoup. Ne le dites à personne, vous savez, tout le monde y viendrait. Pour bien faire, il faudrait que l'un passât avec moi sur la rive gauche, pour la surveiller, tandis que je lèverai la ligne, et que l'autre restât sur la rive droite et fît semblant de se promener, pour voir si personne ne vient de ce côté. »

Il fut convenu que Bob passerait l'écluse avec Edward et que Laurent resterait sur le chemin de halage qu'on avait suivi. Bientôt le moulin fut dépassé et l'on arriva à l'écluse.

« Allons, bonne garde, dit Edward, et si quelqu'un vient, mets-toi à chanter, n'importe quoi, nous saurons ce que cela veut dire. »

Il s'engagea avec Bob sur la passerelle.

Laurent se mit à flâner sur le chemin, regardant en avant et en arrière s'il ne voyait rien de suspect. Mais tout était tranquille, et l'on n'apercevait pas l'ombre d'un garde ni d'un meunier. Il ne tarda pas à voir Bob placé comme lui en sentinelle sur l'autre rive.

Edward, ôtant ses souliers et ses bas, et relevant son pantalon au-dessus du genou, descendit alors sur la berge et entra dans l'eau. Il souleva une grosse pierre qui retenait, en la cachant, la tête de sa ligne et saisit la corde; puis il la tira avec lenteur vers lui.

Laurent, très bien placé pour ne pas perdre un de ses mouvements, le regardait faire avec un vif intérêt, et Bob, qui constatait, de l'autre bord, l'effet produit sur lui par la manœuvre d'Edward, qu'il ne pouvait apercevoir, fut bientôt, à son tour, incapable de contenir sa curiosité et se rapprocha pour suivre l'opération.

« Je sens quelque chose qui frétille, » dit tout à coup Edward à mi-voix.

Et, au même instant, une magnifique anguille se montra à l'un des hameçons, qui faisait son apparition.

Les trois enfants ne songèrent plus qu'à la pêche et attendirent dans une anxiété profonde que l'anguille fût venue au bord.

Edward tirait toujours la ligne à lui d'un mouvement lent et méthodique.

« La voilà à terre ! cria Bob enthousiasmé.

— Chut ! ne bougez pas, je crois qu'il y en a une autre ! » dit Edward, continuant d'amener la corde.

Il ne se trompait pas, et bientôt une seconde anguille plus petite était venue rejoindre la première.

« Maintenant il s'agit de la décrocher, reprit le pêcheur. Ce n'est pas le plus commode. Jamais je n'en ai pêché de si grosses. Mais se démènent-elles, les gueuses ! »

Les deux anguilles se livraient en effet à des contorsions désespérées, et leurs longs anneaux, se confondant, donnaient l'illusion d'une nichée de serpents qui aurait grouillé sur la rive.

Edward ne l'aurait avoué pour rien au monde, mais cette ressemblance n'était pas sans action sur lui, et il n'était que médiocrement rassuré. Il ne se décidait pas à porter la main sur sa capture.

« Eh bien ! qu'attends-tu donc ? demanda Bob, voyant son hésitation.

— Je les laisse s'étourdir un peu hors de l'eau ! » dit l'autre.

Et il réfléchissait à la manière de s'y prendre pour se

rendre maître de ces deux grands vilains poissons. Enfin il dit :

« Bob, descends près de moi; tu tiendras la ligne pendant que je les décrocherai. »

Et Bob se hâta d'obéir.

Edward ôta alors sa veste, la jeta comme une couverture sur les deux anguilles qui continuaient leur danse, et en saisissant une à travers l'étoffe, il eut bientôt réussi à la dégrafer.

« Prends-la, » dit-il à Bob.

Il semblait à celui-ci qu'on lui donnait un serpent à tenir. Mais, en dépit de sa répugnance, il saisit bravement l'anguille et lui serra si bien le cou qu'elle fut réduite à d'inutiles soubresauts.

« A l'autre ! » reprit Edward.

Et il put la saisir aussi heureusement.

Il la remit, comme la première, à Bob, qui l'empoigna de la main gauche, et Edward s'empressa de rouler sa ligne et de la mettre dans sa poche. Puis les deux anguilles furent soigneusement déposées dans un mouchoir dont il prit les quatre coins, et les deux enfants remontèrent le talus de la berge.

Laurent, qui avait vu l'opération menée à bonne fin, s'était empressé de passer à son tour l'écluse, et il les rejoignit comme ils se retrouvaient sur le chemin.

« N'est-ce pas une pêche splendide? » disait Edward en montrant avec orgueil le contenu du mouchoir.

Laurent et Bob ne pouvaient s'empêcher d'éprouver pour lui un respect auquel ils n'avaient jamais pensé jusque-là.

« Mais ce n'est pas tout cela, mes enfants, disait le pêcheur grisé par sa victoire. Il s'agit de se faire préparer une friture sérieuse avec ce gibier-là. De la donner à la cuisine du collège, il n'y a pas à y penser ; cela paraîtrait trop suspect. Nous devrions aller jusqu'à la ferme de Betsy lui dire de nous les apprêter. »

Betsy était la femme d'un métayer des environs, qui se prêtait assez volontiers, moyennant finances, à certaines cuisines extra-légales, telles que pâtés de jeunes corneilles prises au nid, fritures de goujons, beignets de pommes plus ou moins légitimement acquises, etc.

« Mais nous n'aurons jamais le temps avant l'appel, dit Laurent.

— Bah ! nous les lui remettrons et nous lui dirons de les préparer pour demain ; puis, entre deux classes, nous filerons les chercher et nous ferons la dînette dans ma chambre. Nous inviterons Julian, il a une bouteille de vin de quinquina que sa mère lui a donnée ; il m'en a fait goûter hier, c'est excellent.

— Allons, ne perdons pas de temps, ou nous n'arriverons jamais, » dit Bob.

Et les trois contrebandiers, s'engageant sur la passerelle de l'écluse, repassèrent sur l'autre bord. Comme ils arrivaient au coin du moulin et allaient le contourner :

« Halte-là ! » dit une grosse voix.

Et ils reconnurent avec terreur le garde-pêche de Hobham, qui avait la réputation d'être impitoyable.

Ils restèrent d'abord tout interdits. Edward seul, ne perdant pas la tête, se mit à courir vers l'écluse, la repassa et fut bientôt hors d'atteinte. Mais, avant que Laurent et Bob pussent l'imiter, le garde-pêche les avait saisis au collet et commençait son interrogatoire.

« Vous venez de pêcher à la ligne de fond, disait-il, je vous ai vus.

— En ce cas, vous aviez la berlue, dit Laurent, car de ma vie je n'ai touché à une ligne de fond.

— Vous étiez avec un pêcheur en contravention, toujours!

— Je ne suis responsable que de mes propres actes.

— C'est ce que nous verrons. Vous allez rentrer avec moi au collège, et le docteur sera juge du cas... à moins que vous ne préfériez me donner vos noms; d'ailleurs, je vous reconnaîtrai maintenant. »

Laurent et Bob choisirent naturellement la deuxième alternative, qui leur permettait de rentrer sans escorte, et, après avoir inscrit leurs noms dans son portefeuille de cuir, le garde les laissa aller.

Ils suivaient maintenant, la tête basse, ce chemin qu'ils avaient suivi si gaiement, et se demandaient ce qui allait résulter de cette déplorable aventure, s'ils seraient envoyés devant le juge comme délinquants et condamnés à la prison ou à l'amende. C'est vainement qu'ils essayaient de s'endurcir mutuellement par des plaisanteries : la perspective n'avait rien d'agréable. Ils arrivèrent ainsi jusqu'à un petit pont suspendu qui mettait les deux rives en communication un peu au-dessus du collège.

« Pst! Pst! » entendirent-ils auprès d'eux.

Ils se retournèrent et aperçurent Edward qui sortait d'un buisson dans lequel il s'était tapi après avoir passé le pont.

« J'ai caché les anguilles dans un fossé, leur dit ce pêcheur endurci, et je défie bien qu'on les trouve. Demain matin je viendrai les chercher, et je les apporterai à Betsy.

— Il s'agit bien de Betsy! Le garde va venir trouver le docteur, et nous sommes sûrs d'être pincés.

— Il vous connaît donc?

— Nous lui avons donné nos noms pour qu'il nous laisse rentrer seuls.

— Mais vous ne lui avez pas donné le mien?

— Pour qui nous prends-tu?

— Eh bien! vous n'avez qu'à soutenir, ce qui est vrai, que vous n'avez pas pêché.

— C'est ce que nous avons déjà fait.

— *All right!* (Tout va bien!) Vous savez que nous ne ferons pas mal de nous presser, ou la grille va être fermée. »

Ils prirent le pas de course, mais ils eurent beau faire, ils s'étaient attardés, et quand ils arrivèrent à la porte du parc, elle était close.

Il fallut sonner, parlementer avec le domestique qui vint ouvrir.

« Vous connaissez l'ordre, quand on est en retard! Il faut aller trouver le docteur. »

L'appel finissait justement, et tous les écoliers rentraient dans leurs chambres. Edward, Laurent et Bob se présentèrent piteusement chez M. Newton.

« Ah! vous voilà! dit celui-ci en souriant. Vous vous êtes attardés? D'où venez-vous donc?

— De l'écluse au-dessus du moulin, répondit Laurent, qui avait pris avec lui-même la résolution formelle de ne pas mentir et qui voulait la tenir.

— Allons, vous apprendrez chacun vingt vers du second chant de *l'Énéide*. Une autre fois, tâchez de mieux prendre votre temps pour vos vagabondages.

— Tu avais bien besoin de parler de moulin, dit Edward en sortant. Tu aurais pu aussi bien dire : Nous sommes allés trop loin dans la campagne; ou : Nous avons oublié l'heure.

— Qu'est-ce que cela te fait? puisque le garde n'a pas ton nom. Cela ne peut compromettre que nous.

— Oh ! tu sais, c'est pour Bob et toi ce que j'en dis. »

Et les trois complices remontèrent chez eux. Ils étaient inquiets, en dépit de tout, sur les conséquences de leur méfait, et leur travail s'en ressentit. Mais ils n'eurent pas longtemps à attendre. Vers six heures, un domestique passa chez Laurent et chez Bob et les invita à descendre chez le docteur, qui les attendait. Le garde-pêche était là, debout auprès du bureau de M. Newton, qui paraissait soucieux et contrarié.

« Qu'est ceci? leur dit-il quand ils furent devant lui. Vous avez été pris par monsieur en flagrant délit de pêche interdite?

— Ce n'est pas exact, dit Laurent avec feu. Que monsieur veuille bien raconter les choses telles qu'elles se sont passées!

— C'est ce qu'il vient de faire. Il vous a vus retirer une ligne préalablement posée au fond de la rivière, et emporter le poisson qui s'y était pris. Il vous a attendus au passage et vous a arrêtés, tandis qu'un autre élève dont il n'a pas le nom, et qui tenait la pêche dans son mouchoir, a pu s'échapper. N'est-ce pas ainsi que les choses se sont passées?

— Il est vrai, monsieur. Seulement, il y a une circonstance de cette version qui n'est pas exacte. Ni Bob ni moi n'avons pêché : nous avons été témoins de la pêche, voilà tout.

— C'est une distinction un peu subtile. Qui dit témoin en pareil cas dit complice. Qu'est devenu le produit de la pêche? »

Laurent resta silencieux.

« C'est l'autre élève qui l'avait dans son mouchoir, dit le garde.

— Hum!... Vous ne savez par le nom de l'autre?

— Non, monsieur.

— Pourriez-vous le reconnaître?

— Je pense que oui.

— C'est votre affaire, vous comprenez, reprit M. Newton. Désignez-le-moi avec certitude, et je verrai ce que j'ai à faire.

— Bien, monsieur, dit le garde, je tâcherai de le reconnaître, et, quand je l'aurai trouvé, je vous le désignerai. »

Inutile de dire que le docteur, pas plus que le garde, ne demandait le nom du coupable à ses deux complices. Quand le représentant de la loi se fut retiré, M. Newton se retourna vers Laurent et Bob :

« Il n'est pas bien difficile pour moi, dit-il, de deviner quel est le troisième larron ; mais je n'ai pas à le dire à cet homme, et, pour l'honneur de la maison, j'aimerais mieux qu'il ne le sût jamais... Vous rendez-vous bien compte de l'acte que vous avez commis ou laissé commettre sous vos yeux? Je suis fâché de vous le dire, ce n'est ni plus ni moins qu'un *vol*. Le fermier de la pêche paye une certaine redevance pour être maître du poisson : donc il a le droit de vous interdire de le pêcher ou de ne vous y autoriser que sous certaines réserves. Vous savez aussi bien que moi qu'il tolère les lignes volantes, parce qu'elles ne font pas de grands ravages entre vos mains, mais qu'il interdit les lignes de fond ; par conséquent, user de cet engin défendu pour s'approprier son bien, c'est simplement *dérober*. »

Laurent et Bob baissaient la tête.

« Aviez-vous songé à cela, quand vous êtes partis pour l'écluse ? reprit M. Newton.

— En toute sincérité, non, monsieur, répondit Laurent. Si nous avions vu la chose sous ce point de vue, nous n'y aurions pas été.

— Allons, j'espère pour le collège et pour vous que vous en serez quittes à peu de frais, pour cette fois. Combien de poissons y avait-il ?

— Deux anguilles : l'une comme mon poignet et l'autre comme votre pouce, dit Bob.

— C'est-à-dire la valeur de sept à huit schellings au moins. Il faudra retenir cette somme sur vos semaines et l'envoyer au fermier de la pêche. Je me chargerai de l'envoi.

— C'est que je n'ai pas de semaine en ce moment, fut obligé de dire Laurent.

— Vraiment ? Et comment cela ? »

Il fallut raconter l'histoire des saucisses. La confusion des deux amis était à son comble.

« Eh bien ! dit M. Newton quand il eut entendu ce lamentable récit, je vous avancerai la petite somme nécessaire, pour la retenir plus tard quand votre dette sera amortie ; mais vous comprenez qu'il faut la payer intégralement. »

Cette bonté, cette raison calme faisaient plus d'effet sur les deux enfants que n'aurait pu faire la plus dure punition.

« Allez ! et ne pêchez plus ! » dit enfin leur maître en les congédiant.

Ils remontèrent et n'eurent naturellement rien de plus pressé que d'aller conter l'aventure à Edward.

« *All right !* dit celui-ci, — c'était décidément son exclamation favorite. J'en serai quitte pour ne pas me montrer de quelques jours, et le garde sera fin s'il me déniche.

— Mais, dit Bob, tu sais que ce sont des anguilles *volées,* le docteur nous l'a bien fait comprendre.

— Cette bêtise ! puisque vous allez les payer, elles sont bien à nous, par exemple !

— Mais rien ne nous dit que le fermier de la pêche les aurait données pour ce prix.

— Pour ce prix ? Ah ! bien, il s'y abonnerait à vendre ses anguilles ce prix-là ! Vous êtes des enfants. Elles sont parfaitement à nous, maintenant, et nous les avons certes bien gagnées. »

Edward fit si bien que Laurent et Bob se laissèrent à demi convaincre et reçurent ses indications pour aller, le lendemain matin, chercher les anguilles dans la cachette et les apporter à Betsy.

Le soir, après souper, on mit Julian au courant de l'événement, et on l'invita à la fête projetée, sous la condition formelle qu'il y contribuerait de son vin de quinquina. Et sur ce, on alla se coucher.

A peine les portes étaient-elles ouvertes, le lendemain matin, que Bob se glissa hors du parc pour aller à la découverte. Il suivit les indications d'Edward et n'eut pas de peine à trouver le fossé qu'il lui avait indiqué ; mais il eut beau le fouiller dans tous les sens, il ne put y découvrir le moindre vestige d'anguilles. Elles ne pouvaient pourtant pas s'être échappées, puisqu'elles étaient soigneusement enveloppées dans un mouchoir bien serré, et par surcroît dans un gros paquet d'herbe fraîche. Après de vaines recherches, Bob, craignant de se mettre de nouveau en retard pour l'appel, fut obligé de regagner le collège.

« Rien. Je n'ai rien trouvé, dit-il à Edward.

— Maladroit ! dit l'autre. Tu n'es donc bon à rien ? Maintenant, il va falloir attendre après les deux classes, et le soleil va bien arranger nos pauvres anguilles. Si je t'avais su si peu déluré, j'y aurais été moi-même.

— Tu n'aurais pas trouvé d'anguilles dans un fossé où il n'y en a pas, dit Bob très blessé.

— Je te dis que tu ne trouverais pas d'herbe dans un pré ! reprit l'autre.

— Parions ce que tu voudras que tu ne rapporteras rien, quand tu auras été voir à ton tour.

— Tu verras si je ne rapporte rien. »

L'appel commençait. Il fallut se taire et rentrer en classe. Aussitôt après les deux leçons, Edward, qui avait compté les minutes avec autant d'impatience que Bob, partit suivi de celui-ci, qui tenait à être témoin de son triomphe. Ils arrivèrent au fossé.

Edward alla droit à un gros tas d'herbe qu'on y remarquait en s'écriant :

« Là ! Qu'est-ce que je te disais ? Tu vois comme c'est difficile à trouver !... »

Et il débarrassait du paquet d'herbes le mouchoir plein et l'élevait en triomphe au-dessus de sa tête.

Bob ne savait que dire. Mais tout à coup, Edward, qui

142

XII

ANGUILLES CHANGÉES EN MORUE SALÉE.

avait glissé un regard dans le mouchoir pour contempler sa pêche, rougit et resta muet.

« C'est trop fort ! murmura-t-il.

— Qu'y a-t-il donc ? demanda Bob, très intrigué.

— Les anguilles se sont changées en morue salée... »

Bob éclata d'un rire homérique.

« C'est toi qui t'es livré à cette mauvaise plaisanterie ? » reprit Edward furieux.

Bob rit encore plus fort.

« Ce n'est pas drôle du tout, sais-tu bien ? continuait l'autre.

— Mais... qu'est-ce qui te prend ?... put enfin articuler Bob, je ne suis pour rien dans cette métamorphose !... Je t'assure qu'il n'y avait rien dans le fossé quand je suis venu... »

Edward le regardait d'un air soupçonneux et reportait ses yeux sur le poisson, alternativement.

« Ce n'est pas non plus mon mouchoir ! » dit-il, subitement frappé de cette circonstance.

Et il jeta un coup d'œil sur le fossé, comme pour s'assurer que le vrai mouchoir et le vrai poisson n'y étaient pas restés.

« C'est un tour que quelqu'un m'aura joué, reprit-il. On m'aura vu cacher les anguilles hier soir, et l'on aura imaginé cette substitution. Il faut ne rien dire et tâcher d'en découvrir l'auteur, ajouta-t-il d'un ton confidentiel, pour mettre Bob dans ses intérêts et s'assurer sa discrétion. Quand nous le connaîtrons, nous tâcherons de lui rendre la pareille.

— Ce sera difficile, dit Bob impitoyable. Ce n'est pas

tous les jours qu'on a l'occasion d'échanger une vieille queue de morue salée contre deux belles anguilles fraîches !

— Si je croyais que tu es pour quelque chose là dedans, reprit Edward, saisi de nouveau par les soupçons, je te casserais le nez.

— Quand tu voudras essayer, je suis à ta disposition, répliqua le petit Bob avec une grande dignité. Mais je te répète que je n'y suis pour rien.

— Avec tout cela, notre friture tombe dans l'eau ! »

Et Edward accentua ses paroles en faisant tournoyer comme une fronde la queue de morue et la lançant au loin.

« Mais, dis donc, ne jette pas cette merluche ! Il paraît que rien n'est meilleur pour attirer les pigeons. Nous la mettrons dans ma chambre avec la fenêtre ouverte, et si nous pouvons attraper deux ou trois pigeons, nous aurons un rôti pour remplacer la friture, » dit Bob, dont l'esprit avait des tendances essentiellement pratiques.

Et il ramassa la morue qu'il emporta, en se dirigeant avec Edward vers le collège.

« Chou blanc ! affaire manquée ! » dit-il à Laurent en lui racontant l'histoire.

Et ils eurent tous deux une bonne partie de fou rire. Ils firent tant de bruit que leurs voisins en demandèrent la cause. Elle n'était pas de celles qu'on peut garder pour soi, et en moins d'une heure l'anecdote eut fait le tour des chambres.

Toute la journée, le malheureux Edward fut en butte à des plaisanteries plus ou moins attiques sur sa pêche miraculeuse.

A l'une des classes du soir, qui était une leçon de géographie, le hasard voulut qu'il fût question du banc de Terre-Neuve, célèbre , comme on sait, par ses pêcheries de morue, et aussitôt tous les élèves, saisissant l'allusion au vol, furent pris d'un accès de gaieté irrésistible. Edward lui-même finit par être atteint de la contagion. Mais, après la classe, il n'eut plus sujet de rire.

Il fut appelé devant M. Newton et se trouva en présence du garde-pêche. Sur le bureau étaient déposées les pièces de conviction, c'est-à-dire les anguilles et le mouchoir, reconnu par la lingère comme appartenant à Edward. Il n'y avait pas à essayer de nier, et le garde expliqua le mystère.

Son fils, en se promenant dans la matinée, avait aperçu par hasard les anguilles dans le fossé et les avait apportées à la maison. Puis il avait imaginé d'aller mettre à leur place un paquet semblable et d'épier l'arrivée du coupable quand il reviendrait à sa cachette. Mais, réfléchissant après tout que les marques du mouchoir suffisaient à le faire découvrir, il ne s'était pas donné la peine de rester en embuscade. C'est ainsi que Bob n'avait rien trouvé à son premier voyage et qu'Edward n'avait pas été inquiété quand il y était allé.

« J'ai envoyé ce matin huit schellings au fermier de la pêche, dit M. Newton, c'est à lui qu'il appartient de voir s'il se contente de cette indemnité. Il a le droit de vous poursuivre devant le juge, et, s'il use de son droit, je ne pourrai rien pour vous. Voyez comme cette affaire va être honorable pour la maison! »

Edward sortit atterré du cabinet de M. Newton.

Pendant deux jours, il n'entendit parler de rien, et il s'attendait à chaque instant à voir arriver une citation à comparaître devant le juge. Enfin, le troisième jour, après l'appel, le docteur prit la parole, et, s'adressant à tous les élèves réunis, il dit :

« Messieurs, vous savez sans doute que l'un de vous s'est rendu coupable d'un grave délit de pêche. J'ai eu pendant deux jours fort sujet de craindre qu'il ne fût traduit devant le tribunal. Ce matin, j'ai très heureusement été informé que le fermier de la pêche renonce, pour cette fois, aux poursuites ; mais il me fait savoir en même temps qu'à l'avenir il sera impitoyable. Je n'ai pas besoin d'insister sur un tel fait. Il s'en est fallu de peu qu'un élève de ce collège n'ait été condamné, et s'il échappe pour cette fois à la répression légale, l'atteinte portée à l'honneur de la maison n'en est pas moins pénible. J'espère que vous serez tous pénétrés désormais de la nécessité d'empêcher le retour de pareils abus : il y va de votre réputation et de la mienne. Le coupable ne doit pas échapper d'ailleurs à la punition disciplinaire qu'il a méritée. Il voudra bien se présenter chez moi après la classe. »

Edward aurait volontiers sauté de joie en apprenant qu'il allait en être quitte pour une visite à la sellette. Mais tous les élèves comprirent, dès ce jour, combien il importait de se conformer aux lois et règlements, et l'on n'entendit plus jamais dire qu'une ligne de fond eût été posée par eux.

CHAPITRE XIII

COURS DE BOXE FRANÇAISE

Le programme d'exercice que Bob et Laurent s'étaient tracé allait toujours son train. Ils le suivaient maintenant sans peine, par habitude, et c'était devenu pour eux une nécessité véritable.

Leur premier soin, en se réveillant et au saut du lit, entre six et sept heures, était d'aller se jeter à l'eau. Ils partaient en courant de Hobham-College, se débarrassaient en un tour de main du costume sommaire qu'ils avaient revêtu pour ce trajet et « piquaient une tête » dans la Clise. Ils la traversaient deux ou trois fois de suite sans reprendre pied, puis, après ce bain de dix ou douze minutes, ils sortaient de l'eau. Sur ce, grande friction de tout le corps avec une serviette rude, pour activer les fonctions de la peau, qui joue dans l'équilibre des forces physiques un rôle capital ; enfin, rentrée au collège et déjeuner.

Si la journée était due à l'étude, ils s'y livraient alors tout entiers et sans distraction. D'autre part, si c'était jour de demi-congé, ils répartissaient leur temps de la manière sui-

vante : de midi à deux heures, cricket, lunch et repos d'une
demi-heure. De trois à cinq heures, courses à pied, équitation sur les chevaux qu'ils pouvaient se procurer aux environs, ascension d'arbres, parfois une partie de ballon ou
de paume. Le temps était-il pluvieux, gymnastique de chambre, à l'aide d'un trapèze établi dans une salle basse et d'une
série de haltères ou boulets ramés mis à la disposition des
élèves. A cinq heures, une toilette rapide, une tasse de thé et
reprise des travaux classiques.

Il est difficile de se faire une idée du changement que
trois mois de ce régime avaient déjà opéré dans l'apparence
extérieure de Laurent. Les formes avaient cessé d'être grêles
et indécises : ses épaules et sa poitrine s'étaient élargies ;
ses bras étaient devenus volumineux et forts ; ses reins
s'étaient cambrés ; ses jambes avaient pris des lignes élégantes et fermes. Il n'est pas jusqu'à la moustache, cet orne-
ment si ardemment désiré, mais jusque-là toujours réfrac-
taire, qui ne commençât d'estomper sa lèvre supérieure d'une
légère teinte brune.

M. Grivaud constatait ce changement avec une vive satisfaction, et chaque dimanche, pour ainsi dire, il pouvait enre-
gistrer un progrès nouveau dans la force et la santé de son
fils. Il lui était aisé de s'assurer, d'autre part, que les études
littéraires, loin de souffrir de ce développement physique,
ne s'en portaient que mieux. Laurent dormant bien, parce
qu'il était fatigué, avait les idées plus claires et plus nettes ;
il était plus capable d'attention, sa volonté était plus ferme
et par conséquent moins aisément rebutée par les difficultés ;
les rudes exercices auxquels il se livrait lui faisaient trouver
le charme de la variété dans les devoirs les plus arides.

L'inaction du dimanche lui pesa bientôt, quoiqu'il eût pris l'habitude d'en consacrer une bonne partie à des lectures amusantes, et, un matin, il fit part à son père d'un désir qu'il nourrissait depuis quelque temps, celui de prendre des leçons de boxe.

« Si nous pouvions retrouver le matelot français que nous avons vu un jour se battre sur le quai, disait-il à M. Grivaud, j'aimerais tant de l'avoir pour professeur !

— Je pense que ce ne sera pas difficile ; il nous a dit qu'il était à bord du *Lord Mayor*. Ce paquebot est en rade tous les dimanches, puisqu'il n'y a pas de courrier ce jour-là. Nous irons voir ce soir si nous pouvons l'y rencontrer. »

Laurent serra affectueusement la main de son excellent père et passa son après-midi à relire, pour la dixième fois, *Don Quichotte,* dans la traduction de Lucien Biart. Il s'était pris d'une tendresse passionnée pour ce livre admirable, et le caractère du chevalier de la Triste Figure lui paraissait avec raison une des plus sublimes créations qui soient jamais sorties de l'imagination d'un poète. A force de l'étudier et de l'approfondir, il en avait pénétré le sens mélancolique et secret ; il avait vu, au-dessous des ridicules qui seuls arrêtent le vulgaire, la flamme généreuse et pure qui a inspiré cette création. Il aimait cet amant ingénu de l'idéal pour sa noblesse et sa bonté, pour sa confiance inébranlable, pour l'ardeur qui l'emporte toujours vers son but, sans souci des conséquences.

C'est un grand cœur servi par une machine détraquée, » se disait-il.

Et il lui semblait qu'un Don Quichotte sain d'esprit et

20

robuste de corps fût le plus beau modèle qu'un homme pût se proposer.

Après dîner, M. Grivaud et Laurent se dirigèrent, comme il avait été convenu, vers le mouillage du *Lord Mayor*. Il ne fut pas aisé de trouver une embarcation, car tous les hommes du port profitaient de leur congé du dimanche ; mais, après quelques instants d'attente, il fut cependant possible de s'arranger avec les matelots d'une chaloupe qui venait d'amener un officier au quai.

« Voulez-vous nous conduire à *Lord Mayor?* demanda M. Grivaud.

— Impossible, monsieur, dirent les hommes ; nous allons profiter d'une petite heure que nous avons pour rester à terre. »

Et, ce disant, ils amarraient l'embarcation.

« S'ils voulaient nous louer leur canot, je le conduirais bien, dit Laurent.

— Vraiment? dit M. Grivaud avec quelque doute.

— Mais oui! Le père Gowan m'a montré à pousser l'aviron. Je m'en charge! Oh! père, propose-leur... Je serais si content! »

M. Grivaud offrit l'affaire aux matelots, qui consentirent, contre une demi-couronne, à lui laisser l'embarcation pour une heure et lui montrèrent au fond du port le mouillage du *Lord Mayor*.

Un instant après, le père et le fils étaient partis : le premier, confortablement assis au gouvernail, le second s'escrimant de son mieux avec les lourds avirons.

Rien de silencieux et de calme comme une rade anglaise un dimanche soir. Au va-et-vient incessant de la semaine, au

transbordement bruyant des marchandises, à la respiration
haletante des machines à vapeur, au grincement des crics
et des chaînes de fer, a succédé l'immobilité du sommeil.
Les navires, noirs et mornes, rangés en ligne comme les
soldats de quelque armée de géants, portent au front
l'œil rouge et fixe de leur fanal. Aucun mouvement,
aucun murmure n'annonce qu'ils recèlent dans leurs flancs
des êtres animés ; ils semblent pétrifiés sur leurs ancres
et destinés à rester là, avec les rochers voisins, jusqu'à
la consommation des siècles. Sur la surface des eaux
sombres, c'est à peine si, par moments, une embarcation
solitaire apparaît. Le clic-clac de ses avirons résonne dans
la nuit comme le talon d'un passant attardé dans une rue
déserte.

Laurent et M. Grivaud étaient vivement saisis par l'étran-
geté de ce tableau nocturne, et ils étaient arrivés sans mot
dire à l'escalier du *Lord Mayor*. Le choc de la chaloupe
contre la plate-forme les réveilla comme en sursaut. Ils gra-
virent les échelons et se trouvèrent sur le pont.

Aucun être vivant ne s'y montrait, et de l'arrière jusqu'à
l'avant ils ne rencontrèrent personne. Ils descendirent l'escalier de cuivre des premières, comptant que le *steward* pourrait les renseigner. Le *steward,* comme les matelots, était
sans doute à terre, et le salon, avec ses meubles entassés
sur la grande table, ses couchettes en désordre et son complet abandon, offrait l'aspect désolé d'une salle de restau-
rant à deux heures du matin.

Le père et le fils passèrent aux secondes et ne furent pas
plus heureux ; aux cuisines, offices et dépendances, partout
la même solitude. Ils commençaient à se demander s'il fau-

drait descendre à fond de cale pour avoir chance de trouver à qui parler, quand, en passant au-dessous du grand mât, ils saisirent un refrain de *Madame Angot,* sifflé assez négligemment et qui semblait tomber du ciel.

« Y a-t-il quelqu'un là-haut? » cria M. Grivaud en levant la tête.

Il ne reçut pas de réponse.

« Je vais aller y voir! » dit Laurent.

Et, avant que son père pût l'arrêter, il avait déjà saisi une des échelles de fil de fer qui, des bastingages, s'élèvent vers la grande hune, et il l'escaladait avec agilité.

Ce fut l'affaire d'une minute ou deux pour arriver au sommet, et il fut fort étonné, en émergeant par la trappe du plancher qui constitue la hune, de se trouver dans une véritable chambre de cinq ou six mètres carrés. Un homme, tranquillement assis sur un rouleau de cordes, y était occupé à lire un roman illustré, *le Capitaine Hatteras,* un fier livre selon lui. Il lisait à la lueur d'une petite lanterne. Il leva la tête en entendant du bruit. C'était le Parisien lui-même.

« C'est justement vous que mon père et moi sommes venus chercher, dit Laurent en entrant. Vous rappelez-vous que nous avons causé avec vous un dimanche soir que vous veniez de démolir un Anglais?

— Parfaitement. Même que le bourgeois m'a donné un fameux pourboire.

— Mon père est en bas. Si vous vouliez descendre, il vient vous proposer de me donner des leçons de boxe.

— Fameux! Mais je ne suis libre que le dimanche, vous savez?

— C'est justement le dimanche que je voudrais prendre ma leçon.

— Descendons.

— Vous êtes fort bien ici, dit Laurent, qui examinait curieusement ce cabinet de lecture d'un nouveau genre. Oh! la belle vue! s'écria-t-il en voyant la lune se lever devant lui sur la nue immobile.

— Et puis c'est si tranquille! dit le Parisien avec conviction. Jamais on n'est dérangé par personne, et l'on n'a pas à craindre que les voisins se plaignent du bruit.

— C'est seulement l'escalier qui n'est pas très commode, reprit Laurent en s'enfonçant dans l'ouverture de la trappe pour redescendre.

— Bah! quand vous l'aurez monté dix fois, vous le trouverez aussi aisé que celui de la Madeleine. »

M. Grivaud n'avait pas attendu sans quelque inquiétude le retour de son fils. Il avait beau se catéchiser intérieurement, il ne pouvait pas s'habituer à le voir de sang-froid accomplir les petites prouesses dont on prenait l'habitude à Hobham-College.

« Vous êtes donc seul à bord? demanda-t-il au Parisien.

— Ma foi, si je ne suis pas seul, il ne s'en faut guère. Ils s'en vont tous dans leurs familles le dimanche, et, comme la mienne demeure à Montrouge, je ne puis en faire autant.

— Mon fils vous a dit de quoi il s'agit?

— De lui apprendre à rincer ces sacs à bière! C'est l'affaire de six leçons.

— Pouvez-vous venir les lui donner le dimanche matin à la maison?

— Je suis tout à votre service. Chez vous, ici ou ailleurs, cela m'est égal.

— Il vaudrait peut-être mieux que ce fût ici, dit Laurent; j'apprendrais les noms et les usages des agrès par la même occasion.

— Et puis, pour venir ici, il faut un canot, n'est-ce pas? ce qui procure l'agrément de donner quelques coups d'aviron! Mais tu as raison : tout cela a du bon. Ce sera donc ici... Vos conditions?

— Ce qu'il vous plaira, monsieur. Je n'ai rien à faire le dimanche et je serai trop heureux d'ajouter si peu que ce soit à ma semaine.

— Eh bien! c'est convenu. A dimanche matin la première leçon, vers huit à neuf heures... Nous ferons bien de repartir, ajouta M. Grivaud; ces hommes pourraient attendre leur embarcation. Et, à ce propos, pour venir ici, comment nous arrangerons-nous?

— J'irai vous attendre à la jetée avec un canot, » dit le Parisien.

Les choses ainsi arrangées, M. Grivaud et Laurent repartirent. Ils furent bientôt au quai, et, comme leurs matelots n'étaient pas au rendez-vous, ils se contentèrent d'amarrer la chaloupe à un anneau de fer et rentrèrent chez eux.

Le dimanche suivant, à l'heure dite, le Parisien attendait Laurent, qui arriva bientôt avec des masques et des gants de boxe. Cet appareil ne laissa pas que de troubler un peu le professeur.

« Si vous m'en croyez, vous laisserez tous ces affutiaux de côté, dit-il à son élève. La grande affaire, voyez-vous, c'est de s'endurcir les poings et les bras. Et comment y arri-

« DONNER ET NE PAS RECEVOIR, TOUT EST LA. »

verez-vous, si vous avez soin de les protéger? Ce masque
aussi doit donner l'habitude de parer avec négligence. Rien
ne vaut un bon coup sincère pour vous apprendre à l'éviter
une autre fois. »

Laurent suivit les conseils de son maître et s'en trouva
bien. Au lieu de s'embarrasser de plastrons et de gants, il fit
comme lui, il se mit nu jusqu'à la ceinture. Après la première leçon, il avait la poitrine toute marbrée ; mais aussi il
s'y était mis de bon cœur, il s'était animé à la lutte, et il avait
riposté vigoureusement.

Le Parisien entremêlait ses explications techniques de considérations générales.

« Donner et ne pas recevoir, tout est là, disait-il. Je vous
décoche un coup, vous l'esquivez en vous jetant de côté, en
vous baissant ou en rompant. En tout cas, vous le parez avec
le bras gauche. Et d'autre part, vous êtes toujours attentif à
saisir le bon moment pour m'en envoyer un que je suis
obligé d'empocher. Mais il vaut encore mieux perdre l'occasion de donner un bon coup que perdre celle d'en parer un
mauvais. C'est le bras gauche qui est le vrai bras droit d'un
boxeur : il doit le rendre si adroit, si mobile et si ferme, que
cette simple barre d'os et de chair devienne un bouclier et
le couvre sans cesse de la tête à la ceinture. — Au début
d'un engagement, ménagez vos forces, disait-il encore. Laissez venir votre adversaire, étudiez son jeu. S'il est massif,
épais et solide, comme la plupart de ces *English,* harassez-le
de petits coups et tenez-vous toujours hors de portée ; il
s'irritera, voudra vous assommer, et, si vous savez bien
manœuvrer, s'assommera tout seul en portant à faux et se
jetant à terre de toute sa force. S'il use des mêmes moyens

que vous, serrez-le de près et obligez-le à combattre corps à corps. »

En somme, la doctrine du Parisien n'avait rien d'académique, mais elle était éminemment pratique, et Laurent en apprit plus avec lui qu'il n'aurait fait en deux ans avec un maître plus correct, et surtout avec un maître anglais. Comme il l'avait très bien compris, celui-ci enseignait surtout à tirer parti de ses facultés natives ou nationales, et c'était le vrai moyen de s'assurer rapidement une supériorité véritable sur ses adversaires anglo-saxons.

CHAPITRE XIV

LA JOUTE SUR L'EAU

Le collège était entré depuis quelque temps dans une période d'activité extraordinaire. La fin du semestre approchait, et cette époque était celle de deux événements très importants dans la vie scolaire : le classement des élèves pour la rentrée qui suivait les vacances semestrielles, et la grande joute annuelle entre les champions de Hobham et ceux d'une autre institution rivale, Dudley-College.

Sur le premier point, disons seulement que le passage d'une classe à une autre n'est pas, en Angleterre, une sorte de droit acquis aux élèves paresseux aussi bien qu'à ceux dont le temps a été bien employé : c'est une récompense qu'il faut conquérir par un travail assidu. Toute leçon, tout devoir, toute composition est en effet quotée par le maître d'un certain nombre de *points* qui en indiquent la valeur : on vérifie à la fin du semestre le total acquis par chaque élève, et ceux-là seuls qui ont une moyenne suffisante sont admis à passer dans une classe supérieure. Il en résulte qu'un élève travailleur ou brillant peut suivre en trois ou quatre ans tous les cours des études, tandis qu'un autre mettra sept, huit ou neuf ans à gravir les mêmes échelons.

La sagesse de ce système est évidente : il a pour effet de placer chaque enfant dans la classe qui lui appartient, quel que soit son âge, de ne pas retenir indéfiniment et inutilement sur les éléments ceux qui s'en sont rapidement rendus maîtres, et de ne pas laisser passer aux développements ultérieurs ceux qui ne savent pas les éléments.

En outre, c'est un stimulant constant au travail. Quand on est averti que tout effort et toute négligence comptent, on est moins porté à laisser passer les jours et les semaines sans apporter une pierre à l'édifice. A chaque instant de l'année, chacun sait exactement où il en est, où en sont ses camarades ; il n'a qu'à consulter le total de ses points acquis et le leur.

Néanmoins, l'espèce humaine étant partout la même, il y a dans les collèges anglais, comme en France, des natures molles et indolentes qui attendent toujours au dernier moment pour essayer de rattraper le temps perdu. C'est pour les élèves de cette catégorie que la fin du semestre est une période d'inquiétudes, de remords et d'efforts désespérés. Parviendront-ils à atteindre un total raisonnable, ou seront-ils réduits à l'humiliation de rester en arrière et de répéter deux fois le même cours ? tel est le problème menaçant qui se dresse alors devant eux.

Quant aux autres, à ceux qui ont travaillé normalement et régulièrement, ils suivent leur chemin sans se presser et ont l'esprit libre pour s'occuper, aux heures de loisir, des préparatifs de la grande lutte athlétique.

Les joutes qui ont lieu tous les étés entre les deux collèges se composent d'une grande partie de cricket et d'une course à l'aviron sur la rivière.

Pour chacun de ces exercices, chaque collège choisit ses champions, au nombre de onze dans le premier cas et de huit dans le second. Toutes les familles et des centaines d'invités ou de spectateurs bénévoles viennent y assister ; les journaux en rendent compte avec détail ; aussi est-ce pour les deux camps un grand objet d'émulation et d'amour-propre, et plus d'un mois à l'avance on s'y prépare avec une ardeur indomptable.

Naturellement, les champions sont choisis de part et d'autre avec un soin scrupuleux, et chaque collège a soin de prendre ceux qui lui donnent le plus de chances de vaincre. Les joueurs de cricket se bornent, comme préparation, à s'exercer tous les jours et à s'efforcer d'apporter dans leurs mouvements toute l'attention et la précision dont ils sont capables. Mais l'équipe des canotiers est soumise, sous la direction d'un homme du métier, à un « entraînement » spécial.

C'était naturellement le père Gowan qui le dirigeait pour Hobham-College, et l'on se fera aisément une idée de la joie de Laurent, quand, après expérience, il fut jugé digne de faire partie de l'équipage. Il n'était en effet encore ni très fort ni très habitué au maniement de l'aviron, mais il avait la qualité par excellence et celle qui manque le plus souvent aux Anglais : ce *sentiment de la nature* qui permet de saisir un mouvement et de l'exécuter en cadence sans se tromper de la plus minime fraction de seconde. Les autres qualités étant faciles à acquérir, Laurent se mit à l'œuvre.

Tous les matins, il se levait une heure plus tôt qu'à l'ordinaire, puis, après avoir été se jeter à l'eau et sans y être resté plus d'une minute, il commençait sa journée par une course au galop, pour s'habituer à ménager son haleine et à dompter les palpitations de cœur auxquelles il était sujet. Il rentrait déjeuner, prenait un quart d'heure de repos; après quoi il allait en canot, avec le père Gowan et le rameur qui devait prendre place *devant* lui, s'exercer pendant trois quarts d'heure sur la rivière. La journée était consacrée, comme à l'ordinaire, aux études et récréations, en ayant soin toutefois d'éviter les fatigues excessives. Mais la nature et la quantité des aliments étaient strictement surveillées aux repas, conformément à des règles expérimentales connues de tous les gens du métier et qui seraient ici peu à leur place. Enfin, à cinq heures de l'après-midi, nouvel exercice de trois quarts d'heure sur la rivière, cette fois avec l'élève qui devait prendre place *derrière* lui.

Grâce à cette pratique, renouvelée patiemment pour tout l'équipage, au bout de quinze jours les huit rameurs étaient parfaitement « en forme », selon l'expression consacrée, et ils avaient acquis une égalité de jeu suffisante pour être exercés ensemble avec fruit.

A dater de ce moment, ils firent leurs exercices, matin et soir, réunis dans le grand canot de course. Leur vigueur et leur puissance d'action croissaient à vue d'œil. Les avirons tombaient et s'élevaient avec une régularité magistrale, la résistance des hommes était considérable; ils achevaient leurs exercices de grande vitesse sans troubles de la respiration ni de la circulation.

Cependant le 5 août approchait : c'était le grand jour.

La partie de cricket devait avoir lieu dans une vaste prairie située à peu près à mi-chemin entre Hobham et Dudley, au bord de la rivière, et les régates devant cette prairie même. De grandes tribunes avaient été élevées sur la berge, de manière à permettre aux spectateurs de suivre les deux luttes successivement et sans se déranger, en ayant seulement à se retourner pour passer de l'une à l'autre.

Tout autour de la prairie, sous des baraques bariolées, des marchands ambulants s'étaient installés comme pour une foire, et, face à face dans les deux camps, des tentes à cricket marquaient la position des deux partis. Il va sans dire que le gazon avait été soigneusement tondu, arrosé et passé au rouleau tous les matins, depuis plusieurs semaines, en prévision des joutes.

Vers midi, le public commença d'arriver. Selon l'usage, presque toutes les dames avaient pris les couleurs du collège qu'elles patronnaient, *bleu clair* pour Hobham et *bleu foncé* pour Dudley. Celles qui n'avaient pas fait une toilette tout exprès pour la solennité avaient au moins pris un nœud de ruban qui indiquait leurs préférences. Mme Grivaud n'avait pas été des dernières à se conformer à la mode, comme on pense bien : elle se signalait à l'admiration générale par une robe et un chapeau *bleu clair* qui venaient de la rue de la Paix en droite ligne et qui furent immédiatement, pour la plus belle moitié des tribunes, l'incident véritablement intéressant de la journée.

A une heure précise, la partie de cricket commença, et à quatre heures elle était finie : Dudley-College était battu à plate couture.

Il va sans dire que, pendant cette longue lutte, et en dépit de l'excellente musique dont les *Coldstream-Guards* l'accompagnaient, les spectateurs avaient passé le temps beaucoup plus à bavarder, à croquer des friandises et à prendre des glaces qu'à suivre la partie : le résultat seul était intéressant, et c'est sur les régates que l'attention générale était concentrée.

On ne tarda pas à voir arriver les deux canots. L'un remontant la rivière, l'autre la descendant, ils glissèrent lentement devant les tribunes, salués par les acclamations bruyantes de leurs partisans. Au coup de cloche, ils vinrent se placer en face du poteau, au niveau même du pavillon central.

La distance à parcourir était d'environ deux milles. Il fallait descendre la rivière, contourner l'arche unique d'un pont situé en aval, et remonter jusqu'à la hauteur du ponton.

Tous les yeux étaient fixés sur les deux embarcations, longues, effilées, étincelantes, avec leurs équipages aux faces roses et jeunes, aux bras nus brunis par le soleil, aux blanches vareuses, aux casquettes *bleu clair* pour l'un, *bleu foncé* pour l'autre. Les deux pointes étaient sur une même ligne ; les avirons levés attendaient immobiles ; chaque rameur, l'œil fixé sur le dos de son voisin, cherchait à s'abstraire et à n'avoir d'attention que pour le signal...

Il est donné. Les voilà partis.

C'est merveille de voir ces avirons tomber et remonter en cadence comme s'ils étaient mus par une machine unique. Les embarcations volent sur l'eau. En trente secondes, elles sont déjà hors de la portée d'une vue ordinaire. Les lorgnettes les accompagnent.

HURRAH! LES VOILA QUI ARRIVENT.

C'est Hobham qui tient la tête, mais Dudley le suit de
près. Les voilà qui approchent du pont. Ils y arrivent. Ils
sont cachés par l'arche. Hurrah! C'est Hobham qui reparaît
le premier. Mais Dudley le serre toujours, et le plus fort
reste à faire : il faut remonter le courant, maintenant, après
l'avoir si vite descendu.

En vérité, c'est un jeu pour les deux embarcations, et il
serait difficile de percevoir un ralentissement dans leur marche. Cependant, Dudley gagne un peu : il est maintenant sur
la même ligne que Hobham. Il le dépasse! Ah! ah! les gaillards s'étaient ménagés à la descente !

Mais Hobham n'entend pas de cette oreille. Le voilà qui
gagne à son tour. Dudley est encore en arrière. Non, ils
sont ensemble. Ensemble toujours, et ils approchent.

On les distingue déjà nettement à l'œil nu. Ah! les beaux
coups d'aviron, et que cela fait plaisir à voir! On se sent
plus vigoureux rien qu'à regarder ces nuques rouges, ces
dos voûtés, ces bras nerveux.

Hurrah! Les voilà qui arrivent. Ils sont ensemble.

C'est ici l'effort désespéré. Les veines sont tendues à se
rompre, les cœurs arrêtés par l'émotion. Dans les tribunes,
on entendrait voler une mouche. Puis, tout à coup, une cla-
meur.

Dudley a gagné! D'une demi-longueur.

Ce n'est guère ! Cela fait pourtant toute la différence.
Voyez la joie des *bleu foncé* et l'humiliation des *bleu clair*.
Tandis que les premiers portent la tête haute, se congratu-
lent et se félicitent, les autres rient jaune et dissimulent mal
leur dépit. Tandis que le canot de Hobham-College continue
de filer sur la rivière, comme emporté par son élan, celui de

Dudley est déjà revenu au ponton, et les casquettes *bleu foncé* sont déjà dans les tribunes, accablées de bouquets et de poignées de main, comme les vainqueurs des jeux Olympiques.

Cependant, le premier moment d'émotion passé, tout le monde se calme. Allons, la lutte a été belle et presque aussi glorieuse pour les uns que pour les autres. Il faut si peu de chose pour perdre une demi-longueur ! Un seul temps manqué, un rameur mal disposé, un peu de fièvre, un quart de seconde d'inattention suffisent. C'est une affaire de chance presque autant que de force. Et Hobham a gagné haut la main la partie de cricket.

En somme, la journée, considérée sérieusement, est meilleure pour Hobham que pour Dudley. Ainsi cherchent à se consoler les rubans *bleu clair*. Mais, au fond, ils emportent une flèche empoisonnée dans leur blessure. Je serais fort étonné si, l'an prochain, l'aviron n'était pas spécialement cultivé à Hobham-College, peut-être même aux dépens du cricket.

En fait de victoires athlétiques comme en fait de conquêtes, on n'a soif que de ce qu'on n'a pas encore attein t

CHAPITRE XV

UN RÉCIT DE MARIN. — LAURENT GRIVAUD

SAUVETEUR

Nous sommes en vacances. Laurent doit aller passer dix jours chez son grand-père, à Saulose, près d'Évreux ; puis il reviendra à Douvres pour se joindre à une excursion en Écosse, conduite par M. Newton. Il doit faire son voyage sur le continent tout seul, comme un grand garçon, et, en attendant le jour du départ, il est en promenade en mer avec son père, sa mère et sa petite sœur Jeanne, à bord du *Thistle*.

C'est un joli yacht que le *Thistle,* ou si mieux vous aimez son nom en français, le *Chardon*. Il a été mis par la Compagnie générale du tunnel sous-marin à la disposition de son ingénieur pour les sondages à effectuer près de la côte ; mais il sert le plus souvent comme embarcation de plaisir, car M. Grivaud connaît le fond de la Manche aussi bien que s'il n'avait jamais eu d'autre demeure, et, étant donné le point exact, il vous dira la profondeur et la nature du fond sans se tromper d'un mètre ni d'un galet.

22

Du reste, ce petit navire de cinquante tonneaux, avec sa cabine fraîchement tendue de coutil rayé, sa coupe élégante et hardie, ses deux mâts fins comme des aiguilles et coquettement inclinés vers l'arrière, est un si charmant joujou, qu'il est difficile de le prendre au sérieux et de le croire construit pour des usages scientifiques.

Il n'a pourtant pas son pareil pour filer sur l'eau, quand il a déployé ses deux grand'voiles avec sa brigantine, et le patron, qui le manœuvre avec trois hommes d'équipage, dit qu'il se chargerait bien en bonne brise de faire la nique à tous les yachts à vapeur.

Le ciel est limpide et bleu ; le soleil inonde de lumières les blanches falaises de Douvres et la côte du Pas-de-Calais ; les petites vagues folles courent gaiement les unes après les autres, en secouant leur crinière d'écume comme des poulains en liberté. Le *Thistle*, toutes voiles déployées, sa flamme rouge au vent, gracieusement couché sur la hanche droite, glisse sans bruit, pareil à une hirondelle de mer. Sa course est si rapide et si franche, et le vent l'appuie si fortement, qu'il n'y a pas trace de roulis ni de tangage.

Mme Grivaud ni sa petite Jeanne n'ont ressenti la moindre atteinte du mal de mer. Elles sont assises à l'arrière, près de la barre, et s'occupent d'habiller une poupée qui, naturellement, est du voyage, car Mlle Jeanne est une maman dévouée et ne se sépare jamais de sa petite fille. M. Grivaud, allongé tout de son long sur une couverture de laine, savoure un excellent cigare. Quant à Laurent, il est en conversation intime avec le patron et se fait expliquer l'usage de tous les agrès, si compliqués en apparence et pourtant si simples.

« Avez-vous jamais pris part à des courses en yacht ? lui demanda-t-il.

— Sûrement, monsieur ; nous en avons tous les ans à Douvres, et j'y ai pris part plusieurs fois dans ma vie.

— Mais cela ne doit pas être aussi amusant que les courses à l'aviron ?

— Ce n'est peut-être pas aussi excitant, parce que chaque lutteur est moins directement en jeu et déploie moins sa force et son habileté personnelles. Mais, d'autre part, quand on fait partie de l'équipage du yacht de course, on peut mieux apprécier les incidents de la lutte, et l'on participe davantage aux émotions qu'elle procure. On est à la fois acteur et spectateur. On calcule, à mesure qu'ils se produisent, les résultats probables de chaque manœuvre, et cela ne laisse pas que d'être très intéressant. Mais je suis néanmoins de votre avis : rien ne vaut une bonne lutte à l'aviron entre jouteurs de force à peu près égale.

— J'ai pris part jeudi à celle de Hobham-College, dit Laurent, non sans une légère teinte de vanité.

— Ah ! vraiment ! Vous avez été battus d'une demi-longueur seulement, à ce que j'ai vu dans le *Daily News*.

— Oui, c'est la faute du n° 2, qui a tourné la tête pour voir s'il restait encore une grande distance avant le ponton.

— Le père Gowan devait être joliment en colère !

— Je vous en réponds... Vous le connaissez ?

— Si je connais le père Gowan ? Nous avons navigué au long cours ensemble, et nous avons même manqué, une fois, de tirer à la courte-paille, « *savoir qui* (bis) *serait mangé*, » comme dit la chanson.

— En vérité ?

— Oui; nous étions tous deux embarqués à bord du
Fitz-Patrick, qui a pris feu à la hauteur du cap de Bonne-
Espérance. Vous vous rappelez peut-être le fait. Les journaux en ont tant parlé! Mais je suis bête! Vous êtes trop
jeune. C'était en allant à Calcutta avec un chargement d'hui-
les et d'eau-de-vie. Pensez si le navire a bien flambé, aussitôt que le feu a pris. On n'a jamais bien su comment c'était
arrivé. D'aucuns parlent de combustion spontanée et disent
que l'incendie peut ainsi se déclarer tout seul, surtout après
qu'on vient de passer les tropiques et que tout est sec à bord
comme de l'amadou. Les autres disaient que c'était le second
qui avait mis le feu volontairement pour se venger du capitaine. Mais tout cela, pour moi, ce sont des contes, et je
pense que c'est tout simplement un matelot qui aura eu la
sottise d'aller fumer sa pipe dans la cale, — il y a toujours
des malins pour faire ces imprudences avec des airs avisés,
— et qui aura laissé tomber une étincelle sur les marchandises.

« Quoi qu'il en soit, nous étions à deux cents lieues au
moins de toute terre et bien loin de nous attendre à ce qui nous
pendait au bout du nez, quand une nuit, vers onze heures du
soir, tout le monde est réveillé par ce cri : *Au feu! au feu!*
Nous courons sur le pont, on se jette aux pompes, on s'empresse avec des seaux. Mais va te promener! il était bien
temps! Les flammes sortaient déjà par les écoutilles, et la
fumée était si épaisse dans tout le navire qu'on ne se voyait
pas à deux pas.

« Où était le foyer principal? Où porter les premiers secours? C'est ce que personne ne savait. On se jetait de
droite, de gauche, sans ordre et sans méthode, les uns

affolés de peur, les autres calmes mais aussi impuissants.

« Cela semble singulier, n'est-ce pas, d'être grillés vifs ainsi au beau milieu de l'eau? Eh bien, il ne s'en est guère fallu, cette nuit-là, que nous ne le fussions. C'est à peine si si l'on eut le temps de mettre les embarcations à la mer et de s'y jeter, sans vivres, sans munitions, sans boussole, à demi nus comme nous étions.

« Je me trouvais dans la grande chaloupe de tribord avec quatorze autres, et la chaleur était si intense que, dans le temps nécessaire pour nous écarter à trois cents mètres, nous manquâmes tous être étouffés, tant le feu s'était répandu avec violence, aussitôt qu'il avait pu mordre aux eaux-de-vie !

« Les flammes s'élevaient déjà dans les mâts, et, léchant les voiles et les cordages, elles les envoyaient aux vents en lambeaux noircis.

« Il y en avait parmi nous qui voulaient plaisanter et rire :

« Dire que voilà un si beau punch et qu'on ne peut pas seulement en prendre un verre!

« Mais, au fond, tout le monde était triste et pensait à ce qui allait suivre. Nous restâmes plus de deux heures près du navire qui flambait toujours, éclairant la mer à plusieurs lieues à la ronde. Nous apercevions les autres chaloupes, à droite et à gauche de la nôtre, plus distinctement qu'en plein jour. La mer était calme, et nous pûmes nous approcher les uns des autres; il y eut des échanges et des transbordements; ceux qui étaient trop chargés envoyaient du monde aux embarcations qui ne l'étaient pas assez.

« A deux heures du matin, le navire sombra, et l'obscurité la plus noire succéda à sa disparition. Nous voulions rester sur le lieu du sinistre dans l'espérance de recueillir quelques épaves, des avirons, des bouts de vergues, peut-être quelque tonneau de biscuit. Mais un peu avant le jour, la brise fraîchit, la mer devint grosse, et quand le soleil se leva, les chaloupes étaient dispersées.

« Nous nous trouvâmes seuls sur la mer immense.

« Nous commencions déjà à sentir l'appétit nous chatouiller l'estomac, car c'est une chose singulière, il n'y a rien qui vous donne envie de manger comme la certitude qu'il n'y a pas à y songer. Il n'était pas huit heures du matin que déjà nous aurions tous voulu avoir notre tranche de lard et notre tasse de thé. Mais ils étaient passés les jours de fête ! La seule ressource qui nous restait était de serrer notre ceinture.

« C'est là que le père Gowan se montra.

« Comme je vous l'ai dit, il était dans la même chaloupe que moi; il était gradé, et l'on avait du respect pour lui parce qu'il avait été dans la marine de l'État; aussi prit-il le commandement, tout naturellement, sans que personne y trouvât à redire.

« Mes enfants, fit-il, la situation n'est pas gaie, mais je pense que vous êtes tous disposés à vous conduire en hommes et à faire tout le possible pour en sortir. Voici ce que je propose : nous tâcherons de nous maintenir toujours le cap à l'est, c'est-à-dire vers le soleil levant, parce que c'est de ce côté seulement que nous avons chance de trouver la terre. Avec un peu de bonheur nous pouvons y être en huit ou dix jours. La grande affaire est de se soutenir en attendant. Je vous préviens que vous allez souffrir terriblement pendant les trois ou quatre premiers jours. Je connais ça; c'est très dur.

Ceux qui n'ont pas la tête solide en deviennent fous, ou se jettent à l'eau. Mais après trois jours, on ne souffre plus guère ; on est seulement très faible, et la faiblesse augmente jusqu'à ce qu'on tombe d'inanition. Si vous m'en croyez, nous n'attendrons pas d'en être réduits là pour prendre une mesure extrême, mais nécessaire : ce serait être presque sûrs de ne pas pouvoir maintenir l'embarcation dans sa route, et par conséquent aller tous au-devant d'une mort certaine. Nous nous donnerons trois jours, et le quatrième nous tirerons au sort pour savoir celui de nous qui sera sacrifié au salut commun. Voilà mon avis.

« On le trouva généralement pénible, mais sage, et il fut convenu qu'on s'y conformerait.

« Nous nous divisâmes en deux *bordées*, les uns devant dormir pendant que les autres seraient à l'ouvrage, et, ces dispositions prises, nous attendîmes.

« La première journée se passa assez bien. Certainement, si l'on nous avait servi, sur le soir, une belle pièce de rosbif avec des pommes de terre fumantes, j'ose dire qu'il aurait été bien accueilli et que nous n'aurions pas demandé de moutarde. Mais enfin c'était tolérable et personne ne songeait à se plaindre.

« Nous avons assez couru au sud, dit ici le patron en s'interrompant, il faut que je fasse changer les amures... »

Il prit le petit sifflet d'argent qui était suspendu à son cou par une corde artistement tressée et fit entendre un appel aigu et strident. Aussitôt, les hommes vinrent se ranger auprès de lui. Prenant alors la roue du gouvernail des mains du matelot qui la tenait, il l'envoya rejoindre ses camarades et commença sur son sifflet une série de modulations qui

étaient autant d'ordres distincts et qui furent obéis avec
ponctualité. En deux minutes, les écoutes étaient passées de
tribord à bâbord et solidement amarrées ; le *Thistle* avait
accompli un quart de tour sur lui-même, et il courait maintenant vers l'ouest.

Le matelot revint prendre sa place à la barre, et le patron,
installé avec Laurent sur le petit gaillard d'avant, bourra
une pipe, l'alluma méthodiquement à la mèche qui brûlait
dans son récipient de cuivre et reprit son récit :

« Je vous disais donc que la première journée s'était assez
bien passée. La seconde fut terrible. Non seulement chacun de
nous souffrait des douleurs intolérables dans l'estomac et les
entrailles, sans parler des bourdonnements d'oreilles, des
maux de tête et des étourdissements ; mais ceux qui avaient
encore le sens commun étaient obligés, pour comble d'agrément, de s'occuper des autres qui faisaient mille folies. Les
plus jeunes surtout, sans doute parce que la vie est plus ac-
tive chez eux, avaient été les plus prompts à montrer des
symptômes de délire. L'un était devenu querelleur et voulait
battre tout le monde ; l'autre faisait des efforts désespérés
pour se jeter par-dessus le bord ; un novice chantait à tue-
tête des hymnes dont il ne comprenait pas le premier mot et
nous assourdissait de ses cris ; un quatrième se jetait tout
simplement sur ses voisins pour les mordre à belles dents ;
il fallut l'attacher. Vers dix heures du soir, celui qui voulait
se jeter à l'eau réussit à exécuter son projet. Le père Gowan
seul savait nager ; il plongea après lui, mais ne put le retrouver et eut grand peine lui-même à revenir à nous.

— Comment, dit Laurent, des matelots ne savaient pas
nager ?

— C'est très bête, répondit le patron honteux, mais c'est ainsi. Presque aucun homme de mer ne sait nager. Il paraît pourtant que ce n'est pas difficile...

— Ma foi non ! Le père Gowan m'a appris en quinze jours à faire la planche, à piquer une tête, à tirer ma coupe, à progresser *à la chien,* et même à soutenir un poids dans l'eau en nageant de trois membres. C'est très simple, et je ne comprends pas qu'on passe sa vie sur l'eau sans se donner des connaissances si indispensables.

— Qu'est-ce que vous voulez ? Ce n'est pas la mode parmi les loups de mer. On *blague* ceux qui apprennent à nager : on leur demande s'ils ont peur de se noyer. Quoi qu'il en soit, nous n'étions plus que treize. On dit que c'est un mauvais nombre pour se mettre à table, mais il est encore pire pour ne pas s'y mettre, et nous avions fort sujet de craindre que l'un de nous n'attendît pas la fin de l'année pour passer de vie à trépas.

« Le troisième jour commença. Ah ! dame, c'est là que ça devint dur. Nous avions tous à peu près perdu la tête, et les plus heureux étaient ceux qui n'avaient plus conscience de leurs actes. Je ne souhaiterais pas à mon plus cruel ennemi de souffrir ce que j'ai souffert ce jour-là...

« J'étais étendu au fond de la chaloupe presque sans connaissance et suçant mon poing, comme aurait fait un bébé de trois mois, pour calmer la soif qui me dévorait, lorsque je me sentis secoué par l'épaule, et, ouvrant les yeux, je vis le père Gowan qui se penchait vers moi.

« Là, regarde là !... me disait-il en étendant le bras vers le sud.

« Je regardai et je vis, comme lui, le spectacle le plus

23

beau qu'il me fût donné de voir : une voile ! Le père Gowan
n'avait pas voulu en croire ses yeux avant que j'eusse con-
firmé leur témoignage. Il craignait d'être la proie d'un phénomène qui n'est pas rare en pareil cas, le *mirage*. Mais il ne
s'était pas trompé, c'était bien une voile.

« Nos cris de joie mirent en deux secondes tout le monde
sur pied. On éleva au bout d'un aviron tout le linge que
nous possédions, dans l'espoir d'être plus tôt aperçus, et tout
le monde se mit à l'œuvre pour ramer avec ardeur dans la
direction du navire. On ne sentait plus ni faim ni faiblesse.

« Cependant, une heure se passa sans qu'aucun signe an-
nonçât qu'on nous avait vus, et, en dépit de nos efforts, nous
ne faisions guère de chemin pour nous rapprocher de la voile.
Une crainte affreuse s'empara de nous : si elle allait disparaître sans nous apercevoir ! Nous ne nous communiquions
pas nos pensées, mais chacun sentait qu'il n'aurait pas la
force de supporter une telle déception.

« Une seconde, une troisième heure se passèrent, et nous
n'avions pas été vus. Nos forces étaient épuisées, nous ne
pouvions plus ramer, et il nous semblait que le navire, au
lieu de se rapprocher, s'éloignait à chaque minute. Par moments il paraissait être au bord, tout au bord de l'horizon.
Il allait s'y enfoncer, s'évanouir ! Cette idée nous serrait tous
à la gorge. Le soleil, baissant déjà vers l'occident, allait vers
son déclin ; avec la nuit tomberait notre dernière espérance.

« Nous nous abandonnions déjà au découragement, quand,
tout à coup, il nous parut que le navire changeait d'aspect
et nous présentait ses voiles sous une autre face. Il faisait
une manœuvre. Bientôt il n'y eut plus de doute : c'est sur
nous qu'il venait. Le soleil avait frappé de ses rayons obli-

ques les lambeaux de linge que nous agitions désespérément
au bout de notre aviron; nous avions été aperçus! nous
allions être sauvés! Fous de joie après avoir été fous de
souffrance, nous nous serrions les mains les uns aux autres
comme des amis qui se retrouvent après une longue absence.

« Une heure plus tard, nous accostions la *Ville de Nantes,*
un trois-mâts barque français à destination de Saïgon, et
nous étions accueillis comme le sont les naufragés à bord
d'un navire, en frères. De tout l'équipage du *Fitz-Patrick,*
nous fûmes les seuls qui échappèrent. Vainement la *Ville de
Nantes* croisa pendant cinq jours dans ces parages, vainement des avisos à vapeur furent envoyés pour faire de nouvelles recherches quand nous eûmes touché au Cap : aucune
autre chaloupe ne fut rencontrée, et les malheureux périrent
sans doute de l'affreuse mort dont nous avions déjà ressenti
les premières atteintes. »

Comme le patron achevait son récit, l'homme de bâbord
cria :

« Un steamer à bâbord ! »

Le patron était placé avec Laurent sur le gaillard d'avant,
de telle sorte que la voile triangulaire qui partait du beau-
pré pour aller se rattacher au grand mât par l'un de ses
côtés faisait écran, et l'empêchait d'apercevoir ce qui se
passait à bâbord (c'est-à-dire à gauche) du yacht. Il se rendit
donc à l'arrière, et Laurent s'empressa de le suivre.

« C'est le steamer de Calais, » dit-il en voyant le lourd
panache noir que laissait derrière lui un gros navire à hélice
dont la course était à angle droit avec celle du *Thistle.*

M. Grivaud s'était accoudé au bastingage pour profiter,

lui aussi, du spectacle. Le steamer approchait rapidement.

« On dirait qu'il vient sur nous, dit-il au bout d'un instant.

— Absolument sur nous répondit le patron ; mais, à trois ou quatre cents mètres, il s'arrêtera. Le règlement, à la mer, c'est que les navires à vapeur cèdent le pas aux navires à voiles.

— Quel que soit le tonnage des uns et des autres? demanda M. Grivaud.

— Certainement. Un navire à vapeur est toujours maître de ses mouvements, et il n'en est pas de même d'un navire voiles.

— C'est qu'il n'a pas l'air du tout de s'arrêter ! » reprit M. Grivaud, devenu subitement assez inquiet.

Le steamer avançait à vue d'œil, et son avant, tranchant comme un couteau, se voyait déjà de face, par le travers du *Thistle*, à trois ou quatre cents mètres.

« Les imbéciles vont se jeter sur nous ! » cria le patron en sautant sur la barre et virant précipitamment.

Presque au même instant le steamer arrêta son hélice et fit aussi une manœuvre pour se porter à bâbord et laisser le passage au yacht. Si celui-ci avait poursuivi sa course régulière, il aurait passé sans encombre. Mais le malheur voulut que la manœuvre du patron et celle du steamer, au lieu d'écarter les deux navires, les portassent l'un sur l'autre. Le paquebot, en effet, en vertu de sa vitesse acquise, continuait à dériver, quoique assez lentement, et son avant vint donner en plein sur le *Thistle*.

Il n'en fallait pas tant pour couper en deux le pauvre petit yacht. Les mâts craquèrent sous l'effort redoutable, sa coque s'ouvrit, et en moins de trois secondes, au milieu des cris

« OH! PAPA! EST-CE QUE VOUS TENEZ MAMAN?
MOI, JE TIENS JEANNE! »

d'épouvante des passagers, des clameurs et des jurons des
équipages, le *Thistle* s'abîma dans la mer...

La première chose qu'avait faite M. Grivaud, quand la catastrophe se produisit, avait été de se jeter sur sa femme et
la petite Jeanne et de sombrer avec elles. Il était bon nageur
comme beaucoup de Parisiens; mais, quand il revint à la
surface, après une immersion d'une demi-minute, il ne tenait
plus que Mme Grivaud, heureusement évanouie, et la pauvre
fillette avait échappé à son étreinte. M. Grivaud, tout entier
au soin de sauver le précieux fardeau qui lui restait, nagea
avec vigueur vers le steamer qui dérivait toujours. Le malheureux capitaine, qui avait involontairement causé ce désastre, s'arrachait les cheveux et donnait mal ses ordres : on
fut plusieurs minutes à mettre les canots à la mer pour aller
au secours des naufragés. M. Grivaud luttait de son mieux,
quand il entendit derrière lui une voix éclatante :

« Oh! papa! Est-ce que vous tenez maman? Moi, je tiens
Jeanne! »

C'était Laurent qui avait vu flotter près de lui, en remontant sur l'eau, la robe blanche de sa petite sœur, et qui soutenait sa tête sur son épaule. La mignonne était déjà sans
connaissance, mais elle n'avait pas lâché sa poupée, qu'elle
tenait passionnément serrée sur son cœur.

Quant à Laurent, il n'avait pas perdu la tête. Son premier
soin avait été de se débarrasser de ses souliers en deux
coups de pied. Fort heureusement, il était, comme son père,
vêtu de toile blanche et n'était pas gêné par le poids de ses
habits. Cependant, quand un canot arriva enfin à son secours, il était temps. Ce n'est pas chose facile que de soutenir sur l'eau même une fillette de six ans, et les forces de

Laurent étaient presque épuisées. Enfin, grâce à ses efforts et à ceux de son père, toute la famille fut sauvée, et ils furent bientôt à bord du steamer, où des soins empressés ne tardèrent pas à rappeler à la vie Mme Grivaud et Jeanne. Le premier cri de la petite fille fut pour sa poupée, comme le premier cri de la mère fut pour ses enfants. Comment dire la joie de tous en se retrouvant sains et saufs ?

L'équipage du *Thistle* fut moins heureux. Un seul homme, qui avait réussi à saisir une épave, fut recueilli par les chaloupes : ses trois camarades et le patron avaient disparu. L'un des cadavres fut apporté le lendemain par la marée sur la plage de Brighton. On n'entendit plus parler des autres ; ils allèrent sans doute, comme dit le poète :

Heurter de leur front mort des récifs inconnus.

Moins d'un quart d'heure après que la dernière chaloupe était revenue à bord, le steamer arrivait à Douvres, et deux heures à peine après la catastrophe, toute la famille se trouvait réunie à table, dans la villa, comme si la mort ne les eût pas tous effleurés de son aile.

Mme Grivaud ne se lassait pas d'embrasser ses enfants et de les serrer sur son cœur ; il lui semblait qu'elle les aimait davantage depuis qu'elle avait été si près de les perdre. Quant à M. Grivaud, il était grave et ému. Laurent sentait avec orgueil que, de ce jour, il n'était plus pour son père un petit garçon.

« Quel bonheur que tu aies appris à bien nager ! dit enfin M. Grivaud, forcé d'épancher les sentiments qui remplissaient son âme ; sans toi, nous aurions maintenant à pleurer ce pauvre petit ange rose.

— C'est bien le père Gowan que nous pouvons remercier, répondit Laurent. Sans la patience et l'obstination qu'il y a mises, j'aurais sans doute passé une saison comme les précédentes, à battre l'eau pour m'amuser, tandis que, grâce à lui, je suis devenu en peu de jours bon nageur. Le croiriez-vous, père, que le pauvre patron du yacht *Thistle* ne savait pas nager?

— Il faudrait envoyer au père Gowan un souvenir, suggéra Mme Grivaud. Que pourrait-on bien lui offrir?

— Je pense qu'une belle pipe l'enchanterait.

— Nous irons la choisir ce soir et nous prendrons la plus belle que nous pourrons trouver, dit Mme Grivaud. Le brave homme ne sait pas quelle reconnaissance je lui garderai toute ma vie. »

Les jours suivants furent occupés par une grande enquête publique qui fut faite au sujet de la catastrophe, par un magistrat spécial appelé *coroner*. C'est une procédure qui est toujours suivie, en Angleterre, toutes les fois qu'un accident entraînant mort d'homme se produit. Elle a lieu devant un jury, lequel, après avoir entendu tous les témoins et réuni tous les renseignements qui peuvent permettre de se faire, sur les causes de l'accident, une opinion judicieuse, décide si quelqu'un est à blâmer ou à punir, et, quand il y a lieu, renvoie les coupables devant un tribunal compétent.

Le naufrage du *Thistle* avait naturellement produit une sensation des plus douloureuses, non seulement à Douvres, mais dans le pays entier. Tout le monde est trop adonné en Angleterre aux plaisirs de la mer pour ne pas se sentir atteint, en quelque sorte, par le malheur qui avait frappé le yacht de M. Grivaud. On accusait le capitaine du steamer d'imprudence et d'inhumanité. Tout était arrivé par sa faute, disait-on; il n'avait pas fait arrêter assez tôt son navire. Il était nécessaire qu'un exemple éclatant fût fait sur lui, pour empêcher le retour de semblables désastres et enseigner aux bateaux à vapeur le respect qu'ils doivent à une embarcation à voiles.

Bref, l'enquête publique venait fort à propos pour élucider toutes choses, et, comme un des principaux acteurs du drame, Laurent était assigné avec son père pour témoigner devant le *coroner*. Cette assignation coupait court à son projet de voyage en Normandie, car il ne disposait que d'un temps limité pour revenir à temps s'enrégimenter dans la petite troupe de M. Newton; mais il comprit qu'il ne pouvait pas se soustraire à un devoir de cet ordre et renonça au plaisir qu'il s'était promis.

L'enquête dura cinq jours. Des centaines de témoins furent entendus, depuis le constructeur qui avait mis le *Thistle* sur chantier, jusqu'au dernier mousse du steamer et au dernier passager sur lequel on put mettre la main. M. Grivaud et Laurent racontèrent les choses comme elles s'étaient passées, les paroles du patron, la manœuvre qu'il avait tentée au dernier moment. Les journaux reproduisaient toutes ces dépositions, les discutaient et contribuaient, par leurs efforts, à éclairer l'affaire. Au total, on s'accordait à reconnaître que le malheureux patron avait été la cause principale du désastre, en virant de bord au moment où le steamer arrivait. Il était évident que, sans cette fausse manœuvre, le *Thiste* aurait passé sans avaries à quelques mètres à l'avant de son redoutable voisin. Mais le capitaine n'en restait pas moins convaincu d'une grande imprudence en courant sur

le yacht à toute vapeur et en ne donnant pas assez tôt l'ordre
de stopper.

Le jury exprima donc un blâme pour lui, et l'opinion que
la compagnie propriétaire du steamer devait être astreinte
à payer une pension aux familles des matelots décédés, opinion qui fut, peu de temps après, confirmée par un jugement
du tribunal civil.

Avant de se séparer, le même jury exprima aussi les
éloges les plus flatteurs pour le sang-froid dont M. Grivaud
et son fils avaient fait preuve. Mais la meilleure récompense
de Laurent était dans la satisfaction profonde qu'il éprouvait
à penser qu'il avait sauvé sa petite sœur. Il ne pouvait plus
la voir maintenant, quand, insouciante et rieuse, elle courait
dans le jardin, ou, retranchée dans un coin, causait mater-
nellement avec sa poupée, sans se dire :

« C'est pourtant grâce aux leçons du père Gowan que
cette mignonne est là pour notre joie et notre bonheur ! Ces
petites boucles blondes, ces grands yeux bleus, ces lèvres
fraîches et ces joues roses, c'est moi qui ai sauvé tout
cela ! »

Il y avait dans cette pensée une satisfaction saine et profonde qui enflammait Laurent d'une ardeur extraordinaire.
Dans ces moments, il lui semblait qu'aucun effort, aucune
patience ne lui coûterait plus désormais pour arriver à perfectionner ces qualités physiques si multiples et si diverses,
qui sont, avec les qualités de l'esprit et du cœur, le plus bel
apanage de l'homme, et sans lesquelles on est aussi incomplet avec tous ses membres et tous ses organes que peut
l'être un borgne, un boiteux ou un manchot.

24

CHAPITRE XVI

LA CHASSE AUX GROUSES

Laurent devait partir le lendemain pour Hobham afin de se joindre à la petite expédition dirigée par M. Newton. Il se disposait à aller faire un tour sur la plage avec Mme Grivaud, quand son père le retint et l'invita à sortir avec lui.

« Sais-tu où nous allons ? lui dit-il en souriant. Nous allons chez le meilleur armurier de la ville pour t'acheter un fusil. »

Laurent ouvrit de grands yeux. Il n'osait pas croire à tant de bonheur.

« Un vrai fusil, un fusil de chasse, reprit M. Grivaud. J'ai reçu une lettre de M. Newton qui m'invite à me joindre à votre partie, en ajoutant que vous allez parcourir un très beau pays de chasse. Je me suis laissé tenter, et comme je suis très content de tes notes et de tes progrès, je vais t'armer avant le départ : tu pourras, toi aussi, tirailler sur les coqs de bruyère. »

On peut se faire aisément une idée du bonheur de Laurent en présence de la perspective qui s'ouvrait devant lui.

Sa joie était si vive et si évidente que son père en fut tout
attendri.

On fut bientôt chez l'armurier. Après bien des hésitations, un charmant fusil à deux coups, à percussion centrale et canons de Londres, fut choisi et essayé. M. Grivaud y joignit une bonne provision de cartouches pour son
fils et pour lui. Puis on se rendit chez un tailleur pour
acheter l'équipage complet que M. Newton avait indiqué
comme une nécessité absolue. Il se composait d'une culotte,
d'une veste et d'un gilet de laine douce à grands carreaux
gris, de gros bas de laine et de souliers à triples semelles.
Avec un havre-sac imperméable garni de trois chemises,
de bas et de chaussures de rechange, c'était tout ce que
chaque voyageur devait emporter. Le léger chapeau d'étoffe
à larges bords pouvait affronter la pluie aussi bien qu'il
protégeait du soleil.

Quand Mme Grivaud vit arriver le fusil de Laurent, elle
ne fut pas éloignée de penser que son mari voulait décidément la mort de son fils. Confier une arme à feu à un enfant de treize ans ! C'était de la démence ! Tel fut le sentiment qu'elle n'exprima pas en propres termes, mais que
ses regards épouvantés se chargèrent de dire. Toutefois,
M. Grivaud avait assez montré qu'il entendait rester seul
juge de l'éducation de son fils, pour que la trop tendre mère
dût se contenter de soupirer. Toute la soirée, elle prit
Laurent dans les coins pour lui faire mille recomman-
dations de prudence ; et quand il partit le lendemain, elle
l'embrassa comme si elle ne devait plus le revoir.

En arrivant à Hobham-College, M. Grivaud et Laurent
trouvèrent tout le monde prêt au départ. L'expédition se

composait, avec eux, de M. Newton, de Harry Stubbs, d'Edward, de Bob et de deux autres élèves nommés l'un Tom et l'autre Nick.

Harry et Laurent étaient les seuls qui eussent un fusil, avec M. Newton et M. Grivaud. On peut croire que cette circonstance ne rehaussa pas médiocrement le jeune Parisien dans l'estime de ses camarades. Tout le monde était équipé selon les prescriptions du docteur. L'humidité et la fraîcheur des régions montagneuses qu'on allait parcourir rendaient ces précautions indispensables.

Après avoir mangé sur le pouce deux ou trois sandwiches et avalé un verre de vin d'Espagne, la bande joyeuse serra la main de mistress Newton, qui avait présidé à cette agape préparatoire, et se dirigea vers la station.

On devait aller en chemin de fer tout droit jusqu'à Glasgow. Là, on prendrait des informations sur la meilleure route à suivre pour visiter quelques-uns des beaux sites de l'Écosse centrale. La première partie du voyage n'aurait donc pas présenté grand intérêt si M. Newton, tout en causant avec M. Grivaud, n'avait donné à ses élèves, à propos de chaque ville et de chaque province qu'ils laissaient sur leur passage, les renseignements les plus intéressants et les plus variés. Histoire, anecdotes, traditions et légendes, le docteur savait son pays aussi bien qu'un *Guide Joanne*, et il ne se faisait pas prier pour vider son sac d'informations. C'était plaisir de se renseigner ainsi sans peine et sans fatigue sur tous les lieux qu'on traversait, et ces leçons familières se gravaient à jamais dans la mémoire avec le souvenir d'un détail matériel, d'un clocher, d'un bouquet d'arbres, d'un pont que les yeux saisissaient au vol.

Vingt heures de chemin de fer coulèrent avec une rapidité relative, et le lendemain, vers onze heures, nos huit
voyageurs étaient attablés à l'hôtel du *Cœur Blanc,* l'un des
meilleurs de Glascow, et réparaient devant un déjeuner
plantureux les fatigues d'une nuit en wagon.

Le docteur n'avait pas choisi cet hôtel sans raison : il en
connaissait personnellement le propriétaire, qui était le
père d'un de ses anciens élèves, et comptait sur lui pour
recevoir les meilleures indications. M. Chapman fit mieux
que de les donner : il offrit de se joindre à l'expédition et
d'amener six excellents chiens d'arrêt qu'il possédait. La
proposition était de celles qu'on ne refuse pas, et il fut convenu qu'on descendrait la rivière, le lendemain, jusqu'à
Renfrew, pour remonter ensuite à pied jusqu'au lac Lomond ou *loch Lomond*, comme on dit dans le pays.

On ne tarda pas à s'apercevoir que M. Chapman, plus
encore que ses chiens, était une acquisition précieuse. Tant
qu'on fut en pays civilisé, ce maître d'hôtel ne se distingua
de l'ordre respectable auquel il appartenait par aucune qualité brillante. Mais à peine eut-on commencé l'escalade des
premiers contreforts qui descendent du Ben-Lomond, que
ses précieuses connaissances apparurent dans tout leur
lustre. Il parlait le patois local, il savait le nom de tous les
villages, il vous disait la longueur de toutes les étapes, et il
assaisonnait ces précieux renseignements d'un gros rire
cordial qui secouait sa vaste bedaine sur ses petites jambes
et qui faisait les délices de Bob et de Laurent.

Quant à ses chiens, c'étaient six magnifiques *pointers* au
pelage tacheté, bien campés sur leurs pattes, et si doux, si
bons, si intelligents que tout le monde avait conclu avec

eux, dès la première heure, une amitié intime. Il fallait voir
avec quelle ardeur ces beaux animaux se jetaient à l'eau
pour rapporter les bâtons qu'on y jetait, avec quel nez ils
suivaient la trace d'un des touristes, s'il s'écartait, et savaient bien vite le ramener au gros de l'armée ! En moins
d'une demi-journée, ils connaissaient chacun par son nom,
et l'on aurait dit, à les voir dresser l'oreille, fixer sur vous
leurs yeux profonds et remuer la queue avec esprit, qu'ils
allaient parler. Disons, pour être complets, qu'ils s'appe-
laient Caliban, Blücher, Vagrant, Nestor, Duke et Minikin.
Ils étaient frères, et l'opinion personnelle de M. Chapman,
c'est qu'ils n'avaient pas leurs pareils au monde. Il racontait
toute une histoire sur les circonstances dans lesquelles ces
chiens de race lui avaient été donnés par lord Stilton lui-
même, en témoignage de satisfaction, pour un plat de
truites que Sa Seigneurie avait daigné manger à l'hôtel
du *Cœur Blanc*, et dont elle avait été profondément satis-
faite.

« Je ne les céderais pas pour mille livres sterling, »
ajoutait-il pour conclure, en roulant sur son auditoire de
gros yeux satisfaits.

On avançait maintenant dans la région montagneuse qui
s'étend entre l'extrémité du lac Lomond et le lac Katrine.
Le docteur et M. Grivaud ne négligeaient, chemin faisant,
aucune occasion de donner à leurs jeunes compagnons
toutes les notions scientifiques que leur suggéraient les
accidents du terrain. M. Grivaud, en sa qualité de géo-
logue, se chargeait plus particulièrement de la nature
brute, tandis que M. Newton, qui avait un faible marqué
pour la botanique, s'occupait spécialement des plantes.

Quant à M. Chapman, c'était sur les animaux qu'il appelait l'attention des jeunes gens. Pas un oiseau du pays ne lui était inconnu, et les informations, pour être parfois un peu fantaisistes, n'en amusaient pas moins ses auditeurs. Par exemple, il croyait qu'une caille manquée devient invulnérable ; il pensait que les œufs de hibou sont empoisonnés ; il prétendait que les corneilles vivent deux cents ans tout juste, pas un jour de plus, pas un jour de moins, etc... Il conseilla à Laurent de s'exercer à tirailler sur tous les pierrots du chemin, en attendant qu'il eût affaire à un gibier plus noble. Laurent s'empressa de suivre ce conseil, et, grâce à cet exercice, en deux ou trois jours il avait parfaitement acquis le maniement de son fusil, et il commençait à tirer assez convenablement.

Le coq de bruyère rouge, en anglais *grouse*, que l'on se proposait de chasser, est un gibier particulier à la Grande-Bretagne. C'est un oiseau assez semblable, à première vue, à notre perdreau, mais plus difficile à atteindre, parce qu'il se lève toujours assez loin du chasseur et se réfugie, à la moindre alerte, dans les parties montagneuses et escarpées du pays. Mais en Écosse, il est si abondant que tout chasseur est certain de ne pas rentrer sans en avoir tiré un grand nombre, pourvu qu'il ait bon pied et qu'il ne ménage pas sa peine. Aucune chasse n'est plus attrayante et plus variée dans ses incidents. M. Newton et M. Grivaud ne s'étaient pas proposé, bien entendu, de l'entreprendre régulièrement ; il aurait fallu pour cela un équipage de chiens et des terres réservées qu'ils ne s'étaient pas donné la peine de s'assurer. Leur but était simplement de se promener le fusil à la main et de tirer ce qui viendrait à leur

portée. L'expérience de M. Chapman et le secours de ses
chiens promettaient plus d'occasions qu'on n'avait espéré,
voilà tout.

Nos chasseurs ne tardèrent pas à voir leurs premières
grouses. Le paysage était formé d'une longue succession de
coteaux couverts de gazon et de bruyères, qui descendaient comme des échelons jusqu'au bord du lac Lomond.
M. Chapman avait eu un assez long colloque avec un ber-
ger en jupon court et jambes nues, et lui avait glissé deux
ou trois schellings. D'après ses indications, on se dirigea
vers un plateau couvert de broussailles qui s'étendait vers
le nord. En y arrivant, ceux qui n'avaient pas de fusil
furent invités à se tenir en arrière, en simples spectateurs,
tandis que les autres s'espaçaient de dix à quinze pas en
tirailleurs, sur une seule ligne. Les chiens, voyant cette tactique, se placèrent d'eux-mêmes dans un ordre analogue en
avant des chasseurs, et la battue commença.

Les six animaux trottaient en avant, le nez à terre,
regardant de tous côtés, fouillant les buissons, ne laissant
pas une touffe d'herbe sans l'explorer. Les chasseurs suivaient, le fusil armé, l'œil fixé sur les chiens.

Tout à coup, Caliban, qui était devant M. Newton, resta
pétrifié : il était en arrêt. Chacun se tint immobile. L'instant d'après, un magnifique coq s'envolait lourdement.
Mais il n'avait pas parcouru vingt mètres, qu'il tombait
frappé par le plomb de M. Newton. Au bruit du coup de
feu, quinze à vingt autres *grouses* se levèrent à deux ou
trois cents mètres et s'envolèrent à l'extrémité du plateau,
où elles s'abattirent.

Laurent, plein d'enthousiasme, voulait y courir. Mais il

fut retenu par M. Chapman. Cependant, Caliban rapportait
fidèlement à M. Newton la pièce qu'il avait abattue. Tout le
monde s'empressa pour la voir ; puis on se remit en marche,
et l'on avança avec précaution vers le gros de l'armée em-
plumée. Les chiens y allaient tout droit, marchant sans
bruit et sans chercher, comme s'ils avaient compris qu'il n'y
avait rien à espérer tant qu'on ne serait pas tout près de la
remise. Peu à peu on en approchait.

« Que tout le monde se tienne prêt à tirer sur la débandade, après le premier coup de feu, » dit M. Chapman.

Mais, si doucement qu'il eût murmuré cette recommanda-
tion, le vent l'avait portée au gibier. De nouveau le vol
s'éleva hors de portée et alla s'abattre à un ou deux milles
plus loin.

« Allons ! et soyons prudents, » dit M. Chapman.

Et l'on se remit en marche.

Cinq fois de suite on approcha des *grouses,* et cinq fois
elles s'envolèrent avant qu'on eût pu leur envoyer un grain
de plomb. Mais, comme on se disposait à les poursuivre
jusque dans les hauteurs escarpées où elles étaient allées se
retrancher, Minikin, qui trottait devant Laurent, et qui
depuis un instant donnait des signes manifestes d'attention,
tomba en arrêt.

Laurent se tint prêt à tirer, mais, quand le gibier partit en
faisant un grand bruit d'ailes, le chasseur novice fut à la
fois si content, si ému et si étonné, qu'il perdit quelques
secondes avant de lâcher son coup de feu, et quand il l'eut
une fois tiré, il eut le chagrin de voir son coq n'en voler que
plus vite.

Sur quoi les inévitables plaisanteries des spectateurs de

ce beau fait d'armes ne manquèrent pas de se donner carrière. Laurent les prit comme il faut et fut le premier à se
moquer de lui-même.

L'instant d'après, un nouvel incident vint détourner l'attention. C'était un lièvre qui détalait à toutes jambes devant
Blücher et M. Grivaud. Mais la pauvre bête avait affaire à
un homme qui en avait vu plus d'un partir et s'arrêter
devant lui : M. Grivaud épaula avec rapidité, fit feu, et le
lièvre, sautant en l'air, retomba pour ne plus se relever.

« Voilà le plus joli coup de la journée, et nous ne rencon-
trerons peut-être pas un autre lièvre dans toute notre
excursion ! » s'écria M. Chapman.

Cependant, avant la fin du jour, les chasseurs devaient
avoir affaire à un plus gros gibier encore. Ils tournaient le
coin d'une haie sauvage qui entourait, sans la clore bien
complètement, une suite de pâturages couverts de troupeaux.
Bob, qui s'était attardé en arrière, s'amusa, pour se distraire, à jeter des pierres à un énorme taureau qui ruminait
tout seul dans un coin, sans penser à mal. Irrité de cette attaque, le taureau se lève et se met à regarder Bob d'un œil furieux. Mais celui-ci, se croyant hors d'atteinte et bien protégé
par la haie, n'y prit pas garde et continua d'agacer l'animal. La
colère du taureau ne connut bientôt plus de bornes. Il jetait
le feu par les naseaux, battait l'herbe de son dur sabot, agi-
tait sa queue, baissait la tête vers le sol comme pour frapper
son ennemi, en cherchant de tous côtés dans la haie une
brèche par laquelle il pût passer. Bob était de plus en plus
ravi de son succès.

Mais il n'eut plus bientôt sujet de rire. Le taureau, après
avoir couru à l'extrémité de la haie comme pour fuir son

XVI

IL SENTAIT DÉJA SUR LUI L'HALEINE
DE LA BÊTE FURIEUSE.

agresseur, l'avait franchie d'un bond, était retombé sur ses
quatre pieds à cent mètres de Bob, et maintenant il se précipitait sur lui la tête basse et les cornes en avant.

Il n'y avait pas à hésiter, et c'est seulement dans la rapidité de sa fuite que Bob pouvait trouver le salut. Il se mit
donc à détaler de son mieux. Mais le taureau était plein de
feu et d'ardeur, et bientôt il fut manifeste qu'il gagnait sur
le fugitif et qu'il allait l'atteindre.

Tous les chasseurs, frappés d'horreur, étaient restés stu-
péfaits à ce spectacle, avant de songer à intervenir. Seul,
Harry avait gardé son sang-froid et couru derrière le taureau.

« Fais une feinte ! jette-toi de côté au moment où il arrivera sur toi ! » cria-t-il à Bob.

Ce conseil fut son salut. Avec une adresse et une présence
d'esprit heureusement parfaites, Bob se voyant sur le point
d'être atteint, — il sentait déjà sur lui l'haleine de la bête
furieuse, — se retourna tout à coup et se jeta brusquement
sur la droite.

Le taureau, lancé de tout son poids, passa sans pouvoir
s'arrêter sur la place que l'enfant venait de quitter, et quand
il se retourna dans une rage que ce désappointement ne
faisait que redoubler, Bob courait de nouveau vers les chasseurs. Le taureau hésita un instant, puis il se remit à sa
poursuite.

Mais, cette fois, il n'alla pas loin. Harry l'attendait au passage, son fusil tout épaulé, et quand la bête fut à dix pas de
lui, il fit feu. Le taureau plia les genoux et tomba. Toute la
charge de gros plomb, faisant balle, l'avait frappé dans
l'œil gauche.

« Par ma foi ! cria M. Chapman enthousiasmé, voilà un maître coup ! Et ce n'est pas souvent que vous aurez en Angleterre l'occasion d'en tirer de pareils ! »

On s'approcha du taureau, on fit le tour de sa gigantesque carcasse. Bob se mit à manier avec un secret plaisir ces cornes qui avaient manqué de si peu de labourer son corps.

« Il est fort heureux que Harry ait pu vous sauver la vie, mon cher Bob, dit le docteur, mais je me demande comment le propriétaire du taureau va prendre la chose. C'est une magnifique bête et sans doute d'une grande valeur.

— Elle était hors de l'enclos : il n'y a rien à dire ! répondit M. Chapman. Le propriétaire n'a pas de recours contre nous, et nous étions en état de légitime défense. »

Bob pensait bien, à part lui, qu'en réalité c'était le taureau et non pas lui qui avait ce droit de son côté ; mais il se garda bien d'en souffler mot, et, quand on se remit en marche, il partit à l'arrière-garde en faisant des réflexions pénibles sur le danger d'agacer les taureaux qui ruminent philosophiquement.

La journée avançait vers son déclin, et l'on n'avait encore abattu que trois pièces ou quatre en comptant le taureau. Mais comme les chasseurs arrivaient, vers cinq heures, sur une série d'ondulations couvertes de bruyères vers lesquelles M. Chapman les avait insensiblement dirigés, les *grouses* devinrent si nombreuses qu'il en partait pour ainsi dire à chaque instant sous leurs pieds. C'est l'heure où ces oiseaux sortent de leurs retraites pour le repas du soir qui précède toujours le coucher du soleil : il n'y en a pas de meilleure pour cette chasse, et Laurent, après deux coups de fusil infructueux, eut enfin la satisfaction profonde d'abattre une pièce et de la prendre palpitante à la gueule de Minikin.

Les autres ne furent pas moins heureux : Harry avait pour son compte cinq *grouses,* MM. Newton, Grivaud et Chapman en avaient dix-sept à eux trois. On marchait depuis le matin, et tout le monde confessait sans détour qu'un dîner copieux et un bon lit étaient devenus les deux biens les plus désirables. Mais il n'y avait guère l'apparence qu'on pût de longtemps se procurer l'un ou l'autre. Le pays était absolument désert, et il n'y avait pas l'ombre d'un village à plus de six lieues à la ronde.

« Si nous marchons une heure à l'est, dit M. Chapman, nous arriverons au loch Katrine, et je vous promets, chez un pêcheur de mes amis, la meilleure friture que vous ayiez jamais mangée ; avec nos *grouses* et le lièvre, cela ferait un dîner passable... »

Cette perspective rendit des jambes aux plus fatigués, et l'on se mit en marche. On alla si bien qu'à la tombée de la nuit on apercevait une lumière ; M. Chapman la salua comme émanant de l'habitation de son ami le pêcheur, et, quelques minutes plus tard, les neuf touristes, harassés, frappaient à la porte d'une chaumière enfumée placée tout au bord d'une petite mer calme et limpide, dans laquelle la lune se mirait déjà.

« Bonsoir, mon vieux Malcolm ! » cria M. Chapman.

Et l'on vit apparaître un vieillard aux longs cheveux blancs, coiffé de la toque nationale et portant sur ses jambes nues le grossier sarrau du pays.

« Nous venons vous demander l'hospitalité.

— Vous êtes les bienvenus, vous et vos amis, » dit le vieillard avec la dignité d'un lord.

Et il s'effaça pour les laisser entrer dans sa demeure.

C'était une cabine de quinze à vingt pieds carrés dont les seuls meubles étaient une table et deux bancs noircis par un long usage. Dans un coin, quelques peaux de mouton cousues ensemble formaient la couche du vieux pêcheur ; aux murs, des filets et des engins de pêche ; sur le vaste manteau de la cheminée de briques, un vieux fusil rouillé.

« Ma maison et tout ce qu'elle contient est à votre disposition, reprit le vieillard. Mais je crains bien que vous ne soyiez peu satisfaits de mon hospitalité.

— Bah ! dit M. Chapman, ne perdons pas notre temps en compliments. La question est de dîner d'abord. Vous avez des biscuits, des œufs, du lard et du whisky, n'est-ce pas ?

— Oui, mais il ne faudrait pas dire autre chose, parce que c'est tout.

— Bon ! Eh bien ! mon vieux camarade, si vous alliez donner un coup d'épervier et nous prendre une friture, nous nous chargerions du reste. »

M. Chapman était dans son élément. Comme tous les maîtres d'hôtel de la vieille école, et comme tous les vrais chasseurs, il savait un peu de cuisine, et surtout de cette cuisine simple et saine qui peut s'improviser en campagne. En cinq minutes il eut distribué les rôles, chargé les enfants de plumer les *grouses*, MM. Newton et Grivaud de dépouiller le lièvre, et lui, pendant ce temps, il rassemblait autour de la hutte toutes les branches d'arbre sèches qu'il put trouver, et il eut bientôt disposé un foyer magnifique au bord même de l'eau, entre les grosses pierres.

« Double avantage, dit-il à ses compagnons : la lumière va attirer du poisson pour l'épervier de Malcolm, et nous ferons rôtir notre chasse sans étouffer nous-mêmes.

— Mais comment allons-nous faire? dit Laurent. Nous n'avons pas de broches.

— Pas de broches! Je vais vous montrer trois manières de vous en passer. La première, c'est tout bêtement d'en fabriquer avec des lattes en bois que nous placerons sur des fourches plantées en terre. Celle-là nous servira pour les *grouses*. La seconde serait de suspendre le rôti à une ficelle au-dessus de la braise et de le faire tourner lentement jusqu'à ce qu'il soit à point; mais cela demande trop de surveillance. La troisième est celle dont on se sert au désert pour faire rôtir les cochons de lait, et nous allons l'employer pour le lièvre. »

Ce disant, M. Chapman fit en terre un trou de deux pieds carrés environ, qu'il tapissa avec soin de pierres lavées dans le lac; il remplit cette fosse de braise ardente et attendit qu'elle se fût ainsi transformée en un véritable four; puis il la vida, étendit sur le fond un lit de feuilles de genévrier, sur ce lit le lièvre convenablement dressé, sur le lièvre un nouveau lit de feuilles et sur les feuilles de grosses mottes de gazon.

« Dans une demi-heure notre rôti sera cuit, » dit-il quand il eut mené à bonne fin cette série d'opérations.

Les *grouses* tournaient déjà devant le brasier sur leurs broches de bois, et Malcolm ne tarda pas à rentrer avec un énorme panier de poisson. Le gratter, le vider et le frire fut pour huit aides de cuisine affamés l'affaire d'un instant. M. Chapman couronna ses exploits par la confection d'une

colossale omelette au lard, et quand enfin il fut donné à la
bande joyeuse de s'asseoir à la table et d'attaquer un dîner
si bien gagné, tout le monde convint que jamais on n'avait
rien mangé d'aussi délicieux. Même le whisky, qui est une
eau-de-vie de grain écossaise, avec un goût de fumée assez
désagréable, fut déclaré un breuvage excellent, à la condition de le couper de cinq ou six fois son poids d'eau. Quand à
l'absence de dessert, personne n'y songea.

De grandes brassées de feuilles, étendues sur le sol de
la cabane et couvertes des peaux de mouton, furent pour
cette nuit le lit commun. Tout le monde s'endormit en y tombant.

Au jour, M. Chapman réveilla toute la chambrée. Il était
de cette classe de gens qui ne peuvent pas souffrir de voir
dormir les autres, quand ils ont ouvert les yeux.

« Debout! debout! criait-il. Nous ne sommes pas ici pour
perdre notre temps ! »

Et chacun de se frotter les yeux et de se trouver un peu
moulu, mais reposé.

« Je viens de piquer une tête dans le lac, dit M. Chapman ; c'est un peu frais, mais délicieux. »

Tout le monde s'empressa d'en faire autant, et bientôt on
fut réuni autour des reliefs du festin de la veille, qui pouvaient encore constituer un déjeuner assez confortable.

« Allons-nous reprendre la chasse? demanda M. Newton.
Il fait si bon ici et le lac est si beau à voir, que si Malcolm
veut nous donner l'hospitalité un jour de plus, je propose
d'y rester.

— Il y a la question des subsistances qui est embar-
rassante.

— Oh ! dit M. Chapman, Malcolm ira très bien au bourg prochain nous faire les provisions nécessaires.

— Dans ce cas, restons ici, » dirent toutes les voix.

Cette cabane isolée, au bord d'un lac immobile, au milieu d'un amoncellement de pics escarpés et sauvages, avait quelque chose d'enchanteur pour de jeunes imaginations encore pleines des souvenirs de Robinson, comme celles de Bob et de Laurent. On dépêcha donc le vieux pêcheur, comme il avait été convenu, et chacun se disposa à employer sa journée selon ses goûts.

Laurent et Bob empruntèrent des lignes aux murs de la cabane et se mirent à longer le lac en quête de quelque fretin étourdi. Harry et M. Chapman partirent avec leurs fusils pour essayer s'ils ne rencontreraient point aux environs quelques *grouses* égarées. Dick, Edward et Tom entreprirent une pêche à l'épervier dans le bateau plat du pêcheur. M. Grivaud et le docteur, qui avaient eu dans ces quatre à cinq jours le temps de s'apprécier mutuellement, restèrent à se promener devant la cabane, en fumant des cigares et en causant amicalement.

« N'est-ce pas un charmant garçon que Harry Stubbs ? disait M. Newton, comme ils venaient de s'entretenir du danger que Bob avait couru la veille.

— Charmant, répondit M. Grivaud. Sérieux, droit, calme, plein de bravoure et d'honnêteté ; il n'y a qu'à le voir pour l'aimer. Il doit être bien près de la fin de ses études ?

— Il les a finies, mais son père a désiré qu'il restât un an de plus avec nous. Il le trouve encore un peu jeune pour aller à Oxford, et Harry lui-même n'est pas fâché d'avoir du

temps devant lui avant de se décider sur le choix d'une carrière.

— Je n'ai aucune idée de l'organisation d'Oxford et de
Cambridge. . Ce sont, je pense, des facultés comme les
nôtres?

— C'est plutôt quelque chose de semblable à vos
anciennes universités, à la Sorbonne telle qu'elle était jadis,
avec ses collèges de pensionnaires et de boursiers, ses professeurs, ses agrégés, ses bénéficiaires. Mais vous n'avez
plus rien d'analogue. Toutes vos écoles ont pris une tendance plus spéciale, tandis que nos deux universités ont
gardé le caractère général qu'elles avaient jadis.

— Y a-t-il un examen pour être admis ?

- Non. Il suffit d'un certificat d'études, qui joue à peu
près le rôle de votre baccalauréat ; mais les examens de fin
d'année sont obligatoires, et comme vos facultés, nos universités confèrent des titres.

— Lesquels, d'ailleurs, ne conduisent, je pense, à aucune
carrière spéciale?

— Non, mais naturellement facilitent la voie au barreau,
dans l'église, dans les professions libérales en général.

— Pardonnez-moi mon objection, elle n'a rien de mal-
veillant, mais je ne vois pas dans tout cela où l'on apprend
les mathématiques. Le cours d'enseignement secondaire n'en
comporte guère, et si l'enseignement supérieur les néglige
aussi...

— C'est en effet une grave lacune de notre système.
L'enseignement des sciences proprement dites est presque
exclusivement laissé à des maîtres particuliers. On s'adresse
à eux pour se préparer aux écoles militaires, aux carrières

scientifiques ; mais, quant aux jeunes gens qui se destinent à
d'autres voies, ils se limitent d'ordinaire aux éléments de
l'arithmétique et aux quatre premiers livres d'Euclide. C'est
un mal. Il y a longtemps que je le sens, et je le sens si vivement que je suis décidé à réformer progressivement, dans
mon collège du moins, un état de choses si regrettable. Je
me propose d'introduire dans les programmes une propor-
tion beaucoup plus forte d'éléments scientifiques.

— Vous pouvez donc remanier vos programmes à votre
gré ?

— Sans doute. Je suis le maître chez moi, et mon autorité n'a de limites que l'approbation des familles.

— Elles ne pourront assurément qu'être favorables à
votre réforme.

— Ce n'est rien moins que sûr. La routine est un terrible
fléau de notre pays. C'est un des éléments de sa force. Mais
nous le payons quelquefois cher. »

Pendant que M. Newton causait ainsi amicalement avec
M. Grivaud, Laurent et Bob, après avoir vainement essayé
de prendre à la ligne les poissons qu'ils voyaient se promener à leur nez dans les eaux limpides du lac, avaient fini
par se lasser de ce stérile exercice.

Laurent s'était jeté tout de son long sur l'herbe drue, et il
contemplait les pics abrupts qui s'élevaient autour du lac.

« Savoir si c'est un aigle qui vole là ! » dit-il en montrant
un oiseau de grande taille qui planait autour d'un de ces
pics.

Bob leva la tête et dit :

« Je crois plutôt que c'est un faucon.

— Aigle ou faucon, il doit avoir un nid quelque part, et

dans ce nid il doit y avoir des œufs. C'est ça qu'il vaudrait la peine de rapporter pour ajouter à nos collections !

— Est-ce que tu crois que nous pourrions y arriver?

— Tiens ! parbleu ! j'ai grimpé sur des pics quatre ou cinq fois plus hauts dans les Pyrénées, l'an dernier. Les montagnes, vois-tu, il n'y a rien de si trompeur. Souvent ce qui paraît inaccessible est très facile, et au contraire une petite butte de rien du tout, qui vous semble à portée de la main, vous prend deux ou trois jours pour se laisser gravir.

— Alors tu crois que ces hauteurs sont aisées précisément parce qu'elles semblent inabordables?

— Tu l'as dit, et si tu m'en crois, au lieu de rester là à attendre des truites qui ne nous feront pas la politesse de se laisser prendre, nous irons là-haut voir si l'on a une jolie vue. »

Bob n'était pas de ces camarades auxquels il faut répéter une proposition pareille. Abandonnant lignes et amorces sur la rive, les deux compères se mirent en marche.

Le pic vers lequel ils se dirigeaient, et qui était celui autour duquel ils voyaient toujours planer leur oiseau de proie, semblait s'élever directement des bords du lac. Mais, en arrivant sur un monticule qui faisait partie de sa base, Bob et Laurent s'aperçurent que ce monticule n'était pas appliqué directement au flanc du rocher, et qu'il en était séparé par une vallée profonde. Ils descendirent donc gaiement la pente, avec la satisfaction qu'on trouve toujours à cet exercice quand on n'a fait que monter pendant une demi-heure.

Le fond de la vallée atteint en courant, il fallut recommencer l'ascension sur l'autre bord. C'est ce qu'ils firent avec assez d'énergie.

Arrivés sur la crête d'une nouvelle ondulation de terrain, ils constatent la répétition du même phénomène : nouvelle vallée à descendre et à monter.

« Bah ! se disent-ils, ce sera la dernière ! »

Point. Ils en trouvèrent encore trois ainsi, et le pic ne semblait pas s'être rapproché. La fatigue et le découragement commençaient à les atteindre. Mais ni l'un ni l'autre ne voulait céder le premier. Chaque déception nouvelle était donc accueillie par des plaisanteries, et le voyage continuait.

Le moment vint pourtant où il fallut constater, tout au moins, un peu de lassitude.

« Si nous nous reposions un instant ? » dit Laurent, en se jetant sous un arbre.

Et Bob, qui ne demandait pas mieux, s'étendit auprès de lui.

« Veux-tu que je te dise la vérité ? reprit Laurent avec assez de franchise. Nous nous sommes trompés, et le pic est encore fort loin.

— Mais non, dit Bob, qui se piquait de ténacité. Vois donc comme les moindres détails s'aperçoivent d'ici ! On distingue jusqu'aux broussailles. Il est clair que nous en approchons. »

Laurent se disait bien que les fameuses broussailles étaient peut-être une forêt, réduite par l'éloignement à ces proportions minuscules ; mais il ne voulait pas paraître découragé, et il garda sa réflexion pour lui.

« En marche donc ! » reprit-il, après quelques minutes de repos.

Et les voilà de nouveau escaladant les hauteurs, suivant

les crêtes, redescendant dans les ravins. Par moments, le
but de leurs efforts disparaissait à leurs yeux, caché qu'il
était par quelque pli de terrain. Puis ils le revoyaient, de
plus en plus distinct ; le soleil l'éclairait maintenant en plein,
et il sortait de l'horizon, étincelant comme un bloc de cuivre.
Mais en dépit de tout, ils n'y arrivaient pas.

« Quelle heure peut-il bien être? demanda Laurent, qui
commençait à se sentir pris d'une faim dévorante. Est-ce
que tu as ta montre? J'ai oublié de monter la mienne, hier
soir.

— Tiens, moi aussi, répondit Bob en voyant la sienne
arrêtée sur quatre heures. Je pense qu'il doit être onze
heures. »

S'ils avaient regardé la position du soleil et su en tirer
des conclusions, ils auraient vu qu'il était au moins deux
heures de l'après-midi. Il y avait plus de cinq heures qu'ils
marchaient.

« Nous ferions peut-être aussi bien de revenir au lac, reprit Bob, qui avait grand'faim aussi.

— Ma foi, je ne te le proposais pas, mais je crois que
nous ferions mieux, » répondit Laurent.

Mais, en contemplant le raidillon qu'ils venaient de descendre et qu'il fallait escalader pour revenir en arrière, ils
se sentirent tout découragés.

« Quelle fichue idée nous avons eue là! dit Laurent.

— Dis donc : quelle fichue idée j'ai eue! répondit Bob.
C'est toi, avec tes histoires des Pyrénées, qui as voulu venir.

— Tiens! si tu trouvais l'idée mauvaise, tu n'avais qu'à
ne pas l'accepter!... »

Les deux amis commençaient à être de méchante humeur,

et, comme il arrive trop souvent dans les situations difficiles, ils cherchaient à se renvoyer la responsabilité. Ils continuèrent de marcher en silence. Puis, s'apercevant qu'ils se boudaient, ils mirent chacun son point d'honneur à ne pas parler le premier. D'autre part, leur lassitude croissait et ne contribuait pas à les égayer.

Près d'une heure se passa ainsi à rétrograder sans rien dire. Tout à coup, pourtant, Bob s'écria :

« Nous ne sommes pas dans le bon chemin. Jamais nous ne sommes passés par ici ! »

Laurent regarda autour de lui.

« Nous sommes parfaitement dans le chemin, dit-il, je reconnais ce rocher là-bas. Nous l'avons longé. »

Il n'en était pas absolument certain ; mais il lui plaisait en ce moment de contredire Bob.

« Tu te trompes, répondit celui-ci. C'est sur la droite qu'il faut aller.

— Pourquoi n'y vas-tu pas, puisque tu es sûr de ton fait ?

— C'est bien aussi ce que je vais faire. »

L'un prend à droite, l'autre prend à gauche, et les voilà se tournant le dos.

Ils n'avaient pas fait cent pas qu'ils étaient désolés de s'être quittés ; mais il n'y avait pas de danger qu'ils l'avouassent. La peur d'avoir l'air de faiblir leur rendait des forces. Bientôt ils se perdirent de vue.

« Est-ce bête ! se disaient-ils chacun de son côté. Si c'était lui pourtant qui avait raison ! Me voici dans une belle situation, si je me suis trompé ! »

Cependant ils marchaient toujours. Leurs forces étaient

presque à bout, ils sentaient leurs jambes plier sous eux, et la faim, exagérée par l'exercice et par l'air vif des montagnes, devenait un véritable supplice.

Rien de désolant comme la solitude, en pareil cas. A deux ou à plusieurs, on se soutient mutuellement par l'émulation, on oublie la fatigue en causant, ou l'on remplace le repas absent par une plaisanterie. Mais quand on est isolé, face à face avec la lassitude et le doute, le désespoir grandit vite, et bientôt il paralyse toutes les facultés.

Laurent, en levant les yeux vers le soleil, s'aperçut qu'il allait disparaître derrière la cime des montagnes. Il était harassé et se sentait incapable de faire un pas de plus. Il se coucha sur un tertre en se disant :

« Je vais me reposer une heure, puis je me remettrai en marche. »

Un de ses souliers lui blessait le pied droit. Il l'ôta et se sentit si soulagé par cette opération, qu'il ne résista pas au plaisir de déchausser aussi le pied gauche. Il passa ainsi un temps assez long dans un état de bien-être relatif, et l'état du corps a une si grande influence sur celui de l'esprit qu'il en vint à se moquer de lui-même pour s'être si facilement inquiété.

Cependant, le soleil venait de se coucher, il était temps de se remettre en marche. Laurent se décida à se rechausser et y parvint avec assez de peine. Mais, quand il se fut mis debout, il comprit tout de suite qu'il lui serait impossible de faire un pas : ses pieds s'étaient gonflés, et il souffrait si cruellement qu'il eut à peine la force de se jeter sur le sol et de se déchausser de nouveau.

La situation se compliquait. Il n'y avait pas à songer à

faire la route sans souliers, et, quant à les remettre, c'était impossible. D'ailleurs, il se sentait épuisé de fatigue et d'inanition.

Il crut tout de bon qu'il allait mourir là, et, pendant un instant, il resta comme frappé de stupeur. Puis il se dit que peut-être Bob avait pu arriver chez Malcolm et lui enverrait du secours ; que leur séparation était en réalité fort heureuse. Cette idée l'occupa quelque temps.

La nuit tomba. L'air du soir le saisit et l'engourdit. Il se sentit envahi par un sommeil irrésistible, lutta vainement pour ne pas s'y abandonner, et tomba profondément endormi. Il était huit heures.

Quant à Bob, sa fortune avait été plus triste encore. Une heure à peine après s'être séparé de Laurent, il avait bronché en descendant une côte et s'était foulé le pied droit en tombant. Quand il se releva, une vive douleur à la malléole interne lui annonça qu'il ne pourrait plus faire un pas. Par bonheur, un petit ruisseau coulait au fond du ravin dans lequel il venait de s'échouer ; il put se traîner jusqu'au bord de l'eau et y plongea son pied sans le déchausser.

Cette immersion eut pour effet, presque immédiat, de rendre la douleur supportable ; mais, aussitôt que le pauvre Bob essayait de retirer son pied, l'inflammation semblait reprendre de plus belle. Il se détermina donc à prolonger indéfiniment ce bain.

Tant que le soleil le réchauffa de ses derniers rayons, les choses allèrent assez bien ; mais quand il eut disparu, le froid saisit le blessé, toute sa jambe droite fut comme prise de paralysie, et le sommeil qui s'empara de lui ressemblait plutôt à un évanouissement qu'à un véritable repos.

Au bord du lac, on avait été bien longtemps sans se douter de ce que pouvaient bien être devenus les deux petits aventuriers. Edward, Dick et Tom étaient rentrés les premiers, vers midi; avec quelques livres de poisson qu'ils avaient réussi à prendre, non sans être tombés deux ou trois fois à l'eau en lançant le lourd épervier. Puis Malcolm était arrivé avec un énorme panier de provisions de tout genre. Vers quatre heures, M. Chapman et Harry étaient revenus au bercail; tout glorieux du meurtre d'un chevreuil qu'ils avaient atteint tous les deux à la fois, au moment où il se préparait à franchir d'un saut le ravin dont ils suivaient le fond.

Les préparatifs du dîner avaient occupé tout le monde, et c'est seulement vers le coucher du soleil qu'on avait commencé à s'inquiéter de l'absence de Laurent et de Bob. M. Grivaud alla à la découverte avec le docteur, et ils ne tardèrent pas à trouver les lignes que les deux enfants avaient abandonnées. La façon même dont ces lignes étaient jetées à terre, assez loin de la rive, montrait que ce n'était pas le résultat d'un accident, mais d'un caprice. Évidemment les deux pêcheurs étaient partis pour quelque expédition nouvelle.

M. Newton eut l'idée qu'ils avaient peut-être pris deux fusils et tenté d'aller chasser; mais cette conjecture se trouva sans fondement : toutes les armes étaient au logis.

Le dîner était prêt et servi; on se décida à se mettre à table sans les deux absents. Mais, quand huit heures arrivèrent sans qu'ils eussent reparu, l'inquiétude devint générale. M. Grivaud surtout ne tenait plus en place.

« Il faut qu'il leur soit arrivé quelque accident, répétait-il. La nuit est tout à fait tombée. Ils n'ont rien mangé depuis ce matin. L'appétit, à défaut d'autre cause, les aurait ramenés. »

Voyant son anxiété, M. Newton et Harry ouvrirent l'avis de commencer des recherches. Mais où aller? Quelle direction suivre?

« Il n'y a qu'à le demander aux chiens, dit M. Chapman. Ce n'est pas la première fois qu'ils m'auront guidé. »

Cette idée parut d'abord ridicule. Mais on fut bien vite détrompé, quand on vit le brave maître d'hôtel prendre les havre-sacs de Laurent et de Bob, qui étaient restés dans la cabane, les faire flairer à Minikin et à Nestor, et amener ensuite les deux chiens au bord du lac en les invitant à chercher par les onomatopées habituelles.

Les nobles bêtes regardèrent leur maître avec des yeux pétillants d'intelligence, se mirent à faire des bonds désordonnés en poussant des aboiements à demi étouffés et des petits cris qui indiquaient, avec l'intérêt que leur inspirait déjà leur mission, l'état nerveux dans lequel elle les mettait par avance; puis, après ces démonstrations préalables, elles commencèrent de chercher sur les bords du lac, suivies des touristes. Arrivés à l'endroit où Bob et Laurent avaient longtemps pêché, les deux chiens furent pris d'une vive inquiétude et se mirent à aboyer, à gratter le gazon avec fureur.

« Qu'est-ce que cela signifie? Est-ce que nous n'avons pas compris nos ordres? » semblaient dire tous leurs mouvements.

Mais M. Chapman les rassura en les excitant de nouveau à chercher.

Aussitôt ils repartirent flairant toujours le gazon. Mais ils

ne suivaient plus la rive et montaient tout droit le monticule qui s'élevait vers l'est.

« Nous sommes sur la trace, dit M. Chapman, et je
réponds que nous tenons au moins la direction qu'ils ont
prise. »

C'était évident, et il n'y avait qu'à voir l'assurance avec
laquelle les deux chiens s'avançaient : il y avait dans leur
attitude, dans le balancement régulier de leur queue, dans la
sûreté de leur démarche, une éloquence muette qui ne permettait pas le doute. Tout le monde les suivait en silence.
On ne désespérait plus maintenant, et l'intérêt dramatique
de cette recherche nocturne croissait à chaque minute.

Les deux chiens descendirent le monticule, en remontèrent un autre. De temps en temps ils semblaient hésiter,
s'écartaient à droite et à gauche, cherchaient en tous sens,
puis ils retrouvaient la piste et la traçaient sans erreur.

On marcha longtemps ainsi, à la clarté de la lune.

Tout à coup, comme on arrivait sur la crête d'une hauteur,
les deux chiens tombèrent en arrêt : la brise leur apportait
sans doute des indications formelles, car ils se mirent à
geindre d'une façon lamentable en bondissant à droite et à
gauche, comme s'ils ne savaient quel parti prendre.

Les témoins de cette scène étaient saisis d'une angoisse
mortelle. Que signifiaient ces gémissements et cette hésitation évidente ? M. Grivaud n'osait pas s'avouer les craintes
affreuses qui envahissaient son esprit.

Par bonheur, le vieux Malcolm avait emporté les deux
havre-sacs. M. Chapman fit sentir celui de Laurent à Minikin, qui donna aussitôt un coup de gosier formidable et partit comme une flèche vers la gauche ; le maître d'hôtel pré-

senta alors l'autre havre-sac à Nestor, qui exhala un aboiement au même ton et s'élança dans la direction opposée.

Tout s'expliquait : les deux enfants n'étaient pas ensemble. L'escorte se partagea immédiatement en deux sections qui suivirent chacune une des voies indiquées. Leur attente ne fut pas longue.

Vingt minutes ne s'étaient pas écoulées que la voix de Nestor, éclatant comme un clairon dans le silence de la vallée, annonça qu'il avait retrouvé l'un des absents, et presque aussitôt les accents de Minikin, lui répondant comme un écho, proclamèrent qu'il avait trouvé l'autre.

Quand les deux troupes arrivèrent chacune à leur but, les braves bêtes étaient en train de lécher le visage et les mains des deux enfants. Laurent avait été réveillé par les gambades et le bruit que Minikin faisait autour de lui. Le pauvre Bob était encore plongé dans son engourdissement ; mais M. Newton constata avec une joie profonde que son pouls battait et qu'il avait seulement été accablé par la fatigue et le froid.

C'est là que la supériorité de l'homme sauvage sur l'homme civilisé, tout au moins au désert, apparut dans tout son éclat. Personne n'avait songé à apporter à manger à ces enfants, qui mouraient d'inanition. Mais Malcolm tira gravement de sa grande poche de peau de lapin un flacon de cuir plein de whisky, puis un biscuit et une tranche de lard ; il trouva aussi dans un des havre-sacs une paire d'espadrilles que Laurent chaussa et qui lui permirent d'aller rejoindre Bob et ses autres amis. Le pauvre petit commençait à revenir à lui ; le flacon de Malcolm acheva la cure. Mais le silencieux pêcheur n'était pas au bout de son latin ; comme beaucoup de montagnards, il était rebouteur habile. Apprenant que Bob s'était foulé le pied, il le déchaussa, tâta avec soin le point douloureux, fit exécuter à l'articulation deux ou trois mouvements et tira brusquement les tendons par une extension forcée. Bob ne put retenir un cri : c'était fini. Tout était remis en place; et il n'y avait plus trace de l'entorse. Le bain local prolongé n'avait sans doute pas été inutile à la facilité de l'opération, mais elle parut merveilleuse.

Toutefois, il aurait été imprudent de laisser marcher le blessé. C'est pourquoi, coupant en un clin d'œil cinq ou six branches d'arbre avec sa grande serpe et les plaçant en croix, Malcolm déposa les havre-sacs sur ce palanquin improvisé, y fit asseoir Bob, et, tout le monde se relayant pour porter ce léger fardeau, on repartit vers la cabane.

A dix heures, on y était arrivé. Nous laissons au lecteur le soin d'apprécier avec quel plaisir les deux compères se retrouvèrent, auprès d'un bon feu flambant, devant une tasse de thé fumant et un quartier de venaison flanqué de fruits et de fromages.

CHAPITRE XVII

DE LA HUTTE DU PÊCHEUR AU CHATEAU

Le lendemain matin, Bob et Laurent étaient encore trop fatigués pour pouvoir se remettre en marche. Ils passèrent donc paisiblement la journée à flâner autour du lac.

Dans l'après-midi, ils imaginèrent de s'exercer au tir sur des bouteilles vides qu'ils jetaient à l'eau et qui, bien bouchées, flottaient le goulot en l'air, offrant ainsi un des buts les plus difficiles à atteindre, en raison de sa mobilité et de sa position sur une surface horizontale. Cependant, après deux ou trois heures d'exercice, ils parvinrent à casser leur bouteille une fois sur quatre, à cent pas, ce qui n'était pas un trop méchant résultat.

Pendant ce temps, leurs amis étaient à la chasse, et ils rentrèrent après le coucher du soleil chargés de gibier.

Le soir, lorsque tout le monde se trouva rangé en cercle sur le sable de la grève, autour du foyer en plein vent qui avait servi à préparer le dîner, le docteur, que la physionomie originale et les manières brusques mais franches de Malcolm intéressaient vivement, commença de l'interroger doucement et de se faire donner quelques détails sur sa vie.

« Vous n'avez pas toujours vécu ici, n'est-ce pas? lui disait-il; car c'est à peine s'il vous reste un peu d'accent écossais, et vous parlez l'anglais mieux que la plupart des habitants de Londres.

— Oh! j'ai eu le temps et l'occasion de perdre mon accent, dit le vieillard en secouant ses grandes mèches blanches. J'ai assez roulé de par le monde pour oublier l'accent que ma mère m'avait donné.

— Vous avez beaucoup voyagé?

— En général, je ne me soucie guère de dire mon histoire, répondit Malcolm. Mais vous êtes tous de si braves gens, et ces petits messieurs sont si gentils pour le vieux pêcheur, que je me départirai pour eux de mes habitudes silencieuses, si vous croyez que cela peut vous intéresser.

« Je suis né près d'Aberdeen, et mon père était maître d'école d'un petit village au bord de la mer. Le brave homme me régalait tous les matins de quelques tranches de son latin. Quand mon appétit ne lui semblait pas assez vif sur ce point, il l'assaisonnait de force coups de férule sur les mains et de nombreuses caresses appliquées avec des verges de bouleau sur une autre partie de ma personne; c'était son système. Mais, en dépit de ses soins paternels, il ne parvint pas à m'inspirer de goût pour ce genre d'étude. Il devenait de jour en jour plus évident que jamais je n'arriverais à me distinguer dans l'église nationale, à laquelle l'ambition de ma famille me destinait. Mais, en revanche, j'étais toujours fourré dans les bateaux de pêche qui, plusieurs fois la semaine, partaient le soir pour aller labourer la mer, et, quand

je n'étais pas à la maison, ma mère savait où me trouver sans
avoir besoin de le demander.

« Voyant cet éloignement marqué pour le latin et ce goût
décidé pour la pêche, mon père qui, en somme, était un
homme pratique, finit par dire un jour à sa compagne :

« — Ma chère amie, il est évident que Malcolm ne sera jamais un bon clergyman ; j'ai usé sur lui plus de poignées de
verges qu'il ne m'en a fallu dans toute ma vie pour une école
de soixante élèves, et cependant il ne peut pas encore se
fourrer dans la tête que le régime direct des verbes actifs
doit prendre l'accusatif. Tantôt il le met à l'ablatif, tantôt au
génitif, tantôt même, je rougis de le dire, au nominatif !
Quant à l'accusatif, il le garde soigneusement pour les
verbes passifs. C'est l'indice d'un caractère éminemment
pervers, et je me ferais scrupule de pousser vers les honneurs ecclésiastiques une nature aussi rétive. Puisqu'il aime
tant la pêche, qu'il se fasse pêcheur. Mieux vaudra pour lui
être bon pêcheur que mauvais vicaire.

« A ce discours, ma mère se contenta de soupirer, car
elle avait rêvé, elle aussi, de me voir un jour passer dans le
village en cravate blanche et redingote noire, raide et
gourmé au milieu de l'admiration générale. Mais elle
avait depuis longtemps deviné que les choses finiraient ainsi,
et elle se décida à me laisser placer comme apprenti sur le
bateau de mon ami le père Duncan.

« Je n'insisterai pas sur les huit ou dix années qui
suivirent ; il suffit de dire que mes parents n'eurent pas
lieu de regretter leur sage détermination. Au lieu d'être
un pauvre vicaire qui aurait jeûné avec eux tout le
long de l'année pour avoir le droit de se mettre en surplis

28

les dimanches, je devins bientôt un des meilleurs pêcheurs
de la côte, et je ramenai de la pleine mer des bateaux de
poisson qui nous firent tous vivre dans l'aisance. Sans doute
ce n'était pas l'existence calme et tranquille que ma mère
aurait tant aimée. Quand j'étais en expédition par les nuits
d'hiver, et que la mer furieuse venait se briser en mugissant sur les roches, la pauvre femme ne manquait pas de se
dire que j'avais choisi une rude existence et que tout cela
finirait par quelque catastrophe. Mais quand le ciel était bleu
ou quand je rentrais content au logis, elle se disait qu'après
tout il y avait du bon dans la pêche.

« Quelques années se passèrent ainsi. Je perdis successivement mes parents, et je restai seul, car mes sœurs étaient
mariées, et je n'avais jamais pu me décider à en faire
autant. J'étais depuis longtemps tourmenté du désir de voir
le monde et d'élargir l'horizon de ma vie ; j'étais libre et
sans responsabilités. J'eus bientôt vendu mes filets, ma barque
et ma maisonnette, et je m'embarquai sur un navire balei-
nier qui partait pour les mers du Nord.

« A cette époque, la pêche de la baleine était encore
bonne, et il n'y avait pas besoin d'aller hiverner dans les
glaces pour avoir chance de revenir avec sa cargaison d'huile
et de fanons. Nous fûmes si heureux qu'après trois campa-
gnes j'avais pu amasser un pécule suffisant pour noliser un
petit navire à mon compte.

« J'avais mon idée, qui était d'aller battre les mers du
Sud, beaucoup moins explorées alors qu'elles ne le sont aujourd'hui.

« Mon schooner était de cent cinquante tonneaux, avec
six hommes d'équipage ; il appartenait par moitié au patron

et à moi. Nous commençâmes d'aller croiser au sud du cap de Bonne-Espérance, dans les parages de l'île Kerguélen, et la quantité de baleines que nous y trouvâmes était telle que, si nous avions eu un navire comme le *Great Eastern*, avec mille hommes d'équipage, nous aurions pu en compléter la cargaison en un mois. Nous eûmes soin d'y revenir fréquemment, en allant placer nos marchandises tantôt au Cap, tantôt au Brésil, au Mexique et même aux États-Unis, pour ne pas attirer l'attention sur les mers que nous trouvions si riches.

« Nous voyions arriver le moment où nos fatigues et nos périls nous auraient conquis une aisance suffisante pour nous permettre de vivre en repos et de ne plus naviguer qu'en amateurs, quand, au milieu d'une campagne des plus fructueuses, nous fûmes subitement rattrapés par le malheur.

« Une tempête de dix jours, comme on n'en voit que par le travers du canal de Mozambique, emporta notre schooner vers le sud-est comme elle eût fait d'une plume. C'est à peine si, dans ce long intervalle, deux ou trois accalmies nous permirent, de loin en loin, de nous reconnaître et de chercher à tâtons quelques aliments. Tous nos agrès étaient désemparés ; l'état du ciel ne permettait pas de prendre les observations habituelles pour reconnaître notre position ; nous étions harassés de fatigue, et tout ce que nous pouvions faire, c'était de nous relayer à la barre pour maintenir le navire devant le vent et fuir avec lui. Il fallait bien pourtant que cette course effrenée eût un dénouement. Le dixième jour, sans avoir pu prévoir par aucun signe le voisinage d'une terre ou d'un récif, nous fûmes réveillés en sursaut, par un craquement épouvantable, du sommeil de plomb qui nous accablait. Le schooner avait touché un brisant, sa coque était ouverte, et la mer s'y précipitait déjà en mugissant.

« Nous n'eûmes même pas le temps de mettre les embarcations à l'eau. Il fallut s'y jeter au saut du hamac, et, pour mon compte, en me trouvant l'instant d'après sur le sommet d'une vague énorme, j'aperçus, au milieu d'une montagne d'écume, le pont de mon pauvre schooner s'abîmant sous les eaux.

« Par bonheur pour moi, j'étais bon nageur, et j'avais fait souvent avec des camarades la gageure de parcourir sept à huit milles en mer ou de m'y soutenir cinq ou six heures. Ce n'était pas encore la force du capitaine Webb, dont vous parliez hier et qui a traversé la Manche en vingt-deux heures, mais c'était déjà gentil. Notez bien que je n'avais pas, comme lui, un canot pour m'escorter et me passer de temps en temps une gorgée de whisky.

« Je nageai donc de mon mieux, me disant que, selon toute apparence, je ne devais pas être loin de quelque terre, puisque notre schooner avait rencontré un brisant, et je ne me trompais pas : après une heure d'efforts, le vent et la direction des vagues aidant, je distinguai devant moi une masse noire sur laquelle, après bien des peines, je finis enfin par être jeté.

« C'était, comme je l'ai su plus tard, un îlot dépendant d'un groupe isolé et désert, les îles Saint-Paul et Amsterdam, que vous trouverez sur la mappemonde par le 38° degré de latitude sud, directement au-dessous de la péninsule de l'Inde. Mais à ce moment je ne savais rien de cela, sinon que c'était la terre.

« Quand je fus revenu de l'évanouissement dans lequel je restai plongé après avoir pris pied, je me trouvai seul, sans vivres, sans vêtements, sans armes, au pied d'une montagne d'une lieue de tour tout au plus, qui s'élevait au milieu d'une mer en furie. Il n'y avait dans tout cela rien de bien réjouissant. Cependant, je m'inquiétai peut-être moins de cette solitude qu'un autre n'aurait fait à ma place, parce que j'ai toujours eu des habitudes mélancoliques et silencieuses.

« Je me dépouillai de mes vêtements de toile, que je mis sécher au vent sur un arbuste, et, me disant que, sur un rocher pareil, je ne pouvais manquer de trouver des œufs de mouette et d'albatros, je me mis en quête de mon premier repas. Je n'eus pas longtemps à chercher : les premières crevasses qui se trouvaient hors de la portée des vagues étaient remplies d'une provision d'œufs qui me garantissait pour longtemps une abondante nourriture. Dans d'autres creux, je trouvai de l'eau de pluie qui étancha ma soif, et enfin une sorte de voûte formée par des rochers, et devant laquelle j'eus bientôt construit un petit mur en grosses pierres sans mortier, m'offrit un abri contre le vent et la pluie.

« La tempête faisait toujours rage, et, en portant mes regards au loin, je n'apercevais aucune trace ni du schooner ni de mes compagnons.

« Que vous dirai-je de plus? Ce fut le premier jour de neuf années de solitude absolue que je devais passer sur cet îlot, et pendant lesquelles je ne vis pas une face humaine et n'entendis pas d'autres sons que les bruits du ciel et de la mer. Mon royaume était complètement désert. Non seulement il n'y avait pas d'autre habitant que moi, mais il n'y avait pas le moindre mammifère. Dans ces neuf années, je

n'ai pas eu d'autre nourriture que des œufs et les poissons
que je réussis à prendre quand je fus arrivé à me fabriquer
des engins de pêche avec des fibres végétales et des coquilles patiemment usées sur le rocher. Ma plus grande souffrance fut le manque d'eau douce, quand la sécheresse se
prolongeait trop longtemps, car il n'y avait point de sources
sur cette terre. L'expérience m'apprit à me creuser dans le
roc, à grand'peine, des réservoirs d'eau de pluie; mais il
m'est resté de ce temps une passion telle pour l'eau douce,
que c'est maintenant un besoin pour moi de vivre au bord
d'une rivière ou d'un lac, comme pour être bien sûr que je
n'en manquerai plus.

« Je me trouvais dans la situation du plus misérable des
sauvages, et je dus me fabriquer toutes choses, depuis des
haches et des couteaux de pierre, des ustensiles de terre et
des armes de bois, d'arêtes et de coquilles, jusqu'à des vêtements de feuilles et des chaussures d'écorces. Je fus plus
d'un mois avant de réussir à faire du feu, comme je l'avais
vu faire en Océanie, en frottant des branches sèches l'une
sur l'autre; et, à partir de ce moment, il fallut l'entretenir
avec soin, comme faisaient les vestales.

« Je n'arrivais à vivre que par une lutte de tous les instants contre la nature. Mais, grâce à ce travail constant, au
plaisir que me procurait chaque invention, chaque perfectionnement que je parvenais à réaliser, je ne m'ennuyais
pas, et mes journées passaient vite. L'habitude est une force
incomparable : j'en vins à trouver quelque charme à cette
existence étrange, ou plutôt elle me devint tellement nécessaire que je n'ai jamais pu reprendre complètement les usages de la vie civilisée. Je ne comptais même plus les jours,

DU SOMMET DE LA MONTAGNE, J'AVAIS APERÇU
AU LOIN UNE VOILE.

et je ne m'apercevais du passage des années que par le retour périodique de la saison pluvieuse. Le climat, sans être
chaud, était tempéré et doux.

« Deux fois, du sommet de la montagne, j'avais aperçu au
loin une voile, mais la nécessité de ménager mon combus-
tible m'empêchait d'entretenir sur ce sommet un foyer dont
la fumée aurait pu me signaler à l'attention. Quant aux îles
que j'entrevoyais à l'horizon, dans les temps clairs, je ne
pouvais songer à les atteindre; les arbres de mon rocher
étaient si grêles qu'ils n'auraient même pas suffi pour former un radeau, à plus forte raison un canot ou une pirogue.

« J'avais donc renoncé presque sans retour à l'espoir de
sortir jamais de mon exil, et j'attendais avec résignation que
la mort m'en apportât la fin, quand, un matin, en sortant de
ma hutte pour procéder à mes ablutions quotidiennes, je fus
frappé de surprise en apercevant un navire de guerre à
l'ancre dans ma petite baie.

« Il était arrivé dans la nuit en vue de mon îlot et avait
croisé jusqu'au jour avant de s'y arrêter. Bientôt une chaloupe à vapeur se détacha, et un officier, accompagné de
six hommes, ne tarda pas à accoster.

« Je courus au-devant d'eux les bras ouverts comme si
j'avais retrouvé des frères; mais mon aspect était sans doute
bien farouche et bien horrible, car leur premier mouvement,
en m'apercevant, fut de saisir leurs armes. J'étais à demi
nu et tout bronzé par le soleil, avec une sorte de culotte de
longues feuilles tressées, un grossier chapeau de paille et
une barbe grise qui me descendait jusqu'à la ceinture. D'a-
près leur uniforme, je jugeai que j'avais affaire à des marins
russes. Je leur parlai anglais, mais ils ne me comprirent pas;

j'essayai quelques mots d'espagnol que j'avais appris dans mes voyages et ne fus pas plus heureux; enfin, j'eus l'idée de m'adresser à l'officier en latin, et, quelque barbares que fussent les mots que m'avait inculqués la méthode paternelle, j'eus l'inexprimable joie de me faire comprendre.

«Le jeune officier m'expliqua qu'il faisait partie d'une expédition scientifique chargée de venir observer une éclipse de soleil aux îles Saint-Paul. On avait pensé que le sommet de mon îlot pouvait être un bon emplacement pour le petit observatoire volant qu'on se proposait d'installer, et c'est ainsi, par un hasard qui ne se produit pas deux fois en un siècle, qu'un navire s'était arrêté devant ma solitude.

« On m'amena à bord. Plusieurs officiers parlaient anglais et tout le monde se montra excellent pour moi. Naturellement on voulut bien me prendre et se charger de me laisser à la première colonie anglaise où l'on toucherait.

«Huit jours après, quand l'éclipse eut été observée et toutes les notes bien prises, nous mîmes à la voile pour le Cap. C'est ainsi que je sortis de mon île. Ce ne fut pas sans lui jeter en partant quelques regards de regret, et me demander si je serais aussi heureux dans le monde où je rentrais que je l'avais été sur ce rocher par le travail et l'effort incessant.

« Au Cap, je pus prendre passage comme matelot à bord d'un navire de commerce et rentrer en Écosse. Mais je ne tardai pas à m'apercevoir que cette vie ne m'était plus tolérable. J'avais pris des habitudes d'indépendance absolue qui s'accommodaient mal des nécessités de la discipline. Être enfermé dans une prison flottante, avec l'obligation de se livrer tous les jours au même travail, trouver ses repas tout

préparés dans une gamelle d'étain sans avoir le plaisir de
les conquérir, être privé pendant des mois de la vue de la
terre, du spectacle de la vie végétale, de toutes ces choses
qui étaient devenues les compagnes et comme le cadre naturel de ma vie, m'était désormais impossible. Puis le mouvement et le bruit des hommes, au lieu de m'amuser, m'ir-
ritaient; j'étais taciturne, je n'éprouvais pas le besoin de
communiquer mes pensées, et le bavardage de mes camarades m'était insupportable. Ils me paraissaient stupides et
grossiers, et je ne comprenais pas comment ils pouvaient se
donner la peine d'exprimer des choses aussi insignifiantes
que les sujets ordinaires de leurs conversations.

« Bref, je n'étais plus fait pour les conditions régulières de
la vie civilisée, et je ne tardai pas à en être assez convaincu
pour éprouver le besoin de retourner à la vie sauvage.
Pendant quelque temps, je songeai sérieusement à chercher
un moyen de retourner à mon île. Mais la difficulté de trouver une occasion favorable me donna le temps de réfléchir
aux dangers d'une telle résolution, et aux misères auxquelles
elle m'exposait si l'âge ou la maladie venait à m'empêcher
de pourvoir à mes besoins.

« Sur ces entrefaites, j'eus occasion, au cours d'une relâche dans le golfe de Clyde, de visiter ce pays : la solitude
de ce site, son caractère sauvage et la proximité de plusieurs
villes importantes, qui me permet de tirer parti de ma pêche, me décidèrent à m'y fixer. J'y suis presque aussi seul
que dans mon île, et je ne risque pas d'y manquer d'eau
douce. Des rapports assez fréquents, mais laconiques, avec le
dehors, de loin en loin une visite comme la vôtre, m'empê-
chent d'oublier tout à fait qu'il y a un monde en dehors de

moi. Je vis tranquille et heureux de l'existence qui me plaît le plus parce qu'elle m'est devenue nécessaire. Combien d'hommes dans nos villes peuvent en dire autant?

« Voilà mon histoire. Elle est simple, et je désire qu'elle ne vous ait pas trop ennuyés. »

En achevant ce récit sommaire et concis comme toutes ses paroles, Malcolm se mit à bourrer sa pipe et l'alluma avec un soin minutieux à l'un des charbons du brasier. Si philosophe et sauvage qu'il fût devenu, il n'était pas indifférent au parfum du *birds'eye* (tabac à l'œil d'oiseau), pas plus qu'il ne paraissait l'être à cet abominable produit de la civilisation, le *scotch whisky*. Mais il avait évidemment dépensé en un soir plus de paroles qu'il n'en employait ordinairement en un an, et, maintenant qu'il avait satisfait la curiosité de ses hôtes, il se renferma dans un mutisme absolu.

Les auditeurs étaient aussi restés silencieux, chacun réfléchissant aux incidents de cette vie maintenant si calme et se la peignant sous des couleurs diverses selon les tendances de son imagination. Neuf ans à passer sans livres dans une île devaient sans doute paraître à M. Newton le pire des supplices; M. Grivaud devait penser qu'un pays aussi impraticable aux tunnels et aux chemins de fer n'était pas du tout son fait, à moins qu'il ne se demandât pourquoi l'on n'a pas encore fait sauter tous les récifs du globe avec la dynamite : peut-être pensait-il à la nécessité de former dans ce but une grande société en commandite; tandis que Bob et Laurent se faisaient probablement une idée délicieuse de cette existence de Robinson, si charmante d'ordinaire pour les jeunes imaginations.

« Il y a en tous cas dans ce récit, dit le docteur en rompant le silence, un enseignement qui ne vous échappera pas : c'est la notion qu'il nous donne de la puissance de l'habitude. Voilà un homme qui, pour avoir été amené par les circonstances à vivre dans l'isolement, en est arrivé à ne pouvoir tolérer que difficilement les conditions ordinaires de la société. C'est un exemple qui nous fait voir combien il importe de prendre de bonnes habitudes, puisqu'elles peuvent devenir si impérieuses..... »

Sur cette moralité, on alla se coucher dans le lit de feuilles, en réfléchissant qu'il était fâcheux, décidément, de n'en avoir pas l'habitude, car il était *diablement* dur.

En prenant congé de Malcolm le lendemain, M. Grivaud et le docteur voulaient à toute force lui faire accepter une rénumération ; mais ce fut impossible.

« L'hospitalité écossaise était célèbre jadis : que j'en sois le dernier représentant ! disait-il en souriant doucement. Je ne vous ai rien donné que mon toit, et je ne vends pas cette faveur. C'est par grand hasard que j'ai à l'offrir de loin en loin. Laissez-moi ce plaisir. »

Il fallut en passer par sa volonté, et, serrant cordialement la main au vieux philosophe, les touristes se remirent en marche.

« Ce n'est pas la peine d'aller vers l'est, dit M. Chapman, puisque M. Laurent et M. Bob nous ont déjà procuré l'avantage de faire connaissance avec ce côté. Remontons au nord, nous y trouverons peut-être quelques bons coups de fusil et sûrement de beaux points de vue. »

On avait déjà pris l'habitude de se laisser conduire par M. Chapman, et personne ne fit d'objection. La seconde partie de sa prédiction se trouva bientôt réalisée, car il était impossible de voir des aspects plus sauvages et plus variés que ceux de ce district. Mais la première fut moins justifiée, car pas une *grouse* ne montra le bout de son aile de toute la matinée.

Force fut donc de se rabattre sur une grande route, allongée au loin comme un ruban blanc sur le vert des bruyères, en vertu de cet aphorisme que toute route suppose des chevaux, c'est-à-dire des auberges, et qu'en suivant celle-là on pouvait concevoir légitimement l'espérance de dîner.

A mesure que les touristes en approchaient, ils remarquaient un mouvement extraordinaire de voitures et de véhicules de tout genre. Cabriolets, phaétons, chars à bancs, gigs et grands coaches de famille se succédaient incessamment, et tous allaient du même côté, tous étaient chargés de joyeux voyageurs en habits de fête ; pas un cheval qui n'eût aux tempes des rosettes de ruban ou des bouquets de fleurs. M. Chapman ne put y tenir. A peine eut-il rejoint la route qu'il s'informa, au premier cocher qu'il put héler, de la cause de tout ce gala.

« C'est la majorité de lord Camember ! répondit l'homme en fouettant son cheval.

— Tiens ! c'est vrai. J'aurais dû y penser ! dit M. Chapman qui cultivait assez volontiers le monologue. C'est aujourd'hui le 25 août.

— Lord Camember ! reprit au même instant le docteur. C'est un de mes anciens élèves. Il a hérité du titre et du majorat, il y a deux ans, par la mort de son cousin germain, l'héritier direct. Vous l'avez connu, Harry, — David Berkcley Orton, — il était dans la 6e division quand vous étiez dans la deuxième.

— Si je l'ai connu! Il m'a flanqué assez de taloches. J'ai été son *fag*. Nous nous sommes revus deux ou trois fois depuis qu'il a quitté Hobham.

— Eh bien! dit M. Chapman, savez-vous ce qu'il faut faire? Il faut aller à la fête, nous aussi; nous ne trouverons pas de meilleure auberge. Combien de milles d'ici à Camember-Castle? cria-t-il à un autre cocher.

— Trois milles.

-— Cependant, dit M. Grivaud, nous ne pouvons pas nous présenter ainsi, sans être invités.

-— Un jour de majorité! Tout le monde est invité. C'est faire plaisir à lord Camember de lui amener des danseurs.

— Je suis très certain de l'excellent accueil que nous recevrons, dit le docteur, et pour mon compte il me serait même difficile, me trouvant aux environs de Camember-Castle dans de telles circonstances, de ne pas m'y arrêter.

— Oh! sûrement, ajouta Harry, David ne nous le pardonnerait pas.

— Nous sommes singulièrement accoutrés pour nous présenter chez un lord, reprit M. Grivaud en montrant ses gros souliers couverts de poussière et sa tenue de chasseur.

— Tout cela n'y fait rien, répondit le docteur. Sérieusement, nous ne pouvons mieux faire que d'y aller tout droit. Le spectacle en vaut la peine : c'est tout à fait caractéristique et national. Vous n'aurez peut-être pas une occasion pareille en dix ans de séjour en Angleterre.

— Je m'abandonne à vous, dit M. Grivaud, forcé dans ses derniers retranchements. »

On ne tarda pas à voir poindre au-dessus des futaies les hautes tours de Camember-Castle. Toutes les avenues qui y conduisaient étaient ornées d'arcs de verdure, de mâts aux banderolles éclatantes, de guirlandes et de drapeaux. Le nombre des véhicules augmentait sans cesse. Des visiteurs de tout âge, de tout rang et de toute classe affluaient de tous côtés. M. Grivaud put constater de ses propres yeux qu'il s'agissait d'une véritable fête publique, et qu'il n'y avait aucune indiscrétion à s'y préparer.

Mais il ne s'attendait pas à la magnificence du spectacle qu'il contempla après avoir franchi la grille de l'immense parc seigneurial. On aurait dit une réjouissance nationale organisée dans l'un des jardins publics d'une capitale. A perte de vue, une foule énorme couvrait les pelouses et les allées; sous des tentes vastes comme des cathédrales, des tables toutes servies offraient à tout venant une hospitalité splendide; les fontaines versaient de la bière; un orchestre, abrité sous un kiosque champêtre, jetait à tous les échos ses joyeuses fanfares, tandis qu'autour du kiosque, sur un grand plancher en plein air, des groupes de danseurs prenaient déjà un acompte sur les plaisirs de la soirée. Sur l'une des tours, une couleuvrine tirait de temps en temps un coup de canon, auquel répondaient des salves de coups de fusil à poudre tirées par des Highlanders. C'était de toutes parts une animation, une gaieté, un brouhaha indescriptibles. Mais avec cela de l'ordre, de la convenance et de la dignité; pas de cris grossiers, pas de bousculades ni de disputes. Les plus rudes paysans sentaient qu'ils étaient des invités.

Après s'être promenés quelques instants dans les groupes, les touristes s'avancèrent vers le château. Toute la façade disparaissait sous les bannières, les écussons et les guirlandes. Sur le perron même, devant la porte du *hall,* le jeune lord, vêtu du costume écossais, était en train de répondre, par un speech approprié, à une députation de fermiers.

Comme il venait de s'acquitter de cet office un peu fastidieux, mais inévitable, il reconnut le docteur dans la foule et s'avança vers lui les mains tendues :

« Quelle heureuse fortune, mon cher maître ! lui dit-il avec une cordialité et une joie sincères.

— Je chassais aux environs avec mes amis que voici ; nous avons appris l'événement d'aujourd'hui, et nous sommes venus.

— Mille fois merci du plaisir que vous me faites. Quoi ! Harry m'est venu aussi ?... »

On se serra les mains, on procéda à une présentation en règle. Sans s'en douter, depuis la catastrophe du *Thistle,* M. Grivaud et Laurent étaient presque célèbres ; lord Camember était d'ailleurs un des plus chauds partisans et des premiers souscripteurs du tunnel sous-marin. Son accueil fut plus qu'aimable, il fut enthousiaste.

« Vous êtes mon hôte, je ne vous lâche plus, dit-il. Savez-vous que vous me rendez un vrai service en venant me voir, et que mon métier n'est pas tout rose aujourd'hui. J'en suis à mon septième discours, et je ne suis pas au bout... C'est une joie d'avoir des Parisiens pour *causer* un peu, après avoir tant *parlé...* Mais vous ne serez pas fâchés sans doute d'aller vous débarbouiller. Walker, conduisez ces messieurs à leurs chambres, » dit-il au *butler* ou majordome en habit noir qui se tenait derrière lui.

Le docteur dit un mot à l'oreille du jeune lord.

« Bon ! n'est-ce que cela ? répondit-il joyeusement, on y pourvoira. Mettez ma garde-robe à la disposition de ces messieurs, ajouta-t-il en s'adressant au même homme de confiance. Le dîner à quatre heures, le feu d'artifice à neuf, et le bal tout de suite après, » dit-il à Harry en manière de programme.

Et il les quitta pour recevoir sa huitième députation.

Une heure plus tard, les chasseurs redescendaient pimpants comme s'ils sortaient des mains du premier tailleur de Londres. Walker était un homme précieux : tant à l'aide de la garde-robe de son maître que par des emprunts judicieux aux nombreux invités du château, il avait réussi à compléter pour chacun une toilette convenable. Ils n'avaient plus à rougir de leurs chaussures poudreuses et de leurs vareuses maculées, et ils s'assirent, le cœur léger, au banquet dressé dans la salle à manger d'honneur.

Dire la liste des plats qui défilèrent devant eux et des toasts qui succédèrent au dessert, serait vouloir grossir outre mesure un volume. On s'était mis à table à quatre heures précises, et à huit heures ce n'était pas fini. Le jeune lord était pour M. Grivaud l'objet d'une admiration sincère, par la grâce et la faconde avec lesquelles il répondait à tout.

Enfin on se leva, on passa sur la terrasse pour voir le feu d'artifice tiré sur la pièce d'eau. Laurent avait toujours eu un goût marqué pour ce genre de spectacle ; mais, pour le savourer pleinement, il avait besoin d'y jouer un rôle. A vrai dire, il aimait mieux une simple chandelle romaine allumée de ses propres mains qu'une *gloire* ou un *bouquet* tirés par Ruggieri.

« Quel malheur de ne pas être dans l'îlot avec les artificiers ! » disait-il à Bob.

Lord Camember passait près de lui et entendit ce naïf regret.

« C'est un plaisir facile à vous donner, messieurs, » dit-il.

Et appelant un valet de pied, il lui donna l'ordre de conduire Bob et Laurent, par le derrière de la pièce d'eau, jusqu'à l'îlot, et de les recommander à l'artificier en chef.

En quelques minutes, les deux amis se trouvèrent transportés au milieu d'une véritable forêt de légères charpentes élevées sur une plate-forme au bord de l'eau et chargée de soleils, d'étoiles, de chiffres, d'écussons, de toutes les variétés possibles et imaginables de pièces d'artifice. Sur le front de bataille, d'imposantes rangées de fusées simples et de fusées à bombes multicolores s'alignaient en bon ordre. Le rêve longtemps caressé par Laurent était enfin réalisé : il se promenait dans les coulisses du glorieux spectacle.

Il n'était pas tout à fait étranger à ces mystères, cela se voyait aux explications qu'il donnait à Bob. Quand la première fusée se fut élevée dans les airs, souple comme un serpent, étincelante comme une comète, l'artificier lui confia la torche pour mettre le feu aux autres. Pas une seule ne rata, ce qui mit l'homme de bonne humeur. Les deux enfants furent autorisés à regarder de près le mécanisme si simple et si ingénieux des grosses pièces ; ils purent allumer un soleil, puis une pluie de feu, puis une cascade de lumière. Laurent suggéra l'idée de tirer à la fois plusieurs bombes de couleurs différentes, ce qui amène les effets les plus gracieux. En un mot, ils furent en plein dans la fournaise, et

quand le bouquet eut jeté au ciel les dernières explosions de
son cratère, ils étaient tous les deux ivres de poudre, de
bruit et de splendeurs.

Ils rentrèrent au château dans un état d'excitation extraordinaire et trouvèrent le bal déjà ouvert. A cette heure, il
n'était plus question des hésitations et des timidités sottes
qui avaient rendu Laurent si malheureux à la fête de
Hobham-College. Il fut présenté par lord Camember à
quelques-unes de ses invitées et prouva bientôt que les
leçons de danse de miss Carry ne lui avaient pas été inutiles.
Valses, quadrilles, polkas, il abordait tout ; il eut même
l'aplomb de se mêler à des danses écossaises, à une *gigue*, à
une *calédonienne* dont il n'avait jamais entendu parler jusque-là, et, la fortune étant favorable aux audacieux, il s'en
tira à sa gloire.

« Qui nous eût dit ce matin que nous passerions la nuit à
danser ! disait-il à Bob en se couchant, vers quatre heures
du matin, dans le grand lit qu'ils allaient partager.

— Qui nous l'eût dit surtout avant-hier soir, quand nous
étions perdus, blessés et mourants de faim dans la montagne ! » répondit Bob.

La vie est ainsi faite : mêlée d'accidents imprévus et de
joies inattendues. C'est pourquoi il faut se préparer à profiter des unes et à affronter les autres.

Le lendemain, au déjeuner, M. Grivaud et le docteur parlaient déjà de quitter le château, mais le jeune lord ne voulut pas entendre de cette oreille.

« Je ne vous laisse pas partir ainsi, dit-il. Voulez-vous
manquer la revue de mes cerfs ? C'est aujourd'hui à deux
heures.

— Vous comptez passer vos cerfs en revue ! Ils sont
donc apprivoisés ?

— Pas le moins du monde, et il y a quelques-uns de ces
gentlemen qu'il ne ferait pas bon rencontrer quand ils sont
en colère. Mais, par une battue générale, on les rassemble,
on les pousse, on les force à n'avoir de refuge que par un
espace confiné, une route ou un pont, et l'on peut ainsi les
voir défiler et les compter. Au dernier dénombrement, il y
en avait deux mille, et c'est l'usage de le renouveler à
chaque prise de possession. »

M. Grivaud et Laurent s'attendaient à un spectacle intéressant, mais ils n'avaient aucune idée de celui qui leur
était réservé. Un peu avant deux heures, toute la compagnie s'était portée vers un pont jeté sur une petite
rivière qui séparait le parc d'une immense forêt. A perte de
vue du côté du nord, on n'apercevait que des hauteurs
couvertes d'arbres ; vers l'est, un bras de lac s'avançait jusqu'au voisinage du château ; au sud et à l'ouest, passé la
rivière, la forêt se continuait.

On fut quelque temps sans rien voir sur la route qui arrivait au pont. Mais, comme les montres marquaient deux
heures, on commença de percevoir un bruissement lointain
et singulier, qui ressemblait à celui que fait la pluie quand
elle tombe en larges gouttes sur un pavé de pierre. Bientôt
ce bruit s'accentua : il était produit par les pieds légers des
cerfs qui arrivaient en bataillon confus. Serrés les uns
contre les autres, effarés, ahuris, ils descendaient au grand
trot de la montagne et venaient vers le pont. Leurs bois
gigantesques, dressés sur le bleu du ciel, donnaient l'illusion de la *forêt qui marche* dans la légende de Macbeth. Ils

approchèrent, s'engagèrent sur le pont, aperçurent les spectateurs et s'enfuirent épouvantés. Ils passèrent ainsi par vingtaines, par centaines, par milliers, biches, daims, chevreuils, dix-cors ; le défilé dura plus d'une heure. Il semblait qu'on assistât à quelqu'un de ces rassemblements prodigieux de rennes comme les voyageurs des mers polaires en ont parfois surpris sur les glaces, ou que la rivière fût devenue subitement un de ces abreuvoirs de l'Afrique centrale, où Livingstone voyait, vers le soir, les troupeaux d'antilopes s'acheminer. C'était charmant, parce que cela semblait naturel : les rabatteurs, qui, depuis le matin, avaient resserré leur chaîne dans la profondeur des bois, étaient restés invisibles.

Quand le dernier cerf fut passé, le contrôleur qui les avait comptés tendit son total à lord Camember. Il formait ce nombre : 5947.

« Avec ceux qu'on aura manqués, cela suppose au moins sept mille têtes dans la forêt, » dit-il.

M. Grivaud n'en croyait pas ses yeux.

« Notre hôte est donc le marquis de Carabas, disait-il au docteur en revenant vers le château, qu'il a ainsi sept mille bouches inutiles pour brouter ses prés?

— Lord Camember? Je pense qu'il est à son aise : il doit avoir cent dix ou cent vingt mille livres de revenu, ce que vous appelez en France trois millions de rente. Mais ce n'en est pas moins un des petits grands propriétaires d'Écosse. Lord B. a sept millions de rente ; lord W. quarante millions ; le banquier D. douze ou quinze. »

Le docteur disait ces chiffres avec une sorte d'emphase, comme s'il en était fier, et il l'était en réalité. C'est un sen-

timent tout anglais et qui fit sourire M. Grivaud. Il l'avait
remarqué souvent chez les ouvriers qu'il employait.

On était venu par hasard à Camember-Castle ; on y resta
huit jours. Chaque matin, le jeune lord imaginait de nouveaux prétextes pour retenir ses hôtes ; quoiqu'il eût vingt
ans accomplis, il était encore très enfant, ou du moins il
aimait avec passion les jeux et les exercices de l'adolescence,
et c'était pour lui un plaisir véritable de courir, de lutter et
de folâtrer avec des collégiens. Les parties de cricket et de
ballon, les promenades à cheval, les goûters sur l'herbe,
le tir à la cible, les chasses en forêt et dans les bruyères,
firent de ces huit jours une semaine d'enchantements et de
délices.

Il fallut pourtant y mettre un terme. La limite que M. Grivaud s'était fixée était atteinte : il était temps de revenir au
travail, de reprendre le train de la vie normale. On serra
cordialement les mains des nouveaux amis qui avaient trans-
formé en une fête princière la modeste excursion projetée
par les touristes, on retrouva à Glascow M. Chapman qui
s'était déjà discrètement éclipsé sans mot dire pour revenir
à ses affaires, puis, après un déjeuner d'adieux avec cet
excellent homme, on reprit le chemin de fer, qui eut bientôt
dispersé la petite troupe aux quatre coins du comté de
Kent.

CHAPITRE XVIII

ABOLITION DU FAGGISME

Les vacances d'été ne sont pas aussi longues en Angleterre qu'en France. Dès le 10 septembre, Hobham-College avait repris son activité. Un des phénomènes qui avaient le plus vivement frappé Laurent, c'est le plaisir sincère avec lequel il y était rentré. Tandis qu'autrefois il n'envisageait qu'avec ennui la perspective d'une nouvelle année scolaire, il était revenu avec gaieté à sa chambrette, à ses exercices et à ses études, et il constatait le même sentiment chez ses camarades. Tous d'ailleurs aimaient le collège et l'avouaient sincèrement. Combien d'élèves de la pension Lauraguais auraient pu en dire autant?

Laurent était maintenant passé dans la 3e division, tandis que Bob, qui s'était montré moins attentif à ses devoirs, avait à rester pour un semestre encore dans la 2e. Mais ce n'était pas le seul changement qui se fût produit dans la situation du Français. D'abord, il appartenait désormais à une classe pour laquelle il n'était plus question de *faggisme*, et par conséquent l'ennuyeuse lutte qui avait assombri les premiers

mois de son séjour à Hobham, était arrivée à son terme ;
ensuite, le bruit de son exploit en mer avait vivement frappé
les imaginations et lui assurait le respect général. Enfin, il
se fortifiait à vue d'œil et faisait dans les divers exercices des
progrès qui étonnaient tout le collège, habitué à moins de
vivacité. C'est ainsi qu'il était déjà un des bons coureurs,
qu'il se rangeait parmi les cricketers d'adresse moyenne, et
que son « entraînement » pour les régates avait fait de lui
un des premiers rameurs. Sa position était donc définitivement assise dans le milieu social dont il faisait partie. Personne ne lui cherchait plus noise ; il prenait part aux amuse-
ments généraux, se livrait sans souci aux études classiques,
dans lesquelles il avait un bon rang, et menait ainsi de front
le perfectionnement de son corps et de son intelligence.

Il s'était peu à peu imprégné de cet esprit excellent qui
domine dans les bonnes écoles anglaises et qui pousse chaque enfant à aspirer vers un idéal de perfection général.
Chez nous, quand un élève excelle dans une spécialité ou
deux, il s'en contente généralement : l'un fait bien les vers
latins, l'autre a d'ordinaire le prix de thème grec ; celui-ci
est connu pour ses dessins, celui-là pour sa musique, cet
autre pour sa gymnastique ; on n'en voit guère qui se pro-
posent d'être les premiers *en tout*. Il n'en est pas de même
chez nos voisins : un enfant, comme un homme, s'y croirait
incomplet et en quelque sorte difforme, s'il s'enfermait dans
le cadre étroit d'une spécialité ; le but qu'il s'assigne et qu'il
atteint généralement, c'est d'arriver à porter un esprit
sérieusement cultivé dans un corps vigoureux et sain. De là
une aspiration constante et salutaire vers cette réunion de
qualités trop souvent considérées comme une exception ou

même comme une impossibilité. Tandis que, dans nos grandes écoles, les jeunes gens qui tiennent les premières places font fréquemment mal à voir avec leurs membres grêles, leur gaucherie, leur maladresse et l'aspect piteux de leur tournure, à Oxford et à Cambridge il n'est pas rare de voir les grands prix annuels attribués à des gaillards de six pieds, musclés comme l'hercule Farnèse, et qui, pour savoir bien prendre une intégrale ou pasticher le style de Cicéron, n'en sont pas moins capables de renouveler les exploits de Milon de Crotone.

Une judicieuse distribution du temps et une grande variété d'exercices sont tout le secret de ce résultat.

Un soir du mois d'octobre, comme Laurent remontait dans sa chambre après le souper, il s'aperçut qu'il était seul à l'étage supérieur et que tous ses camarades étaient restés au rez-de-chaussée. Il s'empressa de redescendre pour s'enquérir des causes de ce fait.

« Il y a conférence ce soir, lui répondit le premier élève auquel il s'adressa.

— Conférence?

— Eh oui! conférence, séance de la Société de discussion.

— Qu'est-ce que cela? Voilà la première fois que j'en entends parler.

— Ah! c'est juste. Il n'y en a pas pendant le semestre d'été, et c'est aujourd'hui la séance d'ouverture... »

Et le complaisant camarade expliqua à Laurent qu'il y avait, parmi les élèves des deux divisions supérieures, une association formée pour s'exercer à l'art de la parole. Un comité, nommé par les sociétaires, choisissait, tous les huit jours, pendant le semestre d'hiver, un sujet de discussion emprunté à l'histoire, à la philosophie, à la littérature ou même à la politique courante, et tous les associés avaient à le préparer. Puis, le jour de la conférence venu, chacun se faisait inscrire *pour* ou *contre,* et l'on tirait au sort un nom de chaque opinion. Les deux jeunes orateurs faisaient alors assaut de leur mieux en présence de tous les autres élèves.

« Est-ce que c'est intéressant? demanda Laurent.

— Cela dépend beaucoup des noms que le sort amène. Quand deux beaux parleurs sont aux prises, c'est parfois très curieux, et, quand ce sont des maladroits ou des ignorants, le spectacle n'en est parfois que plus amusant. Du reste, on va commencer dans cinq minutes : tu pourras en juger aisément par toi-même. »

Laurent suivit son camarade et prit place avec lui dans l'auditoire. La séance allait avoir lieu dans une des plus grandes classes, et le président était déjà au fauteuil, c'est-à-dire dans la chaire du professeur. Les sociétaires étaient assis sur les deux premiers bancs, les autres gradins restant à la disposition du public, qui grossissait de minute en minute.

« Il en est toujours ainsi à la première conférence, dit à l'oreille de Laurent son voisin Briggs : tout nouveau, tout beau. Mais bientôt le public ne sera plus aussi nombreux, et les orateurs n'auront plus guère pour les écouter que leurs confrères de l'association. Le sujet, ce soir, est une question d'histoire : *Les croisades ont-elles été favorables ou fatales à la civilisation ?* C'est un joli sujet. J'ai dans mon calepin la liste des questions proposées l'an dernier, veux-tu la voir ?

— Volontiers. »

Briggs tendit à Laurent une feuille de papier sur laquelle étaient inscrites les questions suivantes :

Quel a été le plus puissant penseur, de Bayle ou de Montesquieu ?

Les opinions de Grote sur les sophistes sont-elles justifiables ?

La volonté exerce-t-elle son pouvoir sur l'imagination ?

Descartes est-il supérieur comme philosophe à Bacon ?

Xerxès mérite-t-il l'exécration de l'histoire ?

Marius était-il supérieur à Sylla ?

Cavour avait-il les caractères d'un grand homme d'État ?

Les œuvres de Platon sont-elles authentiques ?

Thackeray a-t-il fait un bon usage de l'esprit que la nature lui avait départi ?

Vaut-il mieux que les articles de journal soient signés ou anonymes ?

La découverte de la photographie a-t-elle servi les intérêts de l'art ?

« Eh bien ! qu'en penses-tu ? demanda Briggs.

— Je pense que ces questions doivent être très difficiles à traiter.

— Bah ! il suffit de les étudier et de les préparer. Il en est de cela comme de tout. »

En ce moment, la sonnette du président se fit entendre.

« La séance est ouverte, » dit-il.

Le secrétaire s'avança vers lui avec deux chapeaux qui contenaient les noms inscrits sur des bulletins. Le président en tira un de chaque côté.

« Robert Shank *pour*, Harry Stubbs *contre*. La parole est à Robert Shank, sur les croisades. »

Un petit jeune homme mince et pâle, que Laurent connaissait de réputation comme un des meilleurs élèves de Hobham, se leva au premier banc, et, sans quitter sa place, d'une voix un peu faible, mais claire, calme et mesurée, commença de parler. Il débuta simplement, sans emphase ni exagération, établit les divisions de son discours, et pénétra bientôt au cœur même du sujet. Laurent l'écoutait avec un vif intérêt, non seulement à cause des faits curieux et pour lui nouveaux qu'il entendait discuter, mais pour le plaisir qu'il éprouvait à les voir couler d'une bouche si jeune. A mesure que l'orateur parlait, il s'animait graduellement, sa figure se colorait d'une légère rougeur, sa voix devenait plus chaude et plus vibrante, les arguments se pressaient sur ses lèvres et en descendaient en phrases élégantes, bien cadencées, accentuées avec force et justesse. Enfin, il conclut, résuma en traits rapides les points saillants de sa démonstration et s'assit au milieu des applaudissements unanimes de l'auditoire.

Après quelques minutes de tumulte, le président donna la parole à Harry Stubbs. Aussitôt, un silence profond se rétablit. Harry était très populaire dans le collège, autant à cause de son caractère droit et énergique que pour les qualités aimables de son esprit. Il avait d'ailleurs fini ses études et obtenait naturellement sur tous ses camarades l'autorité que donne toujours une supériorité constatée. Mais on ne s'attendait pas au ton grave et presque paternel avec lequel il prit la parole.

« Mes amis, dit-il en débutant, il me serait assurément difficile de réfuter l'argumentation si ferme et si brillante de Robert Shank. Vous me pardonnerez donc si, au lieu de l'essayer avec la certitude presque absolue de mon impuissance, je préfère vous entretenir d'un sujet qui nous touche tous de plus près et vous communiquer des réflexions que j'éprouve depuis longtemps le besoin d'épancher. Vous le savez, je vais bientôt quitter cette maison, où j'ai passé de si douces années ; j'ai fini le cours de mes études, je n'ai pour ainsi dire plus le droit de compter parmi vous, et c'est par une gracieuse tolérance que j'y garde encore ma place : c'est donc presque comme un prédécesseur, comme un frère aîné que je vais vous parler, et je vous prie de m'écouter à ce titre... »

Puis il entra en matière. La question qui préoccupait son esprit et sur laquelle il en était venu à modifier complètement ses opinions premières était celle du *faggisme*. Conduit d'abord par son goût décidé pour tout ce qui était coutume nationale, par l'imitation, par l'habitude, à considérer cet usage comme une des bases fondamentales de la vie scolaire, il n'avait pas tardé, en présence de la résistance triomphante de Laurent, à s'interroger sur la légitimité et l'utilité de cette pratique. Le résultat de cet examen avait été un changement complet d'opinion. Harry était un homme de bonne foi ; quand il avait fait l'analyse raisonnée de la question, il n'avait pu arriver qu'à cette conclusion : le *faggisme* est un abus de la force et pas autre chose. De ce jugement, au désir formel de l'extirper, il n'y avait que l'épaisseur d'un cheveu pour un caractère aussi logique. C'est donc vers ce but qu'il avait tourné ses efforts, et le speech qu'il adressait à ses camarades était son entrée en campagne.

Il fit pour eux ce qu'il avait fait pour lui-même. Il montra un étranger arrivant à Hobham-College, ignorant cet usage et

XVIII

PUIS IL ENTRA EN MATIÈRE.

245

en demandant la raison. On la lui donne telle qu'on l'a reçue
du passé. Mais cette raison est-elle satisfaisante? C'est la
question que des êtres en possession de leur libre arbitre et
de leur intelligence doivent se poser pour tous leurs actes.
Harry en aborda l'étude, fit entrer ses camarades dans les
profondeurs du sujet, le tourna et le retourna sous toutes ses
faces, et arriva à conclure que c'était une pratique barbare,
féodale, indigne d'un peuple civilisé. Pour son compte, à
dater de ce jour, il renonçait à exiger les services d'un *fag* ;
il s'estimerait heureux s'il pouvait avoir convaincu quelques-
uns de ses camarades et les avoir décidés à adopter le même
principe.

Il avait dit tout cela gravement, mais avec simplicité, sur
le ton de la conversation, sans assumer aucun air de supériorité. Il avait découvert par hasard la vérité, et il voulait
en faire profiter les autres, voilà tout.

Quand il eut fini, il y eut un instant de stupeur et d'hésitation, puis un murmure courut sur tous les bancs, et ce
murmure se changea bientôt en vacarme. On discutait ardemment la théorie que Harry venait d'émettre, on en
reprenait les arguments ; mais, en dépit des sympathies
presque générales de l'auditoire pour l'orateur, le sentiment
dominant était une grande répugnance à accepter ses pro-
positions. Ce sentiment se fit jour dans une exclamation
violente de Bully :

« A bas la réforme! Vivent les coutumes de la vieille Angleterre ! »

Et ce cri ne resta pas sans écho. Lawson demanda la parole. Il s'éleva avec force contre les innovations, revendiqua
le *faggisme* comme une véritable propriété, inaliénable et

imprescriptible, qui avait été transmise aux élèves actuels
par leurs prédécesseurs et qu'ils devaient transmettre intacte
à leurs successeurs.

« Je considère les résultats de notre régime scolaire tel
qu'il est, dit-il, et je vois toute une longue suite d'hommes
d'État illustres, de glorieux capitaines, de grands écrivains,
qui en est sortie. Je cherche les avantages qui pourraient résulter de changements introduits à l'aventure, et je tombe
dans le vague et dans l'inconnu. Osera-t-on condamner
comme barbare ou mauvais le système qui a produit un Pitt,
un Wellington, un Byron? Et quel est celui de nous qui prétendrait se soustraire à des épreuves que de tels hommes ont
acceptées dans leur enfance? Croyez-moi, mes amis; laissons
de côté toutes ces idées françaises et ces fausses sentimenta-
lités que le continent nous envoie avec ses modes. Les coutumes nationales qui forment la trame de notre vie ont fait
notre patrie ce qu'elle est, la première de toutes; gardons-
nous d'y toucher et de vouloir être plus sages que nos pères.
Nous montrerions seulement que nous sommes plus fous. »

Cette véhémente harangue était trop conforme au sentiment presque unanime des auditeurs pour ne pas être accueillie par des bravos, des acclamations et des applaudissements frénétiques.

Le président, très fâché d'avoir laissé la discussion s'é-
carter du sujet proposé pour la soirée, profita du tumulte
pour déclarer la séance close, se leva et quitta le fauteuil.
Les conversations particulières prirent la place de la discussion publique; petit à petit les groupes se dispersèrent, et les
élèves remontèrent dans leurs chambres.

Mais Harry ne s'avouait pas battu. C'était un de ces caractères qui s'attachent avec une persévérance inébranlable à ce qu'ils considèrent comme la vérité. Il travailla si bien à la faire passer dans l'esprit de ses camarades en les prenant séparément pour discuter la question avec eux, qu'en peu de jours, il réussit à former un groupe d'adhérents disposés à accepter la réforme.

La plupart des petits l'accueillaient naturellement avec plaisir, et avaient trop à souffrir du *faggisme* pour ne pas être les soutiens du mouvement. Sourdement minée par cet esprit de révolte, l'antique institution ne tarda pas à trembler sur sa base.

Une persécution régulière, organisée par Bully contre les *fags* récalcitrants, ne fit qu'ajouter plus de force à leur résistance, en apportant à plusieurs d'entre eux les palmes du martyre. Il devint bientôt à la mode de tout souffrir plutôt que de céder. De leur côté, les adhérents de Harry prirent l'habitude de soutenir, au besoin de leurs poings, les *fags* qui refusaient le service personnel.

En moins de trois semaines, il ne resta plus que quelques esclaves bénévoles.

Laurent eut le bon goût de ne pas triompher de cette révolution. Il se contenta d'en avoir été le promoteur.

CHAPITRE XIX

A LA CHASSE AU RENARD

« C'est demain l'ouverture de la chasse au renard, dit Bob, un matin de novembre. On se réunit à midi au Stonehenge-Yard. Es-tu d'avis d'y aller ?

— Je serais d'avis de suivre la chasse à cheval, dit Laurent. Qui nous en empêche ?

— Personne assurément. Mais où avoir des selles ? Nous ne pouvons pourtant pas nous présenter sur des chevaux de ferme tout nus !...

— Pourquoi pas ? Nous attendrions que la chasse fût lancée pour la suivre, et alors qui prendrait garde à nous ?

— C'est une idée, mais il vaudrait mieux tout de même avoir des selles, ce serait plus *respectable*.

— Demandons à Betsy de nous en procurer. J'ai deux schellings.

— Moi un.

— Nous ne sommes pas malins si, avec trois schellings, nous ne trouvons pas à louer deux selles... »

Le lendemain, dans la matinée, on pouvait voir, de tous

les points du pays, des cavaliers se diriger vers le rendez-
vous. Stonehenge-Yard était à environ deux milles de Hobham-College. C'était un plateau découvert de la classe de ce
qu'on appelle, dans quelques provinces françaises, un *com-
munal* ou terrain vague. Non loin de là se trouvait un *covert*
ou espace fermé de buissons et de broussailles, connu comme
·étant la retraite habituelle de plusieurs renards.

Dans la nuit, un homme avait parcouru les environs,
bouchant avec soin tous les trous qui pourraient servir
de retraite au fauve quand les chiens l'auraient débusqué.

A onze heures, la meute était déjà au rendez-vous ; elle se
composait de soixante couples de chiens, tous de la même
race et presque de la même robe, et si courts sur pattes que
leurs longues oreilles traînaient à terre. Des valets, armés de
fouets, les tenaient en respect et les obligeaient à former un
cercle où toutes les poses et les attitudes familières à la gent
canine étaient représentées. Les uns gravement assis sur leur
derrière, semblaient réfléchir profondément à quelque mystérieux problème ; les autres, allongés sur un côté et les
jambes étendues, étaient immobiles comme des cadavres.
Ceux-ci tiraient une longue langue rouge ; ceux-là bâillaient
à se démonter la mâchoire. Les tempéraments querelleurs
cherchaient noise à leurs voisins, et les philosophes dédai-
gnaient le bruit qui se faisait autour d'eux.

Petit à petit, les cavaliers, en habit rouge ou jaquette noire,
commencèrent à arriver. Ils se serraient la main en s'abor-
dant et avaient tous la mine réjouie de gens qui se préparent
à goûter un plaisir favori. Le docteur était de leur nombre
et avait fort bon air sur son cheval bai. Dans un groupe de
cinq dames, on pouvait aussi reconnaître mistress Newton,

habillée d'une longue robe de drap bleu, coiffée d'un chapeau d'homme et montée sur une jument de demi-sang toute blanche, qu'elle maniait à ravir.

Enfin, le maître des chasses du comté se montra. Il était gros et gras; et son nez presque aussi rouge que son habit. Avec lui la masse des chasseurs afflua. Il y eut quelques instants de confusion et de désordre sur ce terrain tout à l'heure désert. Les chevaux piétinaient, les *how do you do?* (comment allez-vous?) s'échangeaient, les exclamations joyeuses ou narquoises se croisaient. Au loin le ciel était gris, et les arbres, dépouillés de leurs feuilles, se détachaient sur ce fond comme des dentelles légères.

Cependant, tous les chiens avaient été découplés et donnaient les signes d'une vive impatience.

Sur un mot du maître au veneur; ils furent lâchés, et aussitôt tout le monde devint silencieux et attentif.

« *Hark in! hark in! you dogs!* » (Cherchez! cherchez! mes chiens!) disait le veneur.

Et toute la meute, comme une vague grouillante, s'était répandue dans le *covert*. Elle cherchait, fouillait, glissait, rampait en tous sens, au milieu des feuilles sèches et des bruyères. On n'entendait qu'un frôlement continu et vague de tous ces corps en mouvement.

Cette quête se prolongea ainsi plus de vingt minutes, les cavaliers attendant toujours.

Tout à coup, un chien donna de la voix : c'était un cri sourd, comme retenu. Les autres lui répondirent, et bientôt ce fut un concert général. Le renard était trouvé. Il fut bientôt débusqué et prit sa course, suivi aussitôt de toute la meute, ralliée par la trompe du veneur.

CEUX QUI AURAIENT APERÇU LEUR ÉQUIPAGE...

« *Tally ho! tally ho! gone away!* » (Tayaut! tayaut! Il
est parti!) criait-il.

Et tout l'escadron des chasseurs, s'ébranlant à la fois, se
jeta à fond de train sur ses traces.

Deux spectateurs invisibles avaient attendu, non sans impatience, ce moment décisif : c'étaient Bob et Laurent.
Abrités par un bouquet d'arbres voisins, ils avaient suivi,
sans être remarqués, les préparatifs de ce départ, prêts à se
joindre à la chasse aussitôt qu'elle serait lancée.

A vrai dire, cette précaution était prudente, car ceux qui
auraient aperçu leur équipage n'auraient pu s'empêcher d'en
rire.

Laurent était perché sur un cheval de brasseur mis à la
réforme et devenu simple cheval de ferme. C'était une de
ces énormes bêtes à robe noire qui viennent du Mecklem-
bourg et qui semblent faites pour porter les quatre fils Ay-
mon armés de pied en cap; ses larges sabots étaient presque
couverts par les poils qu'on ne prenait plus soin de tondre,
son épaisse crinière était brouillée depuis longtemps avec le
peigne et tout entremêlée de brins de paille ; mais ce qui
contribuait plus que tout à lui donner une physionomie bizarre, c'était l'exiguïté relative de la selle qu'il portait ; on
aurait dit un chapeau d'enfant sur une tête d'homme. Vu
l'impossibilité de mettre en communication les deux extré-
mités de la sangle sous-ventrière, il avait fallu se contenter
de les réunir par l'intermédiaire d'un ingénieux système de
bouts de corde. Quant à la bride, elle était bien à sa taille,
mais elle avait le grave défaut d'appartenir à un harnais de
charrette, et d'être munie, sur les deux côtés, d'énormes
œillères à clous de cuivre.

Telle qu'elle était, pourtant, Laurent n'aurait pas échangé sa monture contre *Canary,* le vainqueur du dernier Derby. Il connaissait ses habitudes et se flattait qu'il n'y avait pas de meilleur trotteur dans le pays.

« Je ne prétends pas que *Pélion* soit un de vos fins coureurs, disait-il à Bob, mais vois quelle solidité ! Comme il vous appuie bien ses larges fers sur la terre ! Comme on est sûr qu'il ne bronchera pas ! »

Quand il trottait, il faisait tant de bruit qu'on aurait cru entendre tout un régiment de cuirassiers.

Bob, lui, avait déniché une monture moins gigantesque : c'était un ancien cheval de trompette d'un jaune verdâtre, dont la particularité était qu'il avait la queue et les oreilles coupées, ce qui, joint à une maigreur apocalyptique, lui donnait la figure la plus étrange. Depuis qu'il avait quitté l'armée pour les travaux pacifiques du labourage, *Ossa* était devenu misanthrope et ne portait plus qu'avec répugnance la vieille selle de dragon qui lui avait été assignée. Pour manifester ce sentiment, il lui arrivait, aux moments les plus inopportuns, de se coucher à terre, de mettre les jambes en l'air et d'essayer de se débarrasser de son cavalier en frottant son épine dorsale contre le sol. A part ce léger défaut, *Ossa* était une monture presque convenable, et Bob s'était muni d'un bon fouet avec lequel il se proposait de réprimer, au premier symptôme, les velléités de culbute qui pourraient le prendre.

Quand les deux amis eurent vu tous les chasseurs partis, ils sortirent de leur cachette.

« Je crois que nous pouvons maintenant nous joindre à la chasse, dit Bob. Elle se dirige évidemment vers Dudley ; le mieux est de prendre tout droit et d'aller l'attendre au passage. »

Les choses ainsi convenues, les voilà partis au grand trot. Laurent avait raison : Pélion se conduisait admirablement bien. Clap ! clap !... clap ! clap ! faisaient ses gros sabots, et, quoiqu'il les levât avec une majestueuse lenteur, ses enjambées étaient si longues que le pauvre Ossa faisait cinq pas où l'autre en faisait trois. On aurait dit un baudet trottant auprès d'un éléphant.

Le renard avait pris à travers champs et filait comme une flèche, sautant fossés, haies et barrières. Derrière lui, la meute suivait, langue pendante, en un gros paquet dont à peine quelques fantaisistes s'écartaient sur les bords, semblable à un grand tapis moucheté étendu sur le vert des prairies. Puis venait l'escadron des cavaliers rouges et noirs sur leurs chevaux allongés à toute vitesse, au milieu desquels on distinguait les robes flottantes des cinq chasseresses. Tous allaient droit devant eux, conservant, autant que possible, leurs distances pour ne pas se jeter les uns sur les autres au saut des obstacles, et les coupant perpendiculairement à la suite des chiens.

Maître renard était une magnifique bête, longue, maigre, efflanquée, pleine de feu ; il allait par bonds énormes, tout seul, à deux ou trois cents longueurs en avant des chiens, résolu à les mettre en défaut, et il y serait sûrement parvenu s'il avait eu affaire à moins forte partie ; mais la meute était digne de lui, elle ne perdait pas la trace et suivait, acharnée et féroce.

Le propre de cette chasse, et ce qui en fait la difficulté pour les chiens, c'est que l'odeur du renard, très forte au lancer, diminue et s'évapore à mesure qu'il avance; il n'entre pas en transpiration par l'effet de la course, comme les autres fauves, et ne sème pas la route de gouttelettes de sueur accusatrices; mais, au contraire, plus il court, moins il laisse de fumet, et s'il parvient à se jeter à l'eau et à se laver ainsi en passant, les chiens n'ont plus que la vue et l'instinct pour le suivre. C'est ce qui rend cette poursuite si émouvante. On n'est jamais sûr de rien, même avec des chiens de premier ordre, et il suffit parfois du moindre accident, du passage récent d'un autre renard sur la piste, pour les mettre en défaut.

Rien de tel n'arriva. Les chiens ne cessèrent pas un instant de serrer de près leur victime. La course se développa à travers la plaine, elle monta les coteaux et les redescendit, elle franchit les ruisseaux, passa sans scrupule dans deux ou trois jardins et tendait vers un bois touffu où le renard aurait sûrement trouvé un asile, si des piqueurs prévoyants n'en avaient gardé les approches et forcé la pauvre bête à faire un crochet.

Elle revenait donc sur ses pas haletante et à moitié forcée, et cette circonstance permit à Laurent et à Bob, après une demi-heure de vains efforts, de se joindre enfin au gros des cavaliers. Comme ils l'avaient prévu, personne ne prit garde à eux; chacun avait les yeux fixés sur la meute et ne songeait qu'à se mettre en tête. Les chevaux, fumants et les veines gonflées sur leur robe luisante, semblaient possédés de la même émulation que leurs maîtres.

Ossa et Pélion ne voulurent pas être en reste. Ils firent ce qu'ils n'avaient pas fait depuis dix ans peut-être, ils prirent le galop. A leur joie intense, Bob et Laurent purent se maintenir avec la chasse, à l'arrière-garde, il est vrai, mais assez près encore pour en suivre les péripéties.

Le renard sentait la mort près de le saisir. Il rassemblait toutes ses forces pour un effort désespéré. Voyant un bas-fond marécageux semé d'ajoncs et de roseaux, il s'y jeta. Les chiens l'y suivirent, et les chevaux aussi. Le sol était assez ferme pour porter les fins *hunters*, qui passaient légèrement en appuyant à peine leur sabot agile; mais Pélion n'y avait pas fait vingt pas qu'il enfonçait jusqu'aux genoux.

Bientôt il se trouva pris dans la vase et ne put plus avancer. Laurent resta seul. Force lui fut de descendre, de prendre son cheval par la bride et, à grand renfort de coups de cravache, de le dégager enfin et de le ramener en arrière. Quand ce pénible travail fut enfin accompli et qu'il fut revenu, crotté jusqu'à l'échine, au bord du marécage, il n'entendait plus la chasse.

Il se remit en selle et, contournant le marais, suivit la direction dans laquelle il l'avait vue disparaître. Ce n'était plus la peine de se presser, et il s'en allait au pas, comme un campagnard revenant du marché. A peine avait-il fait un mille qu'il s'entendit appeler et reconnut la voix de Bob.

C'est du fond d'un fossé qu'elle sortait. Ossa y était couché, avec l'air satisfait d'un cheval qui s'est débarrassé de son maître, et tout auprès, Bob, assis à terre, contenait son bras gauche dans l'ouverture de son gilet.

« Je crois que je me suis cassé l'avant-bras, dit-il simplement. Ce brigand d'Ossa avait très bien franchi deux barrières, mais arrivé ici, il a jugé à propos de me jeter à terre. Attends un peu, tu vas voir quelle correction je lui réserve. »

Et, joignant l'acte aux paroles, Bob fit tenir la bride à

Laurent et administra au sac d'os ambulant qu'il persistait à considérer comme un cheval, deux ou trois coups de fouet bien cinglés. Cette manifestation eut pour effet de remettre Ossa sur ses jambes, et, avec l'aide de Laurent, son cavalier put se hisser en selle.

« Allons tout de suite, nous arriverons peut-être encore pour la curée, dit-il.

— Il vaudrait mieux rentrer et faire panser ton bras.

— Rentrer ! Non, le maudit animal serait trop content. En route ! » reprit Bob.

Et il cingla d'un nouveau coup les flancs de sa monture de la même main qui tenait les rênes.

Cahin caha, les deux amis arrivèrent ainsi sur le haut d'un coteau d'où ils aperçurent la chasse. Elle s'était arrêtée et formée en cercle dans le fond du vallon, autour du veneur, qui tenait le renard par les pattes et l'élevait au-dessus de sa tête. Les chiens, hurlant et aboyant, se pressaient et se bousculaient, en fixant leurs yeux avides sur la proie qu'on leur faisait attendre. Le veneur la balança un instant, puis la plaça au milieu d'eux. Ce fut une mêlée, un trépignement, une tempête de grognements furieux ou satisfaits. Puis tout se calma : il n'y avait plus, à la place où le renard était tombé, qu'une trace humide.

Les valets rassemblaient les chiens et les accouplaient ; les chasseurs se dispersaient par groupes. Laurent remarqua que Bob était tout pâle.

« Tu souffres beaucoup, n'est-ce pas ? lui demanda-t-il. Ah ! nous avons eu tort de ne pas rentrer tout de suite...

— Je ne sais ce que j'ai... Il me semble que tout tourne. . répondit Bob

Laurent le vit chanceler sur sa selle ; il n'eut que le temps de se jeter à terre et de le recevoir dans ses bras. Cependant, Bob ne perdit pas entièrement connaissance. Il se sentit un peu mieux après être resté un instant couché sur le gazon.

« Est-ce bête de ne pas pouvoir résister à un bras cassé ! dit-il comme pour s'excuser.

— Mais crois-tu vraiment que c'est aussi grave ?

— Ce n'est rien de grave. Qui ne s'est pas cassé un membre dans sa vie ! Mon frère se les est cassés successivement tous les quatre, sans compter une clavicule. Mais je suis sûr de mon affaire. Tiens, entends-tu le bruit des deux bouts d'os l'un sur l'autre, » ajouta-t-il en approchant son avant-bras gauche de l'oreille de Laurent et en faisant exécuter de sa main droite des mouvements de flexion et d'extension a la région blessée.

Laurent entendit en effet une sorte de crépitement pareil à celui d'une feuille de papier qu'on froisse dans la main.

« J'en serai quitte pour porter mon bras en écharpe pendant quatre ou cinq semaines. C'est moins ennuyeux que de rester quarante jours au lit comme il le faut quand on se casse la jambe. Et puis, mon frère ne pourra plus me taquiner avec son proverbe sur les bras cassés.

— Quel est le proverbe ?

— *Le véritable infirme est celui qui ne s'est jamais cassé un bras.* »

Tandis que les deux amis causaient ainsi, dix ou douze cavaliers avaient gravi le coteau et débouchaient près de l'endroit où ils étaient assis. Monsieur et mistress Newton faisaient partie de ce groupe et aperçurent Laurent et Bob.

Ils ne purent s'empêcher de rire à la vue des montures sur lesquelles les collégiens avaient accompli leur équipée ; mais ils allaient passer sans avoir trop l'air de les remarquer, quand Laurent, s'approchant d'eux, leur dit l'accident qui était arrivé à Bob. Le docteur et sa femme s'empressèrent de descendre de cheval.

« Ce n'est rien, disait Bob tout confus ; Laurent a eu tort de vous déranger pour si peu. »

Sans l'écouter, mistress Newton faisait remonter la manche gauche de l'enfant et examinait son avant-bras.

« Vous avez une fracture du radius et du cubitus, dit-elle après un instant. Le mieux est de faire le pansement tout de suite ; vous souffrirez moins pour rentrer au collège. »

Sur ses indications, le docteur coupa deux grosses branches d'arbre, qu'il aplanit de deux côtés avec son couteau, de manière à en faire des planchettes minces et étroites ; puis mistress Newton, prenant le bras de Bob et remettant les deux os en position, les contint entre les deux planchettes garnies de bourrelets d'herbe et serrées avec des mouchoirs. En dix minutes, le pansement fut achevé, et Bob, qui n'avait pas fait entendre la moindre plainte et qui n'avait pas cessé de sourire, quoique sa pâleur indiquât la souffrance que tous ces mouvements lui causaient, fut en état de remonter à cheval.

Laurent, après l'avoir aidé à se remettre en selle, allait en faire autant, quand mistress Newton lui dit en souriant :

« Eh bien ! et moi ? Vous me laissez ainsi m'arranger comme je pourrai ? »

Laurent se rappela comme il avait vu à Camember-Castle

les gentlemen mettant les dames à cheval, et il s'excusa sur
sa gaucherie.

« Je craignais de mal m'en tirer, et je laissais cet honneur au docteur; dit-il franchement.

— Le meilleur moyen de bien vous en tirer est de commencer par essayer. »

S'approchant de la jolie jument blanche, il mit un genou
en terre, et sur l'autre, comme un marchepied, il ouvrit sa
main gauche. Mistress Newton, rassemblant les rênes, posa
son pied sur cette main et s'enleva légèrement. Laurent
accompagna ce mouvement en s'étonnant de la facilité avec
laquelle il s'opérait, et la gracieuse amazone se trouva en
selle.

« Vous voyez que ce n'est pas la mer à boire ! » dit-elle
gaiement en fouettant sa monture, qui partit au galop, suivie du docteur, tandis que Bob et Laurent rentraient d'un
pas plus tranquille.

CHAPITRE XX

PATINAGE ET BOULES DE NEIGE

Pendant l'automne, les récréations d'un collège anglais ne diffèrent guère de ce qu'elles sont en été. Mais, dès que l'hiver arrive, on substitue fréquemment au cricket et au ballon l'exercice si salutaire du patinage.

Un grand bassin d'un demi-pied de profondeur, simplement creusé en terre et rempli d'eau, se congèle dès les premiers froids et offre une vaste surface aux glissades, sans danger si la glace vient à se rompre.

Le premier jour de patinage est toujours une grande fête pour ceux qui sont initiés à cet art charmant, et même pour les novices qui tombent lourdement de tous côtés comme les bébés qui s'essayent à marcher. Cette année, le grand jour fut le 3 décembre. En se réveillant, les élèves eurent la joie de voir les vitres de leurs chambres couvertes de gelée blanche, et les premiers habillés coururent aussitôt examiner l'état du bassin. Il était pris et solide comme un parquet de marbre.

La grande nouvelle se répandit dans le collège avec la

XX

PATINAGE.

rapidité de l'éclair, et tous les patins, sortant des trophées
où ils se rouillaient depuis l'année précédente, furent aussitôt soumis à un examen minutieux.

Quoiqu'il eût encore le bras en écharpe, Bob n'avait pas
été un des derniers à courir vers la glace, car il raffolait du
patinage et s'y montrait très expert. Mais il n'oubliait pas
Laurent.

« As-tu des patins ? demanda-t-il en entrant chez lui.

— Non, mais ce serait fort inutile, je ne saurais pas m'en
servir.

— Eh bien ! la première chose à faire, c'est un temps de
galop à Hobham pour en acheter une bonne paire. Dans une
demi-heure, tout ce qui vaudra quelque chose aura disparu.
Allons ! hip ! Viens-tu ? »

Laurent ne fut pas difficile à décider, et en cinq minutes
les deux coureurs étaient chez le coutelier de Hobham. Une
large bande de papier, collée sur les glaces de sa devanture,
portait le mot SKATES (patins), écrit à la main en majus-
cules, et indiquait ainsi que, pendant les temps froids, ce
supplément allait s'ajouter à l'assortiment de couteaux, de
ciseaux et de rasoirs qui garnissait la boutique.

Bob choisit en connaisseur la paire la plus satisfaisante, la
remit à Laurent qui eut à se séparer de sept schellings, — il
avait pourtant bien compté les consacrer à l'achat d'une
canne à pêche perfectionnée ! — et les deux amis repartirent.

« Quel malheur que la rivière ne soit pas gelée ! Voilà
ce qui serait agréable ! En trente glissades, sans fatigue,
nous serions rendus au collège ! Mais j'oublie que tu ne sais
pas patiner. Est-ce possible ? C'est si facile ! Tiens, fit-il en

apercevant une longue flaque d'eau gelée sur le chemin, voilà tout le secret ! »

Et, joignant l'exemple au précepte, il exécuta une triomphante glissade.

« Parbleu ! j'en ferai bien autant ! » dit Laurent.

Il s'élance à son tour et..... achève sa course sur les reins.

« Tu sais qu'il faut tomber cinquante fois avant de pouvoir dire qu'on sait patiner ! dit Bob. En voilà toujours une. Encore quarante-neuf et le compte y sera.

— C'est mon talon qui a glissé, argua Laurent en se frottant les coudes.

— Oui, c'est généralement le talon qui vous joue ce tour-là. Tu ne recommences pas ? »

Et Bob acheva une seconde glissade.

« Voyons ! » dit-il.

Laurent prit son élan et s'allongea de nouveau.

« Et de deux ! reprit Bob impitoyable.

— Comme c'est malin ! Je voudrais t'y voir, si tu n'avais jamais appris !

— Le fait est que je me suis allongé plus souvent qu'à mon tour quand j'ai essayé pour la première fois. Houp ! »

Il glissa encore.

« Il ne sera pas dit que je n'y arrive pas ! » s'écria Laurent en serrant les dents.

Pour la troisième fois il mesura la terre.

« Encore une douzaine de leçons pareilles, et tu apprendras à te tenir droit sur tes jambes.

— Une douzaine de leçons ! Maintenant que j'y suis, je ne rentre pas sans avoir fait une bonne glissade.

— Capon qui s'en dédit !

—- Attention ! »

Laurent essaya cette fois de se lancer à demi accroupi, et il réussit à se maintenir sans tomber. Il renouvela deux fois, trois fois, dix fois sa prouesse, arriva peu à peu à rester plus droit, puis enfin, non sans quelques chutes nouvelles, il réussit à opérer une ou deux glissades tout à fait satisfaisantes.

Il ne restait que le temps d'arriver pour l'appel, en courant, et ce jour-là le déjeuner fut oublié.

A midi tout le monde était sur la glace. L'exercice du matin avait eu pour effet de couvrir de « bleus » tout le corps de Laurent, mais il n'en était que mieux préparé à ses premiers essais de patinage et les trouva relativement plus faciles. Quand il rentra à deux heures pour le lunch, il était affreusement meurtri, et il avait trois *bosses* à la tête. Mais il avait déjà fait d'assez grands progrès pour ne pas trouver que c'était les payer trop cher, et il revenait enthousiasmé de son nouveau passe-temps.

Comme tous les convertis, il aurait voulu que l'eau ne se présentât plus dans la nature qu'à l'état solide.

« Est-ce qu'on ne pourrait pas arriver artificiellement à avoir des bassins gelés même en été ? demanda-t-il à M. Newton.

— On le pourrait assurément, et monsieur votre père, qui est un illustre ingénieur, vous indiquera vingt moyens pour y arriver, dit le docteur. Mais ce serait probablement un peu cher, et peu de bourses pourraient se permettre ce luxe. Du reste, ce n'est point nécessaire pour patiner en été.

— Comment cela?

— On peut patiner sur des parquets polis, en bois, en marbre ou en briques de porcelaine, avec des patins à roulettes. Cela se pratique beaucoup en Amérique, et la mode commence à se répandre en Angleterre.

— Oh! docteur, faites-nous parqueter une salle pour patiner! dit un des plus jeunes élèves, qui était en possession d'état d'enfant gâté.

— Je m'en garderai bien! Ce serait le plus sûr moyen de vous priver d'un des grands plaisirs de l'année. Qu'est-ce qui vous fait attendre les gelées avec impatience, au lieu de les redouter? C'est précisément l'amusement extraordinaire et rare qu'elles vous amènent. Si vous pouviez patiner tous les jours, vous n'y trouveriez bientôt plus de charme. Ce n'est pas un de ces exercices à combinaisons et à parties liées où l'on découvre toujours de nouveaux agréments. Je n'aurai donc garde de vous en rassasier en vous donnant le moyen d'en abuser. »

Les élèves convinrent que le maître avait raison, comme toujours, et, le lunch dépêché, ils se hâtèrent de revenir au bassin de glace pour profiter de leur demi-congé.

Laurent n'avait plus maintenant qu'une crainte, celle de voir arriver le dégel. Mais le froid dura plusieurs jours, et, avant la fin de la semaine, non seulement il se tenait très bien sur ses patins, mais il commençait à exécuter ces huit-de-chiffre et ces arabesques qui sont le dernier mot de l'art, sous les noms de *Corne d'Ammon, Maïs hollandais, le Poisson, le Nœud, le Cerf-volant*, etc., etc...

Un matin, une abondante couche de neige étendit son manteau blanc sur tout le pays et permit de se livrer à cet autre plaisir d'hiver, si rare et si hautement apprécié, la bataille à la neige. Pas plus que les autres exercices violents, celui-là n'était interdit par les règlements scolaires. C'est sur les pelouses à cricket mêmes que tout le collège y prenait part.

On se divisait en deux armées de nombre à peu près égal, puis chaque camp rivalisait d'activité pour amasser les munitions. Il fallait voir l'ardeur avec laquelle on élevait des forteresses et des retranchements, où l'on amoncelait des tas de boulets, et la passion avec laquelle on se lançait ces projectiles ! Une balle de neige bien comprimée n'est pas une arme méprisable, et quand elle vous cingle les jambes, elle peut vous renverser net. Heureusement, la chute n'est pas dangereuse, ni la blessure non plus. C'est à peine si les maladroits qui n'ont pas su parer à temps, avec le bras gauche, les balles qui leur arrivent ont parfois un œil poché ou une joue enflée.

Harry Stubbs montra là toutes les qualités d'un grand général. Un de ces incidents imprévus qui dérangent les calculs des capitaines se produisit, en effet, au moment le plus chaud de la mêlée. Les assaillants de la redoute commandée par Harry étaient sur le point de l'emporter, en dépit de la résistance héroïque de la garnison, quand une masse noire et profonde déboucha du pont de Hobham en poussant des clameurs effroyables. Les combattants, surpris, s'arrêtèrent, ne comprenant pas d'abord ce que signifiait cette intervention.

Mais bientôt ils n'eurent plus de doute. C'étaient les enfants de Hobham qui, en vertu d'un droit séculaire, venaient essayer de déloger les collégiens de leur pelouse. Quand la terre est couverte de neige, un usage immémorial veut

34

qu'elle appartienne aux plus forts. Les Barbares étaient
au moins deux cents, et leurs rangs comprenaient tous les
âges.

Ils vinrent, toujours criant, s'aligner au bord de l'esplanade et commencèrent avec activité à rassembler des munitions. Ce spectacle mit fin à la guerre civile qui divisait le
collège.

« Amis, s'écria Harry, est-ce le temps de nous consumer
en luttes intestines, quand Catilina est à nos portes? Réunis-
sons nos efforts et chassons l'étranger! »

Cette allocution laconique et mâle fut accueillie par des
acclamations enthousiastes. Tout le monde se mit à l'œuvre.
En cinq minutes, tous les tas de boulets s'élevaient en bon
ordre sur le front de la position.

« Il faut les prendre en flanc au moment de l'attaque, » se
dit le général.

Et aussitôt que les premières balles de l'ennemi vinrent
tomber à ses pieds, il détacha une vingtaine de ses soldats
sous le commandement de Laurent, pour aller sur la gauche
de la prairie : ils devaient y préparer de nouvelles munitions en s'abritant derrière les arbres du parc, et former sur
une ligne un angle droit avec la position principale.

Cependant l'audace des Barbares croissait à vue d'œil.
Supposant, d'après les mouvements du collège, que la division continuait d'y régner et qu'une partie des forces avait
déserté la pelouse, ils attaquèrent avec la vigueur que donne
l'assurance de la victoire.

Harry avait donné ordre de riposter faiblement d'abord
et de réserver les forces pour le moment où il donnerait le
signal d'un feu général.

Ceux de Hobham crurent avoir affaire à un ennemi méprisable. Ils s'avancèrent imprudemment, prêts à se jeter à l'assaut. C'est ce que Harry avait prévu. Levant sa casquette sans affectation, ce qui était le signal convenu avec Laurent, il commanda en même temps à ses hommes :

« Feu partout ! »

Cinquante balles énormes, lancées avec force à bonne portée, s'abattirent comme une grêle sur la figure des assaillants, et, au même instant, les vingt tirailleurs de Laurent, sortant du parc, cinglèrent leurs projectiles dans le flanc de l'ennemi.

L'effet de cette décharge croisée fut terrible. L'armée de Hobham s'ébranla, lâcha pied et s'enfuit en désordre, laissant dix ou quinze hommes sur le terrain.

Elle fut plus d'un quart d'heure à se reformer, et Harry mit ce temps à profit. Tandis que ses hommes ramassaient de la neige, il envoya Bob, qui combattait en dépit de sa blessure, dire à Laurent de contourner le parc de manière à se porter sur le flanc droit de l'ennemi, qui allait naturellement l'attendre sur son flanc gauche comme au premier engagement.

Cette manœuvre, comme la première, eut un plein succès.

Quand les gars de Hobham revinrent à l'attaque, ils eurent soin de se former en équerre, de manière à opposer un front aux tirailleurs du parc, et naturellement cette précaution, qui devait les sauver, fut leur perte : ils reçurent dans le dos la décharge qu'ils attendaient par devant. Chaque coup portait, et pour la seconde fois ils se débandèrent, laissant leurs meilleurs soldats hors de combat.

Harry vit leur découragement, et il en profita.

« Sus à l'ennemi! » cria-t-il d'une voix éclatante.

Et tout le collège, sautant hors de ses retranchements, se jeta en criant sur les gars de Hobham.

Laurent comprit qu'il fallait en faire autant et arriva à la rescousse avec tous ses hommes. Ce fut une mêlée terrible.

Ceux de Hobham, démoralisés par leurs premiers revers, ne purent résister à la fougue de leurs adversaires. Ils plièrent, lâchèrent pied, et bientôt on ne vit plus que fuyards se dirigeant à toutes jambes vers le pont. Les vainqueurs poursuivirent leur succès, les poussèrent la neige dans les reins, et, comme ils couraient généralement mieux que les vaincus, plus de trente blessés mordirent encore la poussière avant d'avoir regagné leurs foyers.

La journée avait été chaude, mais le succès était éclatant, et Harry, dans un ordre du jour verbal, donna bientôt à chacun le tribut d'éloges qu'il méritait. Laurent eut une mention spéciale pour l'à-propos avec lequel il avait effectué son dernier mouvement.

CHAPITRE XXI

VACANCES ET FÊTES DE NOEL.

Les congés de Noël arrivèrent vite. C'est la grande fête intime qui répond en Angleterre à notre jour de l'an. Laurent avait été invité par Bob à la passer avec lui dans sa famille, à Folkestone, et, le 22 décembre, il arrivait chez M. Drake et prenait possession de la chambre d'ami qui lui avait été réservée.

C'était, comme tous les appartements anglais, un modèle de simplicité et d'hygiène. Un tapis, un lit en fer sans rideaux, une toilette avec ses accessoires, sous le lit un immense bassin de tôle pour les ablutions matinales à l'eau froide, une commode, un séchoir couvert de serviettes, trois chaises et point de feu.

La famille se composait du père de Bob, gros armateur à la mine ouverte et cordiale, de mistress Drake et de ses deux filles, Ada et Carry, que Laurent connaissait déjà, d'un frère aîné associé de son père et grand amateur de sport. Il y avait aussi une petite sœur de huit ou neuf ans, Minnie ; mais Laurent fut deux jours dans la maison avant

d'en soupçonner l'existence. Elle vivait avec sa gouver-
nante, Fraulein Schultze, dans le *school-room* ou salle
d'étude, d'où elle ne sortait que pour aller chaque matin
faire sa « promenade constitutionnelle », et une fois par
jour embrasser ses parents.

La vie de tout ce monde était réglée, d'un bout de l'année
à l'autre, avec une régularité inflexible. A huit heures et
demie, le déjeuner en commun, uniformément composé
d'œufs à la coque et de poisson frais, avec du thé ou du
café au lait pour boisson. A neuf heures, le père et le fils
sortaient pour aller à leur bureau ; on ne les revoyait plus
jusqu'au soir. A midi, le lunch. A sept heures, on se retrou-
vait à table pour le dîner, où les dames descendaient toujours décolletées et les hommes en habit, même quand il
n'y avait pas d'étranger. Puis on remontait au salon, et à
onze heures on était au lit.

Recevait-on une invitation, on y répondait immédiatement
avec une ponctualité commerciale, et l'on arrivait juste à
l'heure. A table, on mangeait du bout de la fourchette et du
couteau, sans rien toucher avec les doigts, si ce n'est le
pain ; encore le prenait-on dans la corbeille avec une pince.
On savait toujours huit jours d'avance, à une heure, à une
minute près, ce qu'on ferait tel soir, avec qui l'on dînerait,
si l'on irait au spectacle ou ailleurs. Cette comptabilité de
l'existence paraît insupportable à ceux qui n'en ont pas
l'habitude. Mais il faut bien convenir que, grâce à ce système, miss Ada et miss Carry, en même temps qu'elles
étaient charmantes femmes du monde, trouvaient le temps
de travailler leur piano tous les jours, de lire les journaux
et les livres nouveaux, et de prendre des leçons de français

et d'allemand pour ne pas oublier ces deux langues qu'elles parlaient couramment. En distribuant mieux l'emploi du temps et en permettant d'en trouver pour tout, cette règle communique d'ailleurs aux manières plus de gravité et partant plus de véritable politesse. Il y a toujours un peu de grossièreté ou tout au moins de relâchement dans une vie dont le programme n'est pas exactement tracé.

Les jours qui précèdent et suivent Noël étant pour tout le monde une période de vacances et de récréation, offrirent à Laurent une occasion particulièrement favorable de s'assurer que les exercices du corps ne sont pas en Angleterre exclusivement réservés à la population des collèges. Les élèves des écoles primaires, les jeunes gens employés dans le commerce ou dans l'industrie ont les mêmes goûts et les mêmes habitudes. Dans les promenades qu'il faisait avec Bob hors de la ville, il voyait de tous côtés des parties de criket et de ballon, des sociétés de tir à l'arc et au fusil, des clubs nautiques et athlétiques.

Quant aux cavaliers, on ne les comptait pas. Il était évident que la jeunesse anglaise de toutes les classes, aussitôt qu'elle sortait de ses comptoirs, de ses bureaux, de ses ateliers, de ses chantiers, n'avait rien de plus pressé que de courir aux jeux sains et fortifiants du grand air. Laurent en vit tant et de si nouveaux pour lui, qu'il eut la fantaisie d'en inscrire sur son calepin les noms et les traits principaux, pour les envoyer à Paris à son ami Planchu. Nous copions ces notes derrière son dos :

Jeu de Golf. Le plus amusant de tous, car les amateurs, même s'ils ont une préférence pour un autre exercice, sont unanimes à mettre celui-là en seconde ligne. C'est un jeu d'origine écossaise, très agréable surtout au bord de la mer. Le terrain ou *links* sur lequel il se développe doit être autant que possible sablonneux, couvert d'un gazon court, semé de trous et d'inégalités et d'un mille ou deux (environ trois kilomètres) d'étendue en tous sens. On creuse dans le sol, soit sur une seule ligne, soit en formant des figures d'un nombre quelconque de côtés, des trous de trois à quatre pouces de diamètre, espacés de trois à quatre cents mètres les uns des autres. Il s'agit de faire passer une balle successivement d'un de ces trous à l'autre en aussi peu de coups que possible. La balle est en caoutchouc, peinte à l'huile d'une couleur vive, pour la rendre facile à distinguer sur le terrain. On la lance avec une *batte* ou massue de quatre pieds de long, formée d'une canne flexible au bout de laquelle se trouve une tête recourbée, alourdie par du plomb coulé dans son épaisseur et renforcée d'un morceau de corne. Chaque joueur a une collection de quatre à dix battes différentes, qu'il emploie suivant les positions de la balle et les diverses phases de la partie. On joue le *golf* à deux, à trois ou quatre partenaires. Dans le dernier cas, il y a deux camps. Un bon joueur envoie sa balle à 150 ou 200 mètres.

Football. Remplace fréquemment le cricket en hiver. La saison la plus favorable est d'octobre à mars. Ce jeu exige, pour y exceller, une rare combinaison d'agilité, d'adresse, de force et de sang-froid, et développe par conséquent ces qualités. Un terrain en esplanade d'environ 80 mètres de long et 35 de large est nécessaire. Vers chaque extrémité du champ, et sur le même axe, on plante deux poteaux, espacés de deux ou trois mètres et dans certains cas surmontés d'une barre transversale. Parallèlement à ces poteaux sont fixées en terre deux perches fréquemment ornées de drapeaux, une de chaque côté de l'esplanade, pour la démarcation des camps. C'est dans l'espace carré limité par ces jalons que le jeu doit se maintenir. On nomme ordinairement deux capitaines qui choisissent alternativement un joueur, jusqu'à ce que les deux compagnies soient formées ; puis on tire au sort le choix du côté, qui est un grand avantage quand le vent est fort, ou le soleil éclatant, ou le terrain inégal. Le *football* ou ballon est formé d'un sac de cuir de veau, de neuf pouces de diamètre, fortement cousu et dans lequel une vessie de caoutchouc est bien gonflée et bien attachée. On lance ce ballon avec le pied, d'où son nom, *foot*, pied ; *ball*, balle, ballon. Il s'agit de l'envoyer *sur* ou *sous* les poteaux (selon les conventions) du camp opposé. Quand le temps fixé pour la partie est épuisé, le camp qui a le plus de points est vainqueur. Le matériel nécessaire pour ce jeu est très simple et peu coûteux : quelques perches et jalons ; le premier terrain venu, car les inégalités du sol, si fâcheuses pour le cricket, sont ici sans inconvénients ; un ballon de 12 à 15 francs qui dure de trois à quatre ans si l'on a soin de le bien graisser et de l'accrocher à un clou après chaque partie. Le costume le plus convenable est une vareuse et un pantalon de laine, avec une casquette de flanelle et des bottines lacées à fortes semelles. Chaque club de *football* a habituellement un uniforme.

Bowls. C'est un jeu très simple, qui exige seulement une pelouse très unie de 25 à 30 mètres en tous sens, un *jack* ou jalon central et un nombre de *bowls* ou billes de bois variable suivant le nombre des partenaires. Les billes sont en bois dur et de forme ovale, c'est-à-dire avec un gros et un petit bout. De cette forme résulte pour chaque bille une déviation ou *bias* particulière, quand on la lance. C'est cette déviation, différente selon la nature et l'homogénéité du bois, qui constitue la grande difficulté du jeu. Autrefois on l'obtenait en coulant une petite masse de plomb sur l'un des côtés d'une bille ronde ; mais l'usage des billes ovales est maintenant général. Chaque partenaire joue sa bille, de manière à l'envoyer le plus près possible du jalon central ou *jack*, et en calculant d'avance la déviation ; c'est plus malaisé qu'on ne pourrait croire.

ROUNDERS. Ce jeu ne nécessite qu'une esplanade ordinaire, un gros bâton ou massue, et une balle. Le bâton, d'environ un mètre de long, doit offrir une bonne prise à la main ; la balle est formée d'un noyau de liège ou de gomme enveloppé de laine et revêtu d'une peau de mouton bien cousue.

On dessine sur le terrain un pentagone équilatéral de quinze à vingt mètres de côté, et à chacun des cinq sommets on plante une cheville. Une sixième cheville marque le centre de la figure. Les joueurs, au nombre de dix au moins et de trente au plus, se partagent en deux camps, et chaque camp désigne un *feeder* ou lanceur.

Soient les deux partis A et B. L'un des joueurs du parti A, muni du bâton, se place à la cheville n° 1, appelée *la maison*, tandis que les autres attendent leur tour. Le lanceur de B se place à la cheville centrale.

Il jette la balle au n° 1, qui la reçoit d'un coup de massue ; le but de celui-ci est de la renvoyer assez loin pour avoir le temps, avant qu'elle ait pu être ramassée par le camp opposé et lancée sur lui, de gagner la cheville n° 2 ou même les chevilles suivantes. Il *sort*, c'est-à-dire perd sa place dans un des quatre cas suivants : 1° s'il manque la balle; 2° s'il l'envoie derrière lui ; 3° s'il la frappe avant qu'elle ait touché terre ; 4° s'il est rattrapé par elle après avoir quitté sa cheville et avant d'en avoir touché une autre. Il a le droit de *refuser* trois balles successives ; mais s'il donne son coup et échoue, ou s'il refuse la quatrième balle, il sort. Quand il a frappé juste, il jette le bâton et court à la seconde cheville, ou même à la troisième, à la quatrième, à la cinquième, selon la distance où la balle a été envoyée. Pour chaque cheville touchée, on compte un point. Dans le cas où la balle est allée toucher dans des orties ou tout autre obstacle, on crie *balle perdue !* et l'on ne compte que quatre points.

Après que le premier joueur du camp A a ainsi quitté *la maison* pour courir aux autres chevilles, un second joueur du même camp prend sa place, avec le bâton, reçoit comme lui la balle et la renvoie ou la manque; puis, de même, il sort ou essaye de gagner les autres chevilles. Trois, quatre et même cinq joueurs peuvent ainsi se trouver engagés sur la figure et essayent à chaque coup de gagner un ou plusieurs points. Celui qui se laisse atteindre en flagrant délit de changement sort.

S'il arrive qu'il ne reste plus sur la figure qu'un seul joueur de A, tous les autres ayant été obligés de sortir, il a le privilège de demander *trois coups pour la tournée*, et s'il parvient à faire les cinq chevilles dans l'un des trois coups, son camp a le droit de recommencer. Dans le cas contraire, c'est au tour du camp B d'entrer en lice, et le camp qui a le plus de points gagne la partie.

Fives. C'est le jeu de balle proprement dit, joué soit contre un grand mur uni, au pied duquel s'étale une arène d'asphalte, soit dans une grande salle. On renvoie la balle avec la main contre le mur principal, qui porte à trois ou quatre pieds au-dessus du sol un revêtement de bois d'environ six pouces de large. Il s'agit de frapper toujours la muraille au-dessus de cette ligne, et la différence du son produit par le choc, quand la balle donne sur la boiserie, avertit des faux coups.

Racquets. C'est à peu de chose près le jeu de *fives*, joué à couvert, avec de petites balles et des raquettes de boyau de chat. Très pratiqué dans les grands collèges nationaux de Éton, Harrow; Rugby; Marlborough, Cheltenham, Winchester, etc...

Quoits. Ce jeu, qui exige beaucoup de force dans les bras et dans les épaules et une grande justesse de coup d'œil, a un matériel peu compliqué, savoir : 1° une rondelle de fer appelée *quoit* et qui présente à son centre une ouverture circulaire ; cette rondelle va en s'amincissant vers sa circonférence, de telle sorte que le bord interne soit plus épais que le bord externe ; 2° une cheville de fer appelée *hob*, plantée en terre et munie d'un cran au-dessous de sa tête.

Les *quoits* sont lourds ou légers, selon l'âge des joueurs. On les lance horizontalement en les tenant de la main droite.

Deux *hobs* sont plantés en terre, à seize mètres d'intervalle environ. Les joueurs, au nombre de deux ou trois ou répartis en deux camps s'ils sont plus nombreux, ont chacun deux *quoits*. L'un après l'autre ils jettent à tour de rôle leurs *quoits* vers le premier *hob*, en essayant de l'emboîter. Quand tout le monde a joué au premier *hob*, on joue au second. Les points sont comptés selon que les *quoits* emboîtent la cheville ou en tombent près ou loin. Un *quoit* logé sur le *hob* donne deux points, et deux *quoits* quatre points. Le joueur qui a placé ses deux *quoits* le plus près du *hob* compte deux points, un seul point si un seul *quoit* est bien logé, etc.

QUILLES. On en trouve en Angleterre une variété extraordinaire, le but étant toujours d'ailleurs d'abattre le plus grand nombre possible de quilles dans le plus petit nombre de coups. Ordinairement on se sert de neuf quilles plantées sur un tréteau spécial; et d'une balle de bois dont le poids varie entre dix et cinquante livres. On la lance d'une distance de vingt à vingt-cinq pieds. Le joueur a ordinairement le droit de faire un pas en avant. Dans les parties *au trot,* il peut en faire trois ou quatre. C'est un abus d'en permettre davantage et de frapper les quilles de trop près. Un bon joueur abat cinq quilles par coup, ce qui lui donne généralement les quatre autres ; le débutant se considère comme très heureux s'il abat les neuf quilles en trois coups, et celui qui arrive à les abattre en deux coups peut se considérer comme étant de force moyenne.

Outre ces jeux de force et d'adresse, il faut encore compter un grand nombre de jeux de grâce spécialement réservés aux dames, et qui se jouent sur des pelouses, le CROQUET, le BADMINTON, le l'AWA-FENNIS...

« Vous oubliez le plus beau de tous, dit à Laurent le frère de Bob, devant lequel il faisait son résumé, et c'est d'autant plus mal à vous, qu'il est d'origine française et n'a eu nulle part plus d'éclat que dans votre pays : le JEU DE PAUME. Je n'ai jamais pu m'expliquer comment un exercice si charmant, si salutaire, si élégant, dans lequel vos compatriotes étaient jadis si célèbres, a presque disparu de vos usages.

Combien y a-t-il encore de jeux de paume en France ? Deux,
je crois, un sur la terrasse des Tuileries et l'autre à Ver-
sailles. On y rencontre un certain nombre d'amateurs qui ont
gardé les bonnes traditions, mais la grande masse de la
nation a complètement oublié ce jeu, qui était jadis la véritable école de la guerre pour ses capitaines. On sait à peine
que François Ier, Henri II, Henri IV, et après eux le comte
d'Artois, qui se connaissaient en plaisirs, raffolaient de
celui-là.

— Mais nous avons nos jeux aussi, dit Laurent.

— Vos jeux ! Ils ont été jugés à leur valeur par un de vos
plus fins historiens, Alexis Monteil : « Jeu d'*osselets*, dit-il,
jeu d'enfants ; jeu du *labyrinthe*, jeu de pédants ; jeu de
dames, jeu de dames ; jeu de *trictrac*, jeu de malade ; jeu de
billard, jeu d'inutile ; jeu de *tonneau*, de *barres,* ou de *palet,*
jeux de paysans. »

— Le jeu de paume nécessite trop de frais, et c'est sans
doute pourquoi il a été abandonné chez nous.

— Bah ! qu'est-ce que ces frais-là pour une société d'amateurs suffisamment nombreuse? La somme nécessaire à la
construction d'une salle n'est rien, quand elle se répartit
sur un chiffre suffisant de têtes. Est-ce qu'on ne trouve pas
de l'argent pour élever des théâtres, des cirques, des manè-
ges? D'ailleurs, la Courte-Paume seule se joue à couvert, et
la Longue-Paume, qui est tout aussi salutaire et amusante,
n'exige que la première esplanade venue. Vous avez, je
crois, une société d'amateurs qui la joue trois fois par
semaine, à Paris, sur la terrasse du Luxembourg, et l'on
m'a dit qu'en Picardie il y a aussi quelques bons paumiers.
Je me demande pourquoi il n'en est pas de même dans tous

XXI

LE JEU DE PAUME AU LUXEMBOURG.

79

les collèges et sur les terrains communaux des moindres
villages...

« J'ai beaucoup voyagé dans votre pays, et je le connais
bien, poursuivit le frère de Bob ; c'est pour moi comme une
seconde patrie. J'aime le peuple français pour ses qualités
brillantes, pour son esprit, pour sa générosité, qui font de
lui la mieux douée peut-être de toutes les races. Mais je
vous le dis avec chagrin, il ne se relèvera pas de ses désastres, et il ne reprendra pas la place qui lui appartient, s'il
n'accomplit dans ses jeux une réforme complète.

« Cette opinion peut paraître frivole ; elle ne l'est pas. Je
lisais dernièrement dans le *Times* que les réserves de votre
armée avaient été appelées aux exercices annuels, et que
les trois quarts des jeunes soldats avaient mal supporté les
fatigues des marches forcées auxquelles on les avait soumis.
Croyez-vous qu'il en aurait été de même, si tous avaient
eu, dès l'enfance, l'habitude des exercices violents ? C'est à
la jeunesse des écoles, c'est aux adolescents de votre âge
qu'il appartient de donner ce salutaire exemple. Rappelez-
vous tous que l'Allemagne a dû sa victoire autant à sa
vigueur physique qu'à son esprit méthodique, et cette
vigueur, elle en a puisé le germe, il y a cinquante ans, dans
les associations athlétiques qui se formaient en Prusse
dans toutes les écoles, après la rude leçon reçue par eux à
Iéna. »

Cependant *Christmas* (Noël) était venu. Des caves jusqu'aux combles, la maison était enguirlandée de houx. Un
petit pin chargé de lanternes, de bougies, de rubans et de
colifichets avait été planté dans le salon et offert à l'admiration et à la joie sans réserve de Minnie et de ses amies.

On s'abordait en s'embrassant et en se souhaitant un heureux Christmas, comme chez nous on se souhaite une bonne année. Les enfants pauvres du voisinage avaient fait leur tournée avec une tire-lire et obtenu les gros sous qui leur permettaient, à eux aussi, de goûter aux joies de ce monde. Les jeunes filles échangeaient des cartes chargées de fleurs en papier. Les facteurs de la poste pliaient sous le poids des lettres de compliments. Ce n'étaient de toutes parts dans la ville que Noëls et gais refrains. On sentait que d'un bout à l'autre la joyeuse Angleterre n'était à cette heure qu'un vaste banquet. Demain tout le monde reviendrait à ses labeurs, à ses soucis, à ses peines; mais aujourd'hui, vive Christmas! et il était bien misérable, en vérité, celui qui n'avait pas, pour fêter le grand jour, une tranche de bœuf, un pudding et une pinte d'ale.

Les hôtes de Laurent n'avaient pas fait exception à la loi commune. Depuis plusieurs jours, en prévision de la solennité, mistress Drake avait avec sa cuisinière des conciliabules incessants, et le résultat des préparatifs mystérieux qui se poursuivaient dans les profondeurs du sous-sol fut un de ces dîners que Walter Scott se plaisait à décrire. Une énorme pièce de rosbif faisait pendant à un dindon qu'on aurait pu prendre pour une autruche; un pudding monumental, conservé dans le *brandy* depuis dix jours, élevait au centre de la table son imposante architecture, et, tout autour de ces masses profondes, une armée de menus plats se rangeait symétriquement.

Il faisait bon, dans cette salle à manger brillante et tiède, tandis qu'au loin la bise de décembre sifflait aigrement. On mangea, on but, on rit, on chanta. Pas de dîner de Noël sans chansons. Laurent dut s'exécuter comme les autres, et mistress Drake déclara, les larmes aux yeux, qu'elle n'avait jamais entendu mieux dire *Home, sweet home,* cette mélodie si chère à tous les cœurs anglais.

Minnie était de la fête aussi, et elle attendait avec impatience un événement qui se faisait trop désirer à son gré.

« Oh! papa, faites-nous le tour du schelling! » dit-elle enfin.

Le tour du schelling était une tradition de la maison. M. Drake le répétait tous les ans à Noël, comme il l'avait vu répéter à son père, qui lui-même le tenait de ses ancêtres.

« Eh bien! prête-moi un schelling, » dit-il à la fillette.

Elle tira de sa poche un petit porte-monnaie d'écaille tout flambant neuf et y prit un schelling qu'elle remit à son père.

« Je le marque avec mon couteau : là, vois-tu? une croix sur le nez de la reine; tu le reconnaîtras maintenant? »

L'enfant prit la pièce et l'examina avec l'air grave et attentif des gens qui ne veulent pas être trompés.

« Maintenant, pose-le dans ma main gauche, » reprit le papa.

Et il referma sa main.

« Une, deux, trois! Parafaragaramus! Parti! »

Il rouvrit sa main, le schelling n'y était plus. Sans doute il l'avait escamoté dans sa manche.

« Savoir où il est! fit-il d'un air d'inquiétude. Ah! je vais le demander à mon petit doigt. »

Il porta la main à son oreille et feignit d'écouter attentivement.

36

« Mon petit doigt me dit que le schelling est sous le pot bleu sur la cheminée, dit-il. Vas-y voir, Minnie. »

Minnie courant à la cheminée, grimpa sur une chaise et, avec une curiosité qui n'était pas exempte de quelque terreur, souleva le pot bleu. Le schelling y était.

« C'est bien le mien! s'écria-t-elle en le rapportant sous la lampe et en l'examinant avec soin. Voilà la marque! »

Elle était profondément enchantée et à mille lieues de soupçonner que son papa avait eu soin, avant le dîner, de placer sous le pot bleu un schelling tout marqué.

« Oh! père, faites encore le tour!

— Impossible! il ne réussit qu'une fois par an, le jour de Noël. Ce sera pour l'an prochain. Encore faut-il que le propriétaire du schelling le donne à un pauvre et soit très sage toute l'année. »

CHAPITRE XXII

ÉCLATANTE VICTOIRE DE LAURENT.

On était en plein dégel; le ciel était gris et lourd, et tout le monde se trouvait sous l'influence de cette température douce et énervante qui succède parfois aux grands froids, sans transition.

Laurent se rendait paisiblement à la classe du soir, quand, au bas de l'escalier, il trouva Bully qui serrait Bob dans un coin et, lui tenant les deux bras, lui administrait des coups de pied dans les tibias.

Il n'avait plus eu de rapports avec ce brutal garçon, depuis la rentrée; Bully n'avait plus le droit de réclamer ses services et lui gardait rancune de leurs démêlés antérieurs. Aussi Laurent ne put-il se contenir, quand il vit avec quelle lâcheté le gros maroufle abusait de sa force pour maltraiter un enfant de trois ans plus jeune que lui.

« Veux-tu laisser Bob tranquille! dit-il en s'avançant.

— Oh! tu sais, le Français, répliqua l'autre, mêle-toi de tes affaires.

— Celles de mes amis sont les miennes. Je te dis de laisser Bob ! »

Le ton de Laurent était si impérieux et si menaçant que Bully ne put le laisser passer sans réponse.

« Prends garde que, si je le laisse, je ne tombe sur toi ! dit-il.

— Sur moi ! Tu es bien trop capon pour cela... C'était bon quand j'étais moins fort que toi ! »

Bully avait laissé aller Bob, et il se retourna sur Laurent :

« Veux-tu en essayer tout de bon, après la classe ?

— A ta disposition.

— Eh bien ! au coin de la remise. Si tu ne sais pas ce qu'est une tripotée, je me charge de te l'apprendre... »

L'heure sonnait, et il fallut entrer. Mais quelques gamins s'étaient arrêtés aux derniers mots de la dispute et avaient entendu prendre le rendez-vous. La nouvelle se répandit en deux minutes qu'il allait y avoir un combat singulier. C'est pour les Anglais de tout rang et de tout âge un spectacle trop agréable pour qu'un seul élève se dispensât d'y assister.

Aussitôt après la classe, tout le monde courut vers le coin de la remise, sans s'occuper du thé que les domestiques servaient comme à l'ordinaire dans les chambres.

Bientôt les deux combattants arrivèrent. Conformément à l'usage, ils avaient chacun un second, chargé de rafraîchir et d'essuyer la face de son homme, et de le soutenir sur son genou entre chaque reprise.

Une partie de boxe se compose, en effet, d'une suite de combats particuliers, séparés par un intervalle de trois minutes, et qui se renouvellent jusqu'à ce que l'un des lutteurs s'avoue vaincu ou soit hors de combat. Le second de Lau-

rent était tout naturellement Bob; Bully avait un grand
garçon comme lui.

Les deux champions ôtèrent jaquette et gilet, retrous-
sèrent leurs manches, sanglèrent autour de leurs reins une
grande courroie de cuir et s'entourèrent le poignet d'un
mouchoir bien serré, selon toutes les règles de l'art. Les
seconds se placèrent à quelques pas en arrière, chacun du
côté de son homme. Tout le collège forma un cercle, et les
deux adversaires tombèrent en position, bien assis sur leurs
jambes et les poings hauts.

Ils étaient profondément différents l'un de l'autre. Bully,
grand, lourd, massif, campé sur ses cuisses comme sur
deux colonnes de pierre et déployant ses robustes biceps
au-devant d'une large poitrine, semblait l'image même de la
force. Sa nuque épaisse soutenait une tête presque bestiale,
tant les mâchoires étaient larges, le nez court, les yeux
calmes et le front bas. Auprès de lui, Laurent avait l'air d'un
pygmée. Ce n'est pas qu'il ne fût bien pris dans sa taille
moyenne, mais, quand les yeux des spectateurs allaient de
son adversaire à lui, quand ils comparaient cette charpente
grêle et fine, ces poignets minces, cette physionomie pâle
et mobile, ces lignes anguleuses, aux contours fermes et
puissants de l'autre, ils ne pouvaient avoir qu'une opinion :
Laurent allait être *licked,* c'est-à-dire battu.

Mais on ne lui en était que plus sympathique, car Bully
était généralement détesté, et presque tous les encourage-
ments que le cercle ou *ring* prodigue en pareil cas aux champions s'adressaient à Laurent.

En dépit de ces excitations, la première reprise lui fut
peu favorable. En trois coups de poing bien assénés sur la

tête, et que Laurent ne para pas à temps, Bully l'envoya sur
le gazon.

Bob l'aida aussitôt à se relever, le soutint de son mieux
en lui essuyant le front et lui humectant les lèvres, et lui
donna à demi-voix quelques conseils tout en procédant à
ces soins.

« Ne te laisse pas toucher, disait-il, profite de ton agilité ;
fais des sauts de côté quand il décoche son coup et cherche
à l'atteindre à la poitrine pour le fatiguer en gênant sa respiration... »

Les trois minutes étaient écoulées. Les champions se remirent en présence.

Laurent essaya de suivre les conseils de Bob, qui étaient
aussi ceux de son maître le Parisien. Il s'en trouva bien.
Deux fois de suite, Bully, en se jetant sur lui de tout son
poids, ne rencontra que le vide, grâce à un vif mouvement
de Laurent pour esquiver le coup, et s'allongea la face
contre terre.

Il se releva meurtri et furieux, et joua moins serré. Laurent en profita pour lui loger dans les côtes une grêle de
petits coups de poing, aigus comme des coups de lancette.
Mais il ne put éviter un nouveau horion formidable que
Bully lui décocha, et pour la seconde fois il baisa le sol.

« Courage ! lui murmura Bob dans l'entr'acte. C'est déjà
mieux. Tu lui as mis le thorax à la sauce Robert, et il va
s'en apercevoir à la reprise, quand il voudra dilater ses pou-
mons. Poursuis la même tactique. »

La troisième passe commença.

Comme Bob, un boxeur raffiné, l'avait prévu, Bully commençait à respirer difficilement : à moitié chemin, l'expan-

XXII

LES ÉCOLIERS SE PRESSAIENT AUTOUR DE LUI
POUR LUI SERRER LA MAIN.

sion de sa poitrine était arrêtée par la douleur qu'il sentait
entre les côtes.

Cette fois, Laurent réussit à ne pas recevoir un seul coup,
si ce n'est sur le bras gauche, et Bully fit une troisième chute
en lui envoyant une bordée à faux ; il tomba si rudement,
que quand le moment de la quatrième reprise arriva, il était
encore tout étourdi.

Laurent continuait à le cribler de petits coups. Tout à coup
il pensa à la terrible botte que le Parisien lui avait apprise,
et qu'il avait soigneusement mise au nombre de ses moyens
de défense. Se précipitant sur Bully, le poing levé, comme
pour lui frapper la face, il saisit le moment où son adversaire
découvrait sa poitrine pour parer, fonça la tête basse et le
heurta en plein estomac.

Bully tomba à la renverse et resta un instant sans mouvement.

On s'empressa à le secourir, on lui baigna les tempes, il
revint à lui ; mais, quand les trois minutes furent écoulées,
il fut incapable de reprendre le champ : Laurent était vainqueur.

Un triple hurrah, s'élevant vers le ciel, salua son triomphe.
Tous les écoliers l'entouraient et se pressaient vers lui pour
lui serrer la main. Mais la victoire était chèrement payée :
il avait la figure en sang, et il était méconnaissable, tant ses
traits étaient enflés. C'est à peine s'il eut la force de s'avancer
vers Bully et de lui tendre la main, comme l'étiquette l'exigeait. Bully la prit d'ailleurs d'assez bonne grâce.

Une escorte enthousiaste ramena les deux champions dans
leurs chambres, appliqua sur leurs blessures des rondelles
de veau cru, que Bob avait couru demander à la cuisine ; on

leur banda la tête, et, quand ils furent bien établis dans leurs lits, chacun se retira pour discuter les circonstances de cette mémorable rencontre. Ce fut pour quinze jours le texte de toutes les conversations.

Le docteur, qui prohibait la boxe *préméditée,* annonça, quand il fut informé des faits par les domestiques, que les deux coupables auraient cinq cents vers latins à apprendre. Mais la gloire de Laurent n'en fut pas diminuée aux yeux du collège : il en fut, de ce jour, l'élève le plus populaire, ce que les Anglais appellent le *coq.*

Convenons, avec le lecteur français, qu'il y a quelque chose de répugnant dans ces luttes méthodiques qui font de la figure humaine une *tête de Turc* pour les coups de poing d'un adversaire. Mais, examen fait, peut-être faut-il préférer cet excès d'un bon système à celui qui permet à un garçon d'arriver à l'âge d'homme sans être capable de se défendre ou d'avoir raison d'un mauvais drôle. Il est assurément mieux fait pour développer en lui des qualités indispensables. Quand il n'y aurait dans la vie de chaque individu qu'une occasion où il ait besoin, soit de repousser une attaque, soit de châtier séance tenante un brutal, il trouvera certainement, à ce moment, qu'il n'a pas payé trop cher l'avantage de pouvoir se donner cette satisfaction, l'eût-il achetée par un œil poché et quelques bosses à la tête, au cours de ses années de collège.

Il est d'ailleurs reconnu qu'une adresse particulière à la boxe, au lieu de rendre les jeunes gens querelleurs et méchants, leur donne presque toujours la patience et la douceur qui accompagnent ordinairement la force. Il est rare qu'un bon pugiliste abuse de la sienne, et, quand cela arriverait, le monde, comme on l'a dit, se divisant en deux grandes classes, les enclumes et les marteaux, c'est le droit de chacun de chercher à se ranger dans la seconde.

Vers le mois de mars, d'importantes modifications s'étaient accomplies dans le régime intérieur de Hobham-College.

D'abord le docteur, comme il l'avait annoncé à M. Grivaud, avait établi des cours réguliers de sciences physiques et mathématiques, sous forme de conférences du soir, et tous les élèves, à partir de la 3ᵉ division, étaient obligés de les suivre.

Puis il était arrivé à une autre réforme non moins importante, la suppression des châtiments corporels. Après l'avoir notifiée à ses élèves, un beau matin à l'appel, il fit jeter au feu la sellette et la poignée de verges. Ce fut avec un véritable sentiment de délivrance personnelle qu'il vit flamber ces deux attributs d'une fonction qui lui avait toujours profondément répugné. Chose étrange à dire : les leçons supplémentaires avaient été acceptées sans murmure, et l'abolition du fouet faillit être l'occasion d'une révolte. Grâce à l'influence de Harry, de Laurent et de quelques autres esprits sages, cette agitation se calma peu à peu, et bientôt personne ne pensa plus à la chambre de torture. Il arrivait seulement parfois que les anciens parlaient aux nouveaux, avec orgueil et regret, du temps *où l'on était fouetté*. Et les petits d'ouvrir de grands yeux, et quelques-uns même d'envier le bonheur de ceux qui avaient vu ces jours glorieux.

Quant au *faggisme*, il n'en était plus question. Il était devenu de mauvais goût d'exiger d'un camarade aucun service manuel ; M. Newton avait favorisé cette tendance en donnant l'ordre aux domestiques de servir le déjeuner de la même façon que le thé de cinq heures, et en peu de temps l'antique et tyrannique coutume s'était éteinte.

Sur ces entrefaites, M. Grivaud, qui avait terminé les études préparatoires dont il était chargé, reçut sa nomination à la direction d'une très grosse affaire, d'une réalisation plus immédiate que celle du tunnel sous la Manche ; cette nouvelle fonction nécessitait sa rentrée en France. Il fallait quitter l'Angleterre et revenir à Paris. Mme Grivaud n'en était pas fâchée, s'il faut dire toute la vérité : il lui semblait, bien qu'elle dût retirer plus d'un profit de ce qu'elle avait trouvé de bon à garder dans les coutumes anglaises, qu'à la longue elle aurait peut-être fini par se provincialiser un peu plus que de raison à Douvres.

Mais une conséquence plus grave de ce changement, c'est que Laurent aurait à perdre le bénéfice de la saine et mâle éducation qu'il recevait à Hobham.

« Te sens-tu capable de garder à Paris les bonnes habitudes que tu as prises ici ? lui demanda son père en lui annonçant la grosse nouvelle.

— Il me serait impossible de les quitter désormais, dit Laurent. Elles me sont devenues nécessaires, et je sens que je ne pourrais plus vivre dans la torpeur physique qui était jadis mon lot à la pension Lauraguais.

— Eh bien ! mon cher enfant, vois toi-même quel est le meilleur parti à prendre. Je te laisse le maître. Pourvu qu'à Paris, comme à Hobham, tu saches partager ton temps entre les études et les exercices gymnastiques, je serai content. »

Quelques jours plus tard, M. et Mme Newton dînaient chez Mme Grivaud. C'était l'avant-veille du départ.

« Jamais je n'oublierai, disait M. Grivaud au docteur, le service que votre excellente direction a rendu à Laurent et la métamorphose complète qu'elle a opérée en lui. Je vous ai amené, il y a un an, un petit polisson débraillé, mal élevé, mal bâti, maladroit, et vous me rendez un beau garçon, fort, poli, bien fait, brave et hardi; sans compter l'anglais qu'il parle couramment et l'allemand qu'il parlera bientôt...

— J'accepte vos compliments, parce qu'ils sont fondés, cher monsieur, répondit le docteur; mais ce n'est pas à moi, c'est à notre système d'éducation qu'ils reviennent de plein droit. D'ailleurs, laissez-moi vous le dire, si nous avons été de quelque utilité à Laurent, il nous l'a, par le fait, bien rendu. Son horreur sincère et naïve de quelques-unes de nos coutumes a suffi pour nous en faire voir l'absurdité, qui ne nous avait jamais assez frappés, et pour ce qui vous concerne, les critiques si judicieuses que vous m'avez faites des lacunes de nos programmes nous les ont fait mettre en harmonie avec les nécessités du temps présent. Vous voyez que, les uns et les autres, nous avons gagné à ce contact, et il en serait sûrement de même dans toutes les institutions des deux pays, si leurs rapports étaient plus fréquents et plus intimes.

— C'est à quoi j'aurais été heureux de travailler en perçant notre tunnel sous la Manche, reprit en souriant M. Grivaud. Je laisse l'entreprise en bonnes mains, puisse-t-elle s'achever bientôt, ce serait un bienfait pour les deux pays.

— Eh bien! monsieur, buvons à l'heureux achèvement de

cette grande œuvre, et puisse-t-elle unir à jamais deux nations qui seraient si grandes si elles savaient s'emprunter mutuellement leurs qualités. »

Laurent suit maintenant comme externe les cours du lycée Fontanes. Il a eu cette année deux nominations au concours général, ce qui ne l'a pas empêché de gagner le grand prix aux régates de Neuilly et de devenir le premier cricketer du Bois de Boulogne.

Vienne le temps où il devra à sa patrie son temps, ses forces et, s'il le faut, sa vie, la France trouvera en lui un fils utile et dévoué.

TABLE

—

FIN DE LA TABLE.

PARIS. — TYPOGRAPHIE GEORGES CHAMEROT

19, RUE DES SAINTS-PÈRES, 19

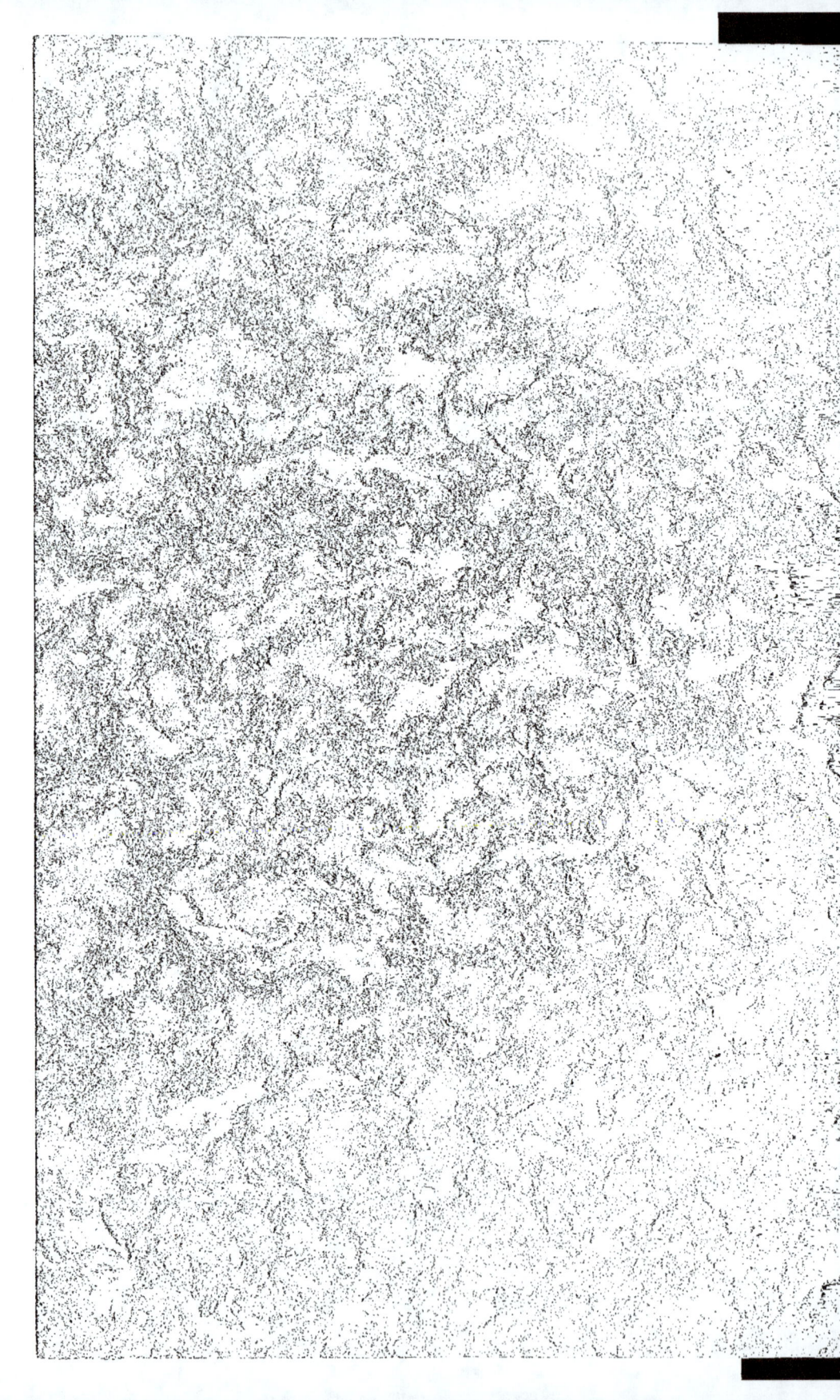